संग्राम

संग्राम

प्रेमचंद

GYAN

संग्राम

ISBN : 978-81-212-6563-8 (PB)

भारत में सन् 2022 में प्रकाशित

ज्ञान पब्लिशिंग हाऊस

5, अंसारी रोड, दरियागंज,
नई दिल्ली–110002

वेब साइट: www.gyanbooks.com
ई–मेंल: books@gyanbooks.com
Phone : 011-47034999, 9811692060

मुद्रित: ज्ञान प्रेस, दिल्ली

अनुक्रम

अंक–1

अंक–2

अंक–3

अंक–4

अंक–5

पहला अंक

पहला दृश्य

हलधर-दो साल भी तो लगातार खेती नहीं जमती, गला कैसे छूटे!

फत्तू-वह घोड़े पर कौन आ रहा है? कोई अफसर है क्या?

हलधर-नहीं, ठाकुर साहब तो हैं। घोड़ा नहीं पहचानते। ऐसे सच्चे पानी का घोड़ा इधर दस-पाँच कोस तक नहीं है।

फत्तू-सुना एक हजार दाम लगते थे पर नहीं दिया।

हलधर-अच्छा जानवर बड़े भागों से मिलता है। कोई कहता था अब की घुड़दौड़ मैं बाजी जीत गया। बड़ी-बड़ी दूर से घोड़े आये थे पर कोई इसके सामने न ठहरा। कैसा शेर की तरह गरदन उठा के चलता है।

फत्तू-ऐसे सरदार को ऐसा ही घोड़ा चाहिए। आदमी हो तो ऐसा हो। अल्लाह ने इतना कुछ दिया है पर घमण्ड छू तक नहीं गया। एक बच्चा भी जाय तो उससे प्यार से बातें करते हैं। अब की ताऊन के दिनों मैं इन्होंने दौड़ धूप न की होती तो सैकड़ों जानें जाती।

हलधर-अपनी जान को तो डरते ही नहीं। इधर ही आ रहे हैं। सबेरे सबेरे भले आदमी के दर्शन हुए।

फत्तू-उस जन्म के कोई महात्मा हैं, नहीं तो देखता हूँ जिसके पास चार पैसे हो गये वह यही सोचने लगता है कि किसे पीस के पी जाऊँ। एक बेगार भी नहीं लगती, नहीं तो पहले बेगार देते-देते धुएँ उड़ जाते थे। इसी गरीब

परवरी को बर्कत है कि गाँव मैं न कोई कारिन्दा है, न चपरासी पर लगान नहीं रुकता। लोग मीयाद के पहले ही दे आते हैं। बहुत गाँव घूमा पर ऐसा ठाकुर नहीं देखा।

(सबल सिह घोड़े पर आकर खड़ा हो जाता है। दोनों आदमी झुक झुककर सलाम करते हैं। राजेश्वरी घूँघट निकाल लेती है।)

सबल-कहो बड़े मियाँ, गाँव मैं सब खैरियत है न!

फत्तू-हजूर के अकबाल से सब खैरियत है।

सबल-फिर वही बात। मेरे अकबाल को क्यों सराहते हो। यह क्यों नहीं कहते कि ईश्वर की दया से या अल्लाह के फज़्ल से खैरियत है। अब की खेती तो अच्छी दिखाई देती है?

फत्तू-हाँ सरकार, अभी तक तो खुदा का फज़्ल है।

सबल-बस इसी तरह बातें किया करो। किसी आदमी की बुशामद मत करो चाहे वह जिले का हाकिम ही क्यों न हो। वहाँ अभी किसी अफसर का दौरा तो नहीं हुआ!

फत्तू-नहीं सरकार, अभी तक तो कोई नहीं आया।

सबल-और न शायद आयेगा। लेकिन कोई आ भी जाय मो याद रखना, गाँव से किसी तरह की बेगार न मिले। साफ कह देना बिना जमींदार के हुक्म के हम लोग कुछ नहीं दे सकते। मुझेसे जब कोई पूछेगा तो देख लूँगा। (मुस्कुराकर) हलधर! क्या गौना लाये हो? हमारे घर बैना नहीं भेजा!

हलधर-हजूर मैं किस लायक हूँ।

सबल-यह तो तुम तब कहते जब मैं तुमसे मोतीचूर के या घी के खाजे माँगता। प्रेम से शीरे और सत्तू के लड्डू भेज देते तो मैं उसी को धन्य भाग कहता। यह न समझो कि हम लोग सदा घी और मेंदे खाया करते हैं। मुझे बाजरे की रोटियाँ और तिल के लड्डू और मटर का चबेना कभी कभी हलवे और मुरब्बे से भी अच्छे लगते हैं। एक दिन मेरी दावत करो, मैं तुम्हारी नई दुलहिन के हाथ का बनाया हुआ भोजन करना चाहता हूँ। देखें यह मेंके से क्या गुन सीखकर आई है। मगर खाना बिलकुल किसानों का सा हो। अमीरों का खाना बनवाने की फिक्र मत करना।

हलधर-हम लोगों के लिट्ट सरकार को पसन्द आयेंगे?

सबल-हाँ, बहुत पसन्द आयेंगे।

हलधर-जब हुकुम हो।

सबल-मेंहमान के हुकुम से दावत नहीं होती। खिलाने वाला अपनी मरजी से तारीख और वक्त ठीक करता है। जिस दिन कहो आऊँ। फत्तू, तुम बतलाओ इसकी बहू काम काज मैं चतुर है न? जबान की तेज तो नहीं है?

फत्तू-हजूर मुँह पर क्या बखान करूँ, ऐसी मेंहनतिन औरत गाँव मैं और नहीं है। खेती का तार तौर जितना यह समझती है उतना हलधर भी नहीं समझता। सुशील ऐसी है कि यहाँ आये आठवां महीना होता है किसी पड़ोसी ने आवाज नहीं सुनी।

सबल-अच्छा तो अब मैं चलूँगा, जरा मुझे सीधे रास्ते पर लगा दो नहीं तो यह जानवर खेतों को रौंद डालेगा। तुम्हारे गाँव से मुझे साल मैं १५००) मिलते हैं। इसने एक महीने मैं ५००० की बाजी मारी। हलधर, दावत की बात भूल न जाना।

(फत्तू और सबलसिंह जाते है।)

राजेश्वरी-आदमी काहे को हैं, देवता हैं। मेरा तो जी चाहता था उनकी बातें सुना करूँ। जी ही नहीं भरता था। एक हमारे गाँव का जमींदार है कि प्रजा को चैन नहीं लेने देता। नित्य एक न एक बेगार, कभी बेदखली, कभी जाफा, कभी कुड़की, उसके सिपाहियों के मारे छप्पर पर कुम्हड़े कद्दु तक नहीं बचने पाते। औरतों को राह चलते छेड़ते हैं। लोग रात दिन मनाया करते हैं कि इसकी मिट्टी उठे। अपनी सबारी के लिये हाथी लाता है, उसका दाम असामियों से वसूल करता है। हाकिमों की दावत करता है, सामान गाँव वालों से लेता है।

हलधर-दावत सच-मुच करूँ कि दिल्लगी करते थे?

राजे-दिल्लगी नही करते थे, दावत करनी होगी। देखा नहीं चलते चलते कह गये। खायेंगे तो क्या, बड़े आदमी छोटों का मन रखने के लिये ऐसी बातें किया करते है, पर आयेंगे जरूर।

हलधर–उनके खाने लायक भला हमारे यहाँ क्या बनेगा?

राजे–तुम्हारे घर वह अमीरी खाना खाने थोड़े ही आयेंगे। पूरी मिठाई तो नित्य ही खाते हैं। मैं तो कुटे हुए जवकी रोटी, सावां की महेर, बथुवे का साग, मटर की मसालेदार दाल और दो तीन तरह की तरकारी बनाऊँगी। लेकिन मेरा बनाया खायेंगे? ठाकुर हैं न?

हलधर–खाने पीने का इनको कोई विचार नहीं है। जो चाहे बना दे। यही बात इन मैं बुरी है। सुना है अंग्रेजों के साथ कलप घर मैं बैठकर खाते हैं।

राजे०–ईसाई मत मैं आ गये हैं?

हलधर–नहीं, असनान, ध्यान सब करते हैं। गऊ को कौरा दिये बिना कौर नहीं उठाते। कथा पुराण सुनते हैं। लेकिन खाने–पीने मैं भ्रष्ट हो गये है।

राजे०–उह, होगा, हमैं कौन उनके साथ बैठ कर खाना है। किसी दिन बुलावा भेज देना। उनके मन की बात रह जायेगी।

हलधर–खूब मन लगा के बनाना।

राजे–जितना सहूर है उतना करूँगी। जब वह इतने प्रेम से भोजन करने आयेंगे तो कोई बात उठा थोड़े ही रखूंगी। बस इसी एकादशी को बुला भेजो, अभी पाँच दिन हैं।

हलधर–चलो पहले घर की सफाई तो कर डालें।

द्वितीय दृश्य

(सबल सिंह अपने सजे हुए दीवान खाने में उदास बैठे है।
हाथ मैं एक समाचार पत्र है, पर उनकी आँखे,
दरवाजे के सामने बाग की तरफ लगी हुई है।)

सबल सिंह-(आप ही आप) देहात मैं पंचायतों का होना जरूरी है। सरकारी अदालतों का खर्च इतना बढ़ गया है कि कोई गरीब आदमी वहाँ न्याय के लिये जा ही नहीं सकता। जरासी भी कोई बात कहनी हो तो स्टाम्प के बगैर काम नहीं चल सकता। ....उसका कितना सुडौल शरीर है, ऐसा जान पड़ता है कि एक एक अंग साँचे मैं ढला है। रंग कितना प्यारा है, न इतना गोरा कि आँखों को बुरा लगे, न इतना साँवला ....होगा मुझे इससे क्या मतलब। वह पराई स्त्री है, मुझे उसके रूपलावण्य से क्या वास्ता। संसार मैं एक से एक सुन्दर स्त्रियाँ हैं, कुछ यही एक थोड़ी है! ज्ञानी उससे किसी बात मैं कम नहीं, कितनी सरलहृदय, कितनी मधुर भाषिणी रमणी है। अगर मेरा जरा सा इशारा हो तो आग में कूद पड़े। मुझे पर उसकी कितनी भक्ति, कितना प्रेम है। कभी सिर मैं दर्द भी होता है तो बावली हो जाती है। अब उधर मन को जाने ही न दूँगा।

(कुर्सी से उठकर अलमारी से एक ग्रंथ निकालते हैं, उसके दो चार पन्ने इधर उधर से उलटकर पुस्तक को मेज पर रख देते है और फिर कुर्सी पर जा बैठते हैं। अचल सिंह हाथ मैं एक हवाई बन्दूक लिये दौड़ा आता है।)

अचल–दादा जी, शाम हो गई। आज घूमने न चलियेगा?

सबल नहीं बेटा! आज तो जाने का जी नहीं चाहता। तुम गाड़ी जुतबा लो। यह बन्दूक कहाँ पाई?

अचल–इनाम मैं। मैं दौड़ने मैं सबसे अव्वल निकला। मेरे साथ कोई २५ लड़के दौड़े थे। कोई कहता था मैं बाजी मारुँगा, कोई अपनी डींग मार रहा था। जब दौड़ हुई तो मैं सबसे आगे निकला, कोई मेरे गर्द को भी न पहुँचा, अपना सा मुँह लेकर रह गये। इस बन्दूक से चाहूँ तो चिड़िया मार लूँ

सबल–मगर चिड़ियों का शिकार न खेलना।

अचल–जी नहीं, यों ही बात कहता था। बिचारी चिड़ियों ने मेरा क्या बिगाड़ा है कि उनकी जान लेता फिरूं। मगर जो चिड़ियाँ दूसरी चिड़ियों का शिकार करती हैं उनके मारने मैं तो कोई पाप नहीं है।

सबल–(असमंजस मैं पड़कर) मेरी समझ मैं तो तुम्हे शिकारी चिड़ियों को भी न मारना चाहिए। चिड़ियों मैं कर्म–अकर्म का ज्ञान नहीं होता। वह जो कुछ करती हैं केवल स्बभाव वश करती हैं, इसलिये वह दण्ड की भागी नहीं हो सकती।

अचल–कुत्ता कोई चीज चुरा ले जाता है तो क्या जानता नहीं कि मैं बुरा कर रहा हूँ। चुपके–चुपके, पैर दबाकर, इधर–उधर चौकन्नी आँखों से ताकता हुआ जाता है, और किसी आदमी की आहट पाते ही भाग खड़ा होता है। कौवे का भी यही हाल है। इससे तो मालूम होता है कि पशु–पक्षियों को भी भले–बुरे का ज्ञान होता है; तो फिर उनको दण्ड क्यों न दिया जाय?

सबल–अगर ऐसा ही हो तो हमैं उनको दण्ड देने का क्या अधिकार है? हालाँकि इस विषय में हम कुछ नहीं कह सकते कि शिकारी चिड़ियों मैं वह ज्ञान होता है जो कुत्ते या कौवे मैं है या नहीं।

अचल–अगर हमैं पशु पक्षी चोरों को दण्ड देने का अधिकार नहीं है तो मनुष्य मैं चोरों को क्यों ताड़ना दी जाती है। वह जैसा करेंगे उसका फल आप पायेंगे, हम क्यों उन्हें दण्ड दें?

सबल-(मन मैं) लड़का है तो नन्हा सा बालक मगर तर्क खूब करता है। (प्रगट) बेटा! इस विषय में हमारे प्राचीन ऋषियों ने बड़ी मार्मिक व्यवस्थायें की हैं, अभी तुम न समझ सकोगे। जावो सैर कर आवो, ओवरकोट पहन लेना, नहीं तो सरदी लग जायेगी।

अचल-मुझे वहाँ कब ले चलियेगा जहाँ आप कल भोजन करने गये थे। मैं भी राजेश्वरी के हाथ का बनाया हुआ खाना-खाना चाहता हूँ। आप चुपके से चले गये, मुझे बुलाया तक नहीं। मेरा तो जी चाहता है कि नित्य गाँव ही मैं रहता। खेतों मैं। घूमा करता।

सबल-अच्छा अब जब वहाँ जाऊँगा तो तुम्हें भी साथ ले लूँगा।

(अचलसिंह चला जाता है।)

सबल: (आप ही आप) लेख का दूसरा Point क्या होगा? अदालतें सबलों के अन्याय की पोषक हैं। जहाँ रुपयों के द्वारा फरियाद की जाती हो, जहाँ वकीलों, बारिस्टरों के मुँह से बात की जाती हो, वहाँ गरीबों की कहाँ पैठ। यह अदालत नहीं, न्याय की बलिवेदी है। जिस किसी राज्य की अदालतों का यह हाल हो ....जब वह थाली परोसकर मेरे सामने लाई तो मुझे ऐसा मालूम होता था जैसे कोई मेरे हृदय को खींच रहा हो। अगर उससे मेरा स्पर्श हो जाता तो शायद मैं मूर्छित हो जाता। किसी उर्दू कवि के शब्दों मैं "यौवन फटा पड़ता था। कितना कोमल गात है, न जाने खेतों मैं कैसे इतनी मिहनत करती है। नहीं यह बात नहीं। खेतों मैं काम करने ही से उसका चम्पई रंग निखरकर कुन्दन हो गया है। वायु और प्रकाश ने उसके सौन्दर्य को चमका दिया है। सच कहा है हुस्न के लिये गहनों की आवश्यकता नहीं। उसके शरीर पर कोई आभूषण न था, किन्तु सादगी आभूषणों से कहीं ज्यादा मनोहारिणी थी। गहने सौन्दर्य की शोभा क्या बढ़ायेंगे, स्बयं अपनी शोभा बढ़ाते हैं। उस सादे व्यंजन मैं कितना स्बाद था? रूप लावण्य ने भोजन को भी स्बादिष्ट बना दिया था। मन फिर उधर गया, यह मुझे हो क्या गया है। यह मेरी युवावस्था नहीं है कि किसी सुन्दरी को देखकर लट्टू हो जाऊँ, अपना प्रेम हथेली पर लिये प्रत्येक सुन्दरी स्त्री की भेंट करता फिरूं मेरी प्रौढ़ावस्था है, ३५ वें वर्ष मैं है। एक लड़के का बाप हूँ जो ६, ७, वर्षों मैं

जवान होगा। ईश्वर ने दिये होते तो ४, ५, सन्तानों का पिता हो सकता था। यह लोलुपता है, छिछोरापन है। इस अवस्था मैं, इतना विचारशील होकर भी मैं इतना मलिन-हृदय हो रहा हूँ। किशोरावस्था मैं तो मैं आत्म शुद्धि पर जान देता था, फूँक-फूँककर कदम रखता था, आदर्श जीवन व्यतीत करता था और इस अवस्था मैं जब मुझे आत्मचिन्तन मैं मग्न होना चाहिए, मेरे सिर पर यह भूत सबार हुआ है। क्या यह मुझेसे उस समय के संयम का बदला लिया जा रहा है, अब मेरी परीक्षा की जा रही है!

(ज्ञानी का प्रवेश)

ज्ञानी-तुम्हारी यह सब किताबें कहीं छुपा दूँ। जब देखो तब एक न एक पोथा खोले बैठे रहते हो। दर्शनत तक नहीं होते।

सबल-तुम्हारा अपराधी मैं हूँ, जो दण्ड चाहे दो। यह बिचारी पुस्तकें बेकसूर हैं।

ज्ञानी-गुलबिया आज बगीचे की तरफ गई थी। कहती थी, आज वहाँ कोई महात्मा आये हैं। सैकड़ों आदमी उनके दर्शनों को जा रहे हैं। मेरी भी इच्छा हो रही है कि जाकर दर्शन कर आऊँ।

सबल-पहले मैं जाकर जरा उनके रंग-ढंग देख लूँ तो फिर तुम जाना। गेरुए कपड़े पहन कर महात्मा कहलाने वाले बहुत हैं।

ज्ञानी-तुम तो आकर यही कह दोगे कि वह बना हुआ है, पाखण्डी है, धूर्त है, उसके पास न जाना। तुम्हें जाने क्यों महात्माओं से चिढ़ है।

सबल-इसीलिये चिढ़ है कि मुझे कोई सच्चा साधु नहीं दिखाई देता।

ज्ञानी-इनकी मैंने बड़ी प्रशंसा सुनी है। गुलाबी कहती थी कि उनका मुँह दीपक की तरह दमक रहा था। सैकड़ों आदमी घेरे हुए थे पर वह किसी से बात तक न करते थे।

सबल-इससे यह तो साबित नहीं होता कि वह कोई सिद्ध पुरुष हैं। अशिष्टता महात्माओं का लक्षण नहीं है।

ज्ञानी-खोज मैं रहनेवाले को कभी-कभी सिद्ध पुरुष भी मिल जाते हैं। जिसमैं श्रद्धा नहीं है उसे कभी किसी महात्मा से साक्षात् नहीं हो सकता।

तुम्हें सन्तान की लालसा न हो पर मुझे तो है। दूध पूत से किसी का मन भरते आज तक नहीं सुना।

सबल-अगर साधुओं के आशीर्वाद से सन्तान मिल सकती तो आज संसार मैं कोई निस्सन्तान प्राणी खोजने से भी न मिलता। तुम्हें भगवान ने एक पुत्र दिया है। उनसे यही याचना करो कि उसे कुशल से रखें। हमैं अपना जीवन अब सेवा और परोपकार की भेंट करना चाहिये।

ज्ञानी-(चिढ़ कर) तुम ऐसी निर्दयता से बातें करने लगते कितना शिथिल, कितना नीरव होता। न तीर्थ-यात्राओं की इतनी धूम होती, न मन्दिरों की इतनी रौनक, न देवताओं मैं इतनी भक्ति, न साधु-महात्माओं पर इतनी श्रद्धा, न दान और व्रत की इतनी धूम। यह सब कुछ सन्तान-लालसा का ही चमत्कार है। खौर कल चलूँगा, देखू इन स्बामी जी के क्या रंग-ढंग हैं।. ..अदालतों की बात सोच रहा था। यह आक्षेप किया जाता है कि पंचायतें यथार्थ न्याय न कर सकेंगी, पंच लोग मुँह देखी करेंगे और वहाँ भी सबलों की ही जीत होगी। इसका निवारण यों हो सकता है कि स्थायी पंच न रखे जायें। जब जरूरत हो दोनों पक्षों के लोग अपने-अपने पंचों को नियत कर दें। किसानों मैं भी ऐसी कामिनियाँ होती हैं, यह मुझे न मालूम था। यह निस्सन्देह किसी उच्च कुल की लड़की है। किसी कारण वश इस दुरवस्था मैं आ फंसी है। विधाता ने इस अवस्था मैं रखकर उसके साथ अत्याचार किया है। उसके कोमल हाथ खेतों मैं कुदाल चलाने के लिये नहीं बनाये गये हैं, उसकी मधुरवाणी खेतों मैं कौवे हाँकने के लिये उपयुक्त नहीं है, जिन केशों से झूमर का भार भी न सहा जाय उस पर उपले और अनाज के टोकरे रखना महान अनर्थ है, माया की विषम लीला है, भाग्य का क्रर रहस्य है। वह अबला है, विवश है, किसी से अपने हृदय की व्यथा कह नहीं सकती। अगर मुझे मालूम हो जाय कि वह इस हालत मैं सुखी है, तो मुझे संतोष हो जायेगा। पर यह कैसे मालूम हो। कुलवती स्त्रियाँ अपनी विपत्ति-कथा नहीं कहतीं, भीतर ही भीतर जलती है पर जबान से हाय नहीं करतीं।....... मैं फिर उसी उधेड़ बुन मैं पड़ गया। समझ मैं नहीं आता मेरे चित्तकी यह दशा क्यों हो रही है। अब तक मेरा मन कभी इतना चंचल नहीं हुआ था। मेरे युवा

काल के सहवासी तक मेरी अरसिकता पर आश्चर्य करते थे। अगर मेरी इस लोलुपता की जरा भी भनक उनके कान में पड़ जाय तो मैं कहीं मुँह दिखाने लायक न रहूँ। यह आग मेरे हृदय में ही जले, और चाहे हृदय जलकर राख हो जाय पर उसकी कराह किसी के कान में न पड़ेगी। ईश्वर की इच्छा के बिना कुछ नहीं होता। यह प्रेमज्योति उद्दीत करने में भी उसकी कोई न कोई मसलहत जरूर होगी।

(घंटी बजाता है)

एक नौकर-हजूर हुकुम?

सबल-घोड़ा खींचो।

नौकर-बहुत अच्छा।

तृतीय दृश्य

समय-८ बजे दिन, स्थान-सबल सिंह का मकान-कंचन सिंह अपनी सजी हुई बैठक में दुशाला ओढ़े, आँखों पर सुनहरी ऐनक चढ़ाये मसनद लगाये बैठे हैं, मुनीम जी बही में कुछ लिख रहे है।

कंचन-समस्या यह है कि सूद का दर कैसे घटाया जाय। भाई साहब मुझेसे नित्य ताकीद किया करते हैं कि सूद कम लिया करो। किसानों की ही सहायता के लिये उन्होंने मुझे इस कारोबार मैं लगाया। उनका मुख्य उद्देश्य यही है। पर तुम जानते हो धन के बिना धर्म नहीं होता। इलाके की आमदनी घर के जरूरी खर्च के लिये भी काफी नहीं होती। भाई साहब ने किफायत का पाठ नहीं पढ़ा। उनके हजारों रुपये साल तो केवल अधिकारियों के सत्कार की भेंट हो जाते हैं। घुड़ दौड़ और पोलो और क्लबके लिये धन चाहिये। अगर इनके प्रास्त्रे रहूँ तो सैकड़ों रुपये जो मैं स्बयं साधुजनों के अतिथी-सेवा में खर्च करता हूँ कहाँ से आये।

मुनीम-वह बुद्धिमान पुरुष हैं पर न जाने वह फिजूल खर्ची क्यों करते हैं?

कंचन-मुझे बड़ी लालसा है कि एक विशाल धर्मशाला बनवाऊँ। उसके लिये धन कहाँ से आयेगा? भाई साहब के आज्ञानुसार नाम मात्र के लिये ब्याज लूँ तो मेरी यह सब कामनायें धरी ही रह जायें। मैं अपने भोग विलास के लिये धन नहीं बटोरना चाहता, केवल परोपकार के लिये चाहता है। कितने दिनों से इरादा कर रहा हूँ कि एक सुन्दर वाचनालय खोल दूँ। पर पर्याप्त धन नहीं। यूरोप मैं केवल एक दानवीर ने हजारों वाचनालय खोल

दिये हैं। मेरा हौसला इतना बड़ा तो नहीं पर कम से कम एक उत्तम वाचनालय खोलने की अवश्य इच्छा है। सूद न लूँ तो मनोरथ पूरे होने के और क्या साधन हैं? इसके अतिरिक्त यह भी तो देखना चाहिये कि मेरे कितने रुपये मारे जाते हैं। जब असामी के पास कुछ जायदाद ही न हो तो रुपये कहाँ से वसूल हो। यदि यह नियम कर लूँ कि बिना अच्छी जमानत के किसी को रुपये ही न दूँगा तो गरीबों का काम कैसे चलेगा। अगर गरीबों से व्यवहार न करूँ तो अपना काम नहीं चलता। वह बिचारे रुपये चुका तो देते हैं। मेरे आदमियों से लेन देन कीजिये तो अदालत गये बिना कौड़ी नही बसूल होती।

(हलधर का प्रवेश।)

कंचन-कहो हलधर, कैसे चले!

हलधर-कुछ नहीं सरकार, सलाम करने चला आया।

कंचन-किसान लोग बिना किसी प्रयोजन के सलाम करने नहीं चलते। फारसी कहावत है-सलामें दोस्ताई बेगरज नेस्त।

हलधर-आप तो जानते ही हैं फिर पूछते क्यों हैं? कुछ रुपयों का काम था।

कंचन-तुम्हें किसी पण्डित से साइत पूछकर चलना चाहिये था। यहाँ आजकल रुपयों का डौल नहीं है। क्या करोगे रुपये लेकर?

हलधर-काका की बरसी होने वाली है। और भी कई काम हैं।

कंचन-स्त्री के लिये गहने भी बनवाने होंगे?

हलधर-हंसकर सरकार आप तो मनकी बात ताड़ लेते हैं।

कंचन-तुम लोगों के मन की बात जान लेना ऐसा कोई कठिन काम नहीं, केवल खेती अच्छी होनी चाहिये। यह फसल अच्छी है, तुम लोगों को रुपये की जरूरत होना स्बाभाविक है। किसान ने खेत मैं पौधे लहराते हुए देखे और उसके पेट मैं चूहे कूदने लगे, नहीं तो ऋण लेकर बरसी करने या गहने बनवाने का क्या काम, इतना सब नहीं होता कि अनाज घर मैं आ जाय तो यह सब मंसूबे बांधे। मुझे रुपयों का सूद दोगे, लिखाई दोगे, नजराना

दोगे, मुनीम जी की दस्तूरी दोगे, दस के आठ लेकर घर जाओगे, लेकिन यह नहीं होता कि महीने दो महीने रुक जायें। तुम्हें तो इस घड़ी रुपये की धुन है, कितना ही समझाऊँ, ऊँच नीच सुझाऊँ मगर कभी न मानोगे। रुपये न दूँ तो मन मैं गालियाँ दोगे और किसी दूसरे महाजन की चिरौरी करोगे।

हलधर-नहीं सरकार यह बात नहीं है, मुझे सचमुच ही बड़ी जरूरत है।

कंचन हाँ हाँ तुम्हारी जरूरत मैं किसे सन्देह है, जरूरत न होती तो यहाँ आते ही क्यों, लेकिन यह ऐसी जरूरत है जो टल सकती है, मैं इसे जरूरत नहीं कहता, इसका नाम ताव है जो खेतो का रंग देखकर सिर पर सबार हो गया है।

हलधर-आप मालिक हैं जो चाहे कहें। रुपयों के बिना मेरा काम न चलेगा। बरसी मैं भोजमात देना ही पड़ेगा, गहना पाती बनवाये बिना बिरादरी में बदनामी होती है, नहीं तो क्या इतना मैं नहीं जानता कि करज लेने से भरम उठ जाता है। करज करेजे की चीर है। आप तो मेरी भलाई के लिये इतना समझा रहे हैं, पर मैं बड़ा संकट मैं हूँ।

कंचन-मेरी रोकड़ उससे भी ज्यादा संकट में है। तुम्हारे लिये बैंक घर से रुपये निकालने पड़ेंगे। कोई और होता तो में उसे सूखा जवाब देता लेकिन तुम मेरे पुराने असामी हो तुम्हारे बाप से भी मेरा व्यवहार था, इसलिये तुम्हें निराश नहीं करना चाहता। मगर अभी से जताये देता हूँ कि जेठी मैं सब रुपया सूद समेंत चुकाना पड़ेगा। कितने रुपये चाहते हो?

हलधर-सरकार २००) दिला दें।

कंचन-अच्छी बात है, मुनीम जी लिखा पढ़ी करके रुपये दे दीजिये। मैं पूजा करने जाता हूँ।

(जाता है।)

मुनीम-तो तुम्हें २००) चाहिये न। पहले ५) सैकड़े नजराना लगता था। अब १०) सैकड़े हो गया है।

हलधर-जैसी मरजी।

मुनीम–पहले २) सैकड़े लिखाई पड़ती थी, अब ४) सैकड़े हो गई है।

हलधर–जैसा सरकार का हुकुम।

मुनीम–स्टाम्प के ५) लगेंगे।

हलधर–सही है।

मुनीम–चपरासियों का हक २) होगा।

हलधर–जो हुकुम।

मुनीम–मेरी दस्तूरी भी ५) होती है, लेकिन तुम गरीब आदमी हो, तुमसे ४) ले लूँगा! जानते ही हो मुझे यहाँ से कोई तलब तो मिलती नहीं, बस इसी दस्तूरी का भरोसा है।

हलधर–बड़ी दया है।

मुनीम–१) ठाकुर जी को चढ़ाना होगा।

हलधर–चढ़ा दीजिये। ठाकुर तो सभी के हैं।

मुनीम और १) ठकुराइन के पानका खर्च।

हलधर–ले लीजिये। सुना है गरीबों पर बड़ी दया करती हैं।

मुनीम–कुछ पढ़े हो?

हलधर–नहीं महाराज, करिया अच्छर भैंस बराबर है।

मुनीम–तो इस इस्टाम पर पाय अँगूठे का निशान करो।

(सादे स्टाम्प पर निशान बनवाता है।)

मुनीम–(सन्दूक से रुपये निकालकर) गिन लो।

हलधर–ठीक ही होगा।

मुनीम–चौखट पर जाकर तीन बार सलाम करो और घर की राह लो।

(हलधर रुपये अगोछे में बांधता हुआ जाता है।
कंचन सिह का प्रवेश।)

मुनीम–जरा भी कान पूंछ नहीं हिलाई।

कंचन–इन मूरों पर ताव सवार होता है तो इन्हें कुछ नहीं सूझता, आँखों पर परदा पड़ जाता है। इन पर दया आती है पर करूँ क्या? धन के बिना धर्म भी तो नहीं होता।

चतुर्थ दृश्य

(स्थान–मधुबन। सबल सिंह का चौपाल। समय–८ बजे रात। फाल्गुन का आरम्भ)

चपरासी–हुजूर गाँव मैं सबसे कह आया। लोग जादू के तमाशे की खबर सुनकर बहुत उत्सुक हो रहे हैं।

सबल–स्त्रियों को भी बुलावा दे दिया है न?

चप०–जी हाँ, अभी सब की सब घर वालों को खाना खिला कर आई जाती हैं।

सबल–तो इस बरामदे मैं एक परदा डाल दो। स्त्रियों को परदे के अन्दर बिठाना। घास चारे, दूध लकड़ी आदि का प्रबंध हो गया न?

चप०–हुजूर सभी चीजों का ढेर लगा हुआ है। जब यह चीजें बेगार में ली जाती थीं तब एक २ मुट्ठी घास के लिये गाली और मार से काम लेना पड़ता था। हजूर ने बेगार बन्द करके सारे गाँव को बिनदामों गुलाम बना लिया है। किसी ने भी दाम लेना मंजूर नहीं किया। सब यही कहते हैं कि सरकार हमारे मेहमान हैं। धन्यभाग। जबतक चाहें सिर और आँखों पर रहे। हम खिदमत के लिये दिलोजान से हाजिर हैं। दूध तो इतना आ गया है कि शहर मैं ४) का भी न मिलता।

सबल–यह सब एहसान की बरकत है। जब मैंने बेगार बन्द करने का प्रस्ताव किया तो तुम लोग, यहाँ तक कि कंचन सिंह भी, सभी मुझे डराते थे। सब को भय था कि असामी शोख हो जायेंगे, सिर पर चढ़ जायेंगे।

लेकिन मैं जानता था कि एहसान का नतीजा कभी बुरा नहीं होता। अच्छा महाराज से कहो कि मेरा भोजन भी जल्द बना दें।

(चपरासी चला जाता है।)

सबल (मन मैं) बेगार बन्द करके मैंने गाँव वालों को अपना भक्त बना लिया। बेगार खुली रहती तो कभी न कभी राजेश्वरी को भी बेगार करनी ही पड़ती, मेरे आदमी जाकर उसे दिक करते। अब यह नौबत कभी न आयेगी। शोक यही है कि यह काम मैंने नेक इरादों से नहीं किया, इसमैं मेरा स्बार्थ छिपा हुआ है। लेकिन अभी तक मैं निश्चय नहीं कर सका कि इसका अंत क्या होगा? राजेश्वरी के उद्धार करके का विचार तो केवल भ्रान्ति है। मैं उसके अनुपम रूप छटा, उसके सरल व्यवहार और उसके निर्दोष अंग विन्यास पर आसक्त हूँ। इसमैं रत्ती भर भी सन्देह नहीं है। मैं काम पासना की चपेट में आ गया हूँ और किसी तरह मुक्त नहीं हो सकता। खूब जानता हूँ कि यह महा घोर पाप है! आश्चर्य होता है कि इतना संयम शील होकर भी मैं इसके दाँव मैं कैसे आ पड़ा। ज्ञानी को अगर जरा भी सन्देह हो जाय तो वह तो तुरंत विष खाले। लेकिन अन परिस्थिति पर हाथ मलना व्यर्थ है। यह विचार करना चाहिये कि इसका अन्त क्या होगा। मान लिया कि मेरी चाहें सीधी पड़ती गई और वह मेरा कलमा पढ़ने लगी तो? कलुषित प्रेम? पापाभिनय! भगवन! उस घोर नारकीय अग्निकुण्ड मैं मुझे मत डालना। मैं अपने मुख को और उस सरलहृदया बालिका की आत्मा को इस कालिमा से वेष्ठित नहीं करना चाहता। मैं उससे केवल पवित्र प्रेम करना चाहता हूँ, उसकी मीठी मीठी बातें सुनना चाहता हूँ, उसके मधुर मुस्कान की छटा देखना चाहता हूँ, और कलुषित प्रेम क्या है......जो हो, अब तो नाव नदी मैं डाल दी है, कहीं न कहीं पार लगेगी ही। कहाँ ठिकाने लगेगी? सर्बनाश के घाटपर! हाँ मेरा सर्बनाश इसी बहाने होगा। यह पाप पिशाच मेरे कुल को भक्षण कर जायेगी। ओह!

यह निर्मूल शंकायें है। संसार मैं एक से एक कुकर्मी व्यभिचारी पड़े हुए हैं, उनका सर्बनाश नहीं होता। कितनों ही को मैं जानता हूँ जो विषय भोग

मैं लिप्त हो रहे। ज्यादा से ज्यादा उन्हें यह दण्ड मिलता है कि जनता कहती है बिगड़ गया, कुलमैं दाग लगा दिया। लेकिन उनकी मान प्रतिष्ठा मैं जरा भी अन्तर नहीं पड़ता। यह पाप मुझे करना पडेगा। कदाचित् मेरे भाग्य मैं यह बदा हुआ है। हरिइच्छा। हाँ इसका प्रायश्चित्त करने मैं कोई कसर न रखूँगा, दान, व्रत, धर्म, सेवा इनके परदे मैं मेरा अभिनय होगा। प्रज्ञान, व्रत, परोपकार सेवा यह सब मिलकर कपट प्रेम की कालिमा को नहीं धो सकते। अरे, लोग अभी से तमाशा देखने आने लगे। खैर आने भोजन मैं देर हो जायेगी। कोई चिन्ता नहीं। १२ बजे सब (Film) खत्म हो जायंगे। चलूँ सबको बैठाऊँ, (प्रगट) तुम लोग यहाँ आकर फर्श पर बैठो, स्त्रियाँ परदे मैं चली जाये (मन में) है वह भी है! कैसा सुन्दर अङ्ग विन्यास है। आज गुलाबी साड़ी पहने हुए है। अच्छा अब की तो कई आभूषण भी हैं। गहनों से उसके शरीर की शोभा ऐसी बढ़ गई है मानों वृक्षों पर फूल लगे हों। दर्शक यथास्थान बैठ जाते है, सबल सिंह चित्रों को दिखाना शुरू करते है।

(पहला चित्र–कई किसानों का रेल गाड़ी मैं सबार होने के लिये धक्कम–धक्का करना, बैठने का स्थान न मिलना, गाड़ी मैं खड़े रहना, एक चपरासी को जगह के लिये घूस देना, उसका इनको एक माल गाड़ी मैं बैठा देना। एक स्त्री का छूट जाना और रोना। गार्ड का गाडी को न रोकना।)

हलधर–विचारों की कैसी दुर्गति हो रही है। हो लो, लात घूंसे चलने लगे। सब मार खा रहे हैं।

फत्तू–यहाँ भी घूस दिये बिना नहीं चलता, किराया दिया, घूस ऊपर से, लात घूंसे खाये उसकी कोई गिनती। बड़ा अंधेर है। रुपये बड़े जतन से रखे हुए हैं। कैसा जल्दी निकाल रहा है कि कहीं गाड़ी न खुल जाये।

राजेश्वरी (सलोनी से)–हाय हाय, बिचारी छूट गई, गोद मैं लड़का भी है। गाड़ी नहीं रुकी। सब बड़े निर्दयी हैं। हाय भगवन उसका क्या हाल होगा।

सलोनी–एक बेर इसी तरह मैं भी छूट गई थी। हरदुआर जाती थी।

राजेश्वरी–ऐसी गाडी पर कभी न सबार हो, पुण्य तो आगे पीछे मिलेगा; यह विपत्ति अभी से सिर पर आ पड़ी।

(दूसरा चित्र–गाँव का पटवारी खाट पर बस्ता खोले बैठा है। कई किसान आस-पास खड़े हैं। पटवारी सभों से सलाना नजर वसूल कर रहा है।)

हलधर–लाला का पेट तो फूल के कुप्पा हो गया है। चुटिया इतनी बड़ी है जैसे बैल की पगहिया।

फत्तू–इतने आदमी खड़े गिड़गिड़ा रहे हैं पर सिर नहीं उठाते मानों कहीं के राजा हैं! अच्छा, पेटपर हाथ धरकर लोट गया। पेट अफर रहा है, बैठा नहीं जाता। चुटकी बजाकर दिखाता है कि भेंट लाओ। देखो एक किसान कमर से रुपया निकालता है। मालूम होता है, बीमार रहा है, बदन पर मिरजई भी नहीं है। चाहे तो छाती के हाड़ गिन लो। वाह मुंशी जी। रुपया फेंक दिया, मुँह फेर लिया, अब बात न करेंगे। जैसे बंदरिया रूठ जाती है और बन्दर की ओर पीठ फेरकर बैठ जाती है, बिचारा किसान कैसा हाथ जोड़कर मना रहा है, पेट दिखाकर कहता है, भोजन का ठिकाना नहीं, लेकिन लाला साहब कब सुनते हैं।

हलधर–बड़ा गला काटू जात है।

फत्तू–जानता है कि चाहे बना दूँ, चाहे बिगाड़ दूँ। यह सब हमारी ही दशा तो दिखाई जा रही है।

(तीसरा चित्र)–थानेदार साहब गाँव में एक खाटपर बैठे है। चोरी के माल की तफतीश कर रहे हैं। कई काँन्स्टेबल वर्दी पहने हुए खड़े हैं। परों मैं खानातलाशी हो रही है। घर की सब चीजें देखी जा रही हैं। जो चीज जिसको पसन्द आती है उठा लेता है। औरतों के बदन पर के गहने भी उतरवा लिये जाते हैं।)

फत्तू–इन जालिमों से खुदा बचाये।

एक किसान–आये हैं अपने पेट भरने। बहाना कर दिया कि चोरी के माल का पता लगाने आये हैं।

फत्तू–अल्लाह मियाँ का कहर भी इनपर नहीं गिरता। देखो विचारों की खानातलाशी हो रही है।

हलधर-खानातलाशी काहे की, लूट है। उसपर लोग कहते हैं कि पुलिस तुम्हारे जान माल की रच्छा करती है।

फत्तू-इसके घर में कुछ नहीं निकला।

हलधर-यह दूसरा घर किसी मालदार किसान का है। देखो हाँडी में सोने का कंठा रखा हुआ है। गोप भी है। महतो इसे पहनकर नेवता खाने जाते होंगे। चौकीदार ने उड़ा लिया। देखो औरतें आँगन मैं खड़ी की गई हैं। उनके गहने उतारने को कह रहा है।

फत्त-बिचारा महतो थानेदार के पैरों पर गिर रहा है और अंजुली भर रुपये लिये खड़ा है।

राजेश्वरी-(सलोनी से) पुलुस वाले जिसकी इज्जत चाहें ले लैं।

सलोनी-हाँ, देखती तो साठ बरस हो गये। इनके ऊपर तो जैसे कोई है ही नही।

राजे०-रुपये ले लिये, बिचारियों की जान बची। मैं तो इन सभों के सामने कभी न खड़ी हो सकूं चाहे कोई मार ही डाले।

सलोनी-तसबीरें न जाने कैसे चलती हैं।

राजे०-कोई कल होगी और क्या।

हलधर-अब तमाशा बन्द हो रहा है।

एक किसान-आधी रात भी हो गई। सबेरे ऊख काटनी है।

सबल-आज तमाशा बन्द होता है। कल तुम लोगों को और भी अच्छे २ चित्र दिखाये जायेंगे जिससे तुम्हें मालूम होगा कि बीमारी से अपनी रक्षा कैसे की जा सकती है। घरों की और गाँव की सफाई कैसी होनी चाहिये, कोई बीमार पड़ जाय तो उसकी देख रेख कैसे करनी चाहिये। किसी के घर मैं आग लग जाय तो उसे कैसे बुझाना चाहिये। मुझे आशा है कि आज की तरह तुम लोग कल भी आओगे।

(सब लोग जाते है)

पञ्चम दृश्य

(प्रातःकाल का समय राजेश्वरी अपनी गाय को रेवड़ मैं ले जा रही है। सबल सिंह से मुठभेड़।)

सबल–आज तीन दिन से मेरे चन्द्रमा बहुत बलवान हैं। रोज एक बार तुम्हारे दर्शन हो जाते हैं। मगर आज मैं केवल देवी के दर्शनों ही से संतुष्ट न हूँगा। कुछ बरदान भी लूँगा। राजेश्वरी असमंजस में पड़कर इधर-उधर ताकती है और सिर झुकाकर खड़ा हो जाती है।

सबल–देवी, अपने उपासकों से यो नहीं लजाया करतीं। उन्हें धीरज देती हैं, उनकी दुःख कथा सुनती हैं, उनपर दया की दृष्टि फेरती हैं। राजेश्वरी, मैं भगवान को साक्षी देकर कहता हूँ कि मुझे तुमसे जितनी श्रद्धा और प्रेम है उतनी किसी उपासक को अपनी इष्ट देवी से भी न होगी। मेंने जिस दिन से तुम्हें देखा है उसी दिन से अपने हृदय-मन्दिर मैं तुम्हारी पूजा करने लगा हूँ। क्या मुझे पर जरा भी दया न करोगी?

राजेश्वरी–दया आपकी चाहिये आप हमारे ठाकुर हैं। मैं तो आपकी चेरी हूँ। अब मैं जाती हूँ। गाय किसी के खेत मैं पैठ जायेगी। कोई देख लेगा तो अपने मन मैं न जाने क्या कहेगा।

सबल–तीनों तरफ अरहर और ऊख के खेत हैं, कोई नहीं देख सकता। मैं इतनी जल्द तुम्हें न जाने दूँगा। आज महीनों के बाद मुझे वह सुअवसर मिला है, बिना वरदान लिये न छोड़ूगा। पहले यह बतलाओ कि इस काक मण्डली मैं तुम जैसी हंसनी क्यों कर आ पड़ी? तुम्हारे माता पिता क्या करते हैं।

राजे०–यह कहानी कहने लगूंगी तो बड़ी देर हो जायेगी। मुझे यहाँ कोई देख लेगा तो अनर्थ हो जायेगा।

सबल–तुम्हारे पिता भी खेती करते हैं?

राजे–पहले बहुत दिनों तक टापू मैं रहे। वहीं मेरा जन्म हुआ। जब वहाँ के सरकार ने उनकी जमीन छीन ली तो यहाँ चले आये। तबसे खेती बारी करते हैं। माता का वहीं देहान्त हो गया। मुझे याद आता है कुन्दन का सा रंग था। बहुत सुन्दर थीं।

सबल–समझ गया। (तृष्णापूर्ण नेत्रों से देखकर) तुम्हारा तो इन गंवारों मैं रहने से जी घबराता होगा। खेती बारी की मेंहनत भी तुम जैसी कोम लांगी सुन्दरी को बहुत अखरती होगी।

राजेश्वरी–(मन मैं) ऐसे तो बड़े दयालु और सज्जन आदमी हैं लेकिन निगाह अच्छी नहीं जान पड़ती। इनके साथ कुछ कपट करना चाहिये। देखू किस रंग पर चलते हैं। (प्रगट) क्या करूँ भाग्य में जो लिखा था वह हुआ।

सबल–भाग्य तो अपने हाथ का खेल है। जैसे चाहो वैसा बन सकता है। जब में तुम्हारा भक्त हूँ तो तुम्हें किसी बात की चिंता न करनी चाहिये। तुम चाहो तो कोई नौकर रख लो। उसकी तलब मैं दे दूँगा, गाँव में रहने की इच्छा न हो तो शहर चलो, हलधर को अपने यहाँ रख लूँगा, तुम आराम से रहना। तुम्हारे लिये मैं सब कुछ करने को तैयार हूँ, केवल तुम्हारी दया दृष्टि चाहता हूँ। राजेश्वरी, मेरी इतनी उम्र गुजर गई लेकिन परमात्मा जानते हैं कि आज तक मुझे न मालूम हुआ कि प्रेम क्या वस्तु है। मैं इस रस के स्बाद को जानता ही न था, लेकिन जिस दिन से तुम को देखा है प्रेमानन्द का अनुपम सुख भोग रहा हूँ। तुम्हारी सूरत एक क्षण के लिये भी आँखों से नहीं उतरती। किसी काम में जी नहीं लगता, तुम्हीं चित्तमैं बसी रहती हो। बगीचे मैं जाता हूँ तो मालूम होता है कि फूलों में तुम्हारी ही सुगन्धि है, श्यामा की चहक सुनता हूँ तो मालूम होता है कि तुम्हारी ही मधुर ध्वनि है। चन्द्रमा को देखता हूँ तो जान पड़ता है कि वह तुम्हारी ही मूर्ति है। प्रबल उत्कण्ठा होती है कि चलकर तुम्हारे चरणों पर सिर झुका हूँ। ईश्वर के लिये यह मत समझो कि मैं तुम्हें कलंकित करना चाहता हूँ। कदापि नहीं। जिस दिन यह

कुभाव, यह कुचेष्टा, मन मैं उत्पन्न होगी उस दिन हृदय को चीर कर बाहर फेंक दूँगा। मैं केवल तुम्हारे दर्शनों से अपनी आँखों को तृप्त करना, तुम्हारी सुललित वाणी से अपने श्रवण को मुग्ध करना चाहता हूँ। मेरी यही परमाकांक्षा है कि तुम्हारे निकट रहूँ, तुम मुझे अपना प्रेमी और भक्त समझो और मुझेसे किसी प्रकार का परदा या संकोच न करो। जैसे किसी सागर के निकटके वृक्ष उससे रस खींचकर हरे-भरे रहते हैं उसी प्रकार तुम्हारे समीप रहने से मेरा जीवन आनन्दमय हो जायेगा।

(चेतनदास एक भजन गाते हुए दोनो प्राणियों को देखते चले जाते हैं।)

राजेश्वरी-(मन मैं) मैं इनसे कौशल करना चाहती थी पर न जाने इनकी बातें सुनकर क्यों हृदय पुलकित हो रहा है। एक-एक शब्द मेरे हृदय मैं चुभा जाता है। (प्रगट) ठाकुर साहेब, एक दीन मजूरी करने वाली स्त्री से ऐसी बातें करके उस का सिर आसमान पर न चढ़ाइये। मेरा जीवन नष्ट हो जायेगा। आप धर्मात्मा हैं, जसी हैं, दयावान हैं। आज घर-घर आपके जसका बखान हो रहा है, आपने अपनी प्रजा पर जो दया की है उसकी महिमा मैं नहीं गा सकती। लेकिन यह बातें अगर किसीके कान में पड़ गई तो यही परजा जो आप के पैरों की धूल माथे पर चढ़ाने को तरसती है आपकी बैरी हो जायेगी, आपके पीछे पड़ जायेगी। अभी कुछ नहीं बिगड़ा है। मुझे भूल जाइये। संसार मैं एकसे एक सुन्दर औरतें हैं। मैं गंवारिन हूँ। मजूरी करना मेरा काम है। इन प्रेम की बातों को सुनकर मेरा चित्त ठिकाने न रहेगा। मैं उसे अपने बस में न रख सकूँगी। वह चंचल हो जायेगी और न जाने उस अचेत दशा मैं क्या कर बैठे। उसे फिर नाम की, कुल की, निन्दा की लाज न रहेगी। प्रेम बढ़ती हुई नदी है। उसे आप यह नहीं कह सकते कि यहाँ तक चढ़ना, इसके आगे नहीं। चढ़ाव होगा तो वह किसी के रोके न रुकेगी। इसलिये मैं आपसे विनती करती हूँ कि यहीं तक रहने दीजिये। मैं अभी तक अपनी दशा मैं सन्तुष्ट हूँ। मुझे इसी दशा मैं रहने दीजिये। अब मुझे देर हो रही है, जाने दीजिये।

सबल-राजेश्वरी, प्रेम के मदसे मतबाला आदमी उपदेश नहीं सुन सकता। क्या तुम समझती हो कि मैंने बिना सोचे समझ इस पथ पर पग रखा

है। मैं दो महीनों से इसी रैल बैस में हूँ। मैंने नीति का, सदाचरण का, धर्म का, लोक निन्दा का, आश्रय लेकर देख लिया, कहीं संतोष न हुआ तब मैंने यह पथ पकड़ा। मेरे जीवन का बनाना बिगाड़ना अब तुम्हारे ही हाथ है। अगर तुमने मुझेपर तरस न खाया तो अंत यही होगा कि मुझे आत्महत्या जैसा भीषण पाप करना पड़ेगा। क्योंकि मेरी दशा असह्य हो गई है। मैं इसी गाँव मैं घर बना लूँगा, यहीं रहूँगा, तुम्हारे लिये भी मकान, धन सम्पत्ति, जगह जमीन; किसी पदार्थ की कमी न रहेगी। केवल तुम्हारी स्नेह-दृष्टि चाहता हूँ।

राजेश्वरी-(मन मैं) इनकी बातें सुनकर मेरा चित्त चंचल हुआ जाता है। आप ही आप मेरा हृदय इनकी ओर खिंचा जाता है। पर यह तो सर्बनाशक मार्ग है। इससे मैं इन्हें कटु वचन सुना कर यहीं रोक देती हूँ। (प्रगट) आप विद्वान हैं, सज्जन हैं, धर्मात्मा है, परोपकारी है, और मेरे मन मैं आपका जितना मान है वह मैं कह नहीं सकती। मैं अबसे थोड़ी देर पहले आपको देवता समझती थी। पर आपके मुँह से ऐसी बातें सुनकर दुःख होता है। मैंने आपसे अपना हाल साफ-साफ कह दिया। उस पर भी आप वही बातें करते जाते है। क्या आप समझते हैं कि मैं अहीर जात और किसान हूँ तो मुझे अपने धरम करम का कुछ विचार नहीं है और मैं धन और सम्पत्ति पर अपने धरम को बेच दूँगी। आपका यह भरम है। अगर आपको मैं इतनी सिरद्धा से न देखती होती तो इस समय आप यहाँ इस तरह बेधड़क मेरे धरम को सत्यानाश करने की बातचीत न करते। एक पुकार पर सारा गाँव यहाँ आजाता और आपको मालूम हो जाता कि देहात के गंवार अपनी औरतों की लाज कैसे रखते हैं। मैं जिस दशा में भी हूँ संतुष्ट हूँ, मुझे किसी वस्तु की तृषना नहीं है। (आपका धन आपको मुबारक रहे। आपका कुशल इसी में है कि अभी आप यहाँ से चले जाइये। अगर गाँव वालों के कानों में इन बातों की जरा भी भनक पड़ी तो वह मुझे तो किसी तरह जीता न छोड़ेंगे पर आपके भी जान के दुश्मन हो जायेंगे। आपकी दया, उपकार सेवा एक भी आपको उनके कोप से न बचा सकेगा।

(चली जाती है)

सबल-(आप ही आप) इसकी संगति मेरे चित्त को हटाने की जगह और भी बल के साथ अपनी ओर खींचती है: ग्रामीण स्त्रियाँ भी इतनी दृढ़ और आत्माभिमानी होती हैं, इसका मुझे ज्ञान न था। अबोध बालक को जिस काम के लिये मना करो वही अदबदा कर करता है। मेरे चित्त की दशा उसी बालक के समान है। वह अवहेलना से हतोत्साह नहीं, वरन और भी उत्तेजित होता है।

(प्रस्थान)

षष्टम दृश्य

स्थान-मधुबन गाँव, समय-फागुन का अंत,

तीसरा पहर, गाँव के लोग बैठे बातें कर रहे हैं।

एक किसान-बेगार तो सब बन्द हो गई थी। अब यह दलहाई की बेगार क्यों माँगी जाती है?

फत्तू-जमींदार की मरजी। उसीने अपने हुकुम से बेगार बन्द की थी। वही अपने हुकुम से जारी करता है।

हलधर-यह किस बात पर चिढ़ गये? अभी तो चार ही पाँच दिन होते हैं तमाशा दिखाकर गये हैं। हम लोगों ने उनकी सेवा सत्कार मैं तो कोई बात उठा नहीं रखी।

फत्तू-भाई राजा ठाकुर हैं, उनका मिजाज बदलता रहता है। आज किसी पर खुश हो गये तो उसे निहाल कर दिया, कल नाखुश हो गये तो हाथी के पैरोत तले कुचलवा दिया। मन की बात है।

हलधर-अकारन ही थोड़े किसी का मिजाज बदलता है। वह तो कहते थे अब तुम लोग हाकिम हुक्काम किसी को भी बेगार मत देना। जो कुछ होगा मैं देख लूँगा। कहाँ आज यह हुकुम निकाल दिया। जरूर कोई बात मरजी के खिलाफ हुई है।

फत्तू-हुई होगी। कौन जाने घर हीमें किसी ने कहा हो असामी अब सेर हो गये, तुम्हें बात भी न पूछेगे। इन्होंने कहा हो कि सेर कैसे हो जायंगे, देखो अभी बेगार लेकर दिखा देते हैं। या कौन जाने कोई काम काज आ पड़ा हो। अरहर भरी रखी हो दलवाकर बेच देना चाहते हों।

कई आदमी-हाँ ऐसी ही कोई बात होगी। जो हुकुम देंगे वह बजाना ही पड़ेगा नहीं तो रहेंगे कहाँ।

एक किसान और जो बेगार न दें तो क्या करें?

फत्तू-करने की एक ही कही। नाक मैं दम कर दें, रहना मुसकिल हो जाय। अरे और कुछ न करें लगान की रसीद ही न दें तो उनका क्या बना लोगे। कहाँ फिरियाद ले जानोगे और कौन सुनेगा। कचहरी कहाँ तक दौड़ोगे। फिर वहाँ भी उनके सामने तुम्हारी कौन सुनेगा!

कई आदमी-आजकल मरने की छुट्टी ही नहीं है, कचहरी कौन दौड़ेगा। खेती तैयार खड़ी है, इधर ऊख बोना है, फिर अनाज माड़ना पड़ेगा। कचहरी के धक्के खाने से तो यही अच्छा है कि जमींदार जो कहे वही बजावें।

फत्तू-घर पीछे एक औरत जानी चाहिये। बुढ़ियों को छांट कर भेजा जाय।

हलधर-सबके घर बुढ़ियां कहाँ हैं? फत्तू-तो बहू बेटियों को भेजने की सलाह मैं न दूँगा। हलधर-वहाँ इसका कौन खटका है।

फत्तू-तुम क्या जानो, सिपाही हैं, चपरासी हैं, क्या वहाँ सबके सब देवता ही बैठे हैं। पहले को दूसरी बात थी।

एक किसान-हाँ यह बात ठीक है। मैं तो अम्मां को भेज दूँगा।

हलधर-मैं कहाँ से अम्मां लाऊ?

फत्तू-गाँव मैं जितने घर हैं क्या उतनी बुढ़ियां न होंगी। गिनो-१-२-३-राजा की मां चार...उस टोले में पाँच, पच्छिम ओर सात, मेरी तरफ है-कुल पञ्चीस बुढ़ियां हैं।

हलधर-घर कितने होंगे?

फत्तू-घर तो अब की मरदुम सुमारी मैं ३० थे। कह दिया जायेगी पाँच घरों में कोई औरत ही नहीं है, हुकुम हो तो मर्द ही हाजिर हों।

हलधर-मेरी ओरसे कौन बुढ़िया जायेगी?

फत्तू-सलोनी काकी को भेज दो। लो वह आप ही आ गई।

(सलोनी आती है)

अरे सलोनी काकी, तुझे जमीदार की दलहाई मैं जाना पड़ेगा।

सलोनी-जाय नौज, जमींदार के मुँह में लूका लगे, मैं उसका क्या चाहती हूँ कि बेगार लेगा। एक धुर जमीन भी तो नहीं है। और बेगार तो उसने बन्द कर दी थी?

फत्तू-जाना पडेगा, उसके गाँव मैं रहती हो कि नहीं?

सलोनी-गाँव उसके पुरखों का नहीं है, हाँ नहीं तो। फतुआ मुझे चिढ़ा मत, नहीं कुछ कह बैलूँगी।

फत्तू-जैसे गा गा कर चक्की पीसती हो उसी तरह गा गा कर दाल दलना। बता कौन गीतओ गावोगी?

सलोनी-डाढ़ी जार मुझे चिढ़ा मत, नहीं गाली दे दूँगी। मेरी गोद का खेला लौंडा मुझे चिढ़ाता है।

फत्तू-कुछ तूही थोड़ी जायेगी। गाँव की सभी बुढ़िया जायंगी।

सलोनी-गंगा असनान है क्या? पहले तो बुढ़ियां छांट कर न जाती थीं। मैं उमिर भर कभी नहीं गई। अब क्या बहुओं को परदा लगा है। गहने गढा गढ़ा तो वह पहने; बेगार करने बुढ़ियां जायं!

फत्तू-अब की कुछ ऐसी ही बात आ पड़ी है। हलधर के घर कोई बुढ़िया नहीं है। उसकी घरवाली कल की बहुरिया है जा नहीं सकती। उसकी ओर से चली जा।

सलोनी-हाँ उसकी जगह पर चली जाऊँगी। बिचारी मेरी बड़ी सेवा करती है। जब जाती हूँ तो बिना सिर मैं तेल डाले और हाथ पैर दबाये नहीं आने देती। लेकिन बहली जुता देगा न? .

फत्तू-बेगार करने रथ पर बैठ कर जायेगी।

हलधर-नहीं काकी, मैं बहली जुता दूँगा। सबसे अच्छी बहली मैं तुम बैठना।

सलोनी-बेटा, तेरी बड़ी उम्मिर हो,जुग जुग जी। बहली मैं ढोल मजीरा रख देना। गाती बजाती जाऊँगी।

सप्तम दृश्य

(समय-सन्ध्या, स्थान-मधुबन। ओले पड़ गये है, गाँव के स्त्री-पुरुष खेतों में जमा है।)

फत्तू-अल्लाह ने पर सी परसाई थाली छीन ली।

हलधर-बना बनाया खेल बिगड़ गया।

फत्तू-छावत लागत ६ बरस और छिन मैं होत उजाड़। कई साल के बाद तो अब की खेती जरा रंग पर आई थी। कल इन खेतों को देखकर कैसी गज भरकी छाती हो जाती थी। ऐसा जान पड़ता था सोना बिछा दिया गया है। बित्ते-बित्ते भरकी बालें लहराती थीं, पर अल्लाह ने मारा सब सत्यानास कर दिया। बाग मैं निकल जाते थे तो बौर की महक से चित्त खिल उठता था। पर आज बौर की कौन कहे पत्ते तक झड़ गये।

एक बृद्ध किसान-मेरी यादमैं इतने बड़े-बड़े ओले कभी न पड़े थे।

हलधर-मैंने इतने बड़े ओले देखे ही न थे, जैसे चट्टान काट काटकर लुढ़का दिया गया हो।

फतू-तुम अभी हो के दिन के। मैंने भी इतने बड़े ओले नहीं देखे।

एक बृद्ध किसान-एक बेर मेरी जवानी मैं इतने बड़े ओले गिरे थे कि सैकड़ों ढोर मर गये। जिधर देखो मरी हुई चिड़ियाँ गिरी मिलती थीं। कितने ही पेड़ गिर पड़े। पक्की छतें तक फट गई थीं। बखारों मैं अनाज सड़ गये, रसोई मैं बरतन चकनाचूर हो गये। मुदा हाँ अनाज की मड़ाई हो चुकी थी। इतना नुकसान नहीं हुआ था।

सलोनी–मुझे तो मालूम होता है जमींदार की नीयत बिगड़ गई है, तभी ऐसी तबाही हुई है।

राजे–काकी, भगवान न जाने क्या करने वाले हैं। बार बार मने करती थी कि अभी महाजन से रुपये न लो। लेकिन मेरी कौन सुनता है। दौड़े २ गये २००) उठा लाये जैसे अपनी धरोहर हो। देखें अब कहाँ से देते हैं। लगान ऊपर से देना है। पेट तो मजूरी करके भर जायेगी लेकिन महाजन से कैसे गला छूटेगा।

हलधर–भला पूछो तो काकी कौन जानता था कि क्या सुदनी है। आगम देखके तब रुपये लिये थे। यह आफत न आ जाती तो १००) का तो अकेले तेलहन निकल आता। छाती भर गेहूँ खड़ा था।

फत्तू–अब तो जो होना था वह हो गया। पछताने से क्या हाथ आयेगा।

राजे–आदमी ऐसा काम ही क्यों करे कि पीछे से पछताना पड़े।

सलोनी–मेरी सलाह मानो। सब जने जाकर ठाकुर से फिरियाद करो कि लगान की माफी हो जाय। दयावान आदमी हैं। मुझे तो बिस्सास है कि माफ कर देंगे। दलहाई की बेगार में हम लोगों से बडे प्रेम से बातें करते रहे। किसी को छटाँक भर भी दाल न दलने दी। पछताते रहे कि नाहक तुम लोगों को दिक किया। मुझसे बड़ी भूल हुई। मैं तो फिर कहूगी कि आदमी नहीं देवता हैं।

फत्तू–जमींदार के माफ करने से थोड़े माफी होती है, जब सरकार माफ करे तब न? नहीं तो जमींदार को मालगुजारी घरसे चुकानी पड़ेगी। तो सरकारसे इसकी कोई आसा नहीं। अमले लोग तहकिकात करनेको भेजे जायेंगे। वह असामियों से खूब रिसबत पायेंगे तो नुकसान दिखायेंगे नहीं तो लिख देगें ज्यादा नुकसान नहीं हुआ। सरकार बहुत करेगी।) की छूट कर देगी। जब देने ही पड़ेंगे तो। और सही। रिसबत और कचहरी की दौड़ से तो बच जायेंगे। सरकार को अपना खजाना भरने से मतलब है कि परजाको पालने से। सोचती होगी यह सब न रहेंगे तो इनके और भाई तो रहेंगे ही। जमीन परतो थोड़े पड़ी रहेगी।

एक वृद्ध किसान–सरकार एक पैसा भी न छोड़ेगी। इस साल कुछ छोड़ भी देगी तो अगले साल सूद समेंत वसूल कर लेगी।

फत्लू–बहुत निगाह करेगी तो तकाबी मंजूर कर देगी। उसका भी सूद लेगी। हर बहाने से रुपया खींचती है। कचहरी मैं झूठो कोई दरखास देने जावो तो बिना टके खर्च किये सुनाई नहीं होती। अफीम सरकार बेचे, दारू, गांजा, भांग, मदक, चरस, सरकार बेचे। और तो और नोन तक बेचती है। इस तरह रुपया न खींचे तो अफसरों की बड़ी २ तलब कहाँ से दे। कोई १ लाख पाता है, कोई दो लाख, कोई तीन लाख। हमारे यहाँ जिसके पास लाख रुपये होते हैं वह लखपती कहलाता है, मारे घमंड के सीधे ताकता नहीं। सरकार के नौकरों की एक एक साल की तलब दो दो लाख होती है। भला वह लगान की एक पाई भी छोड़ेगी।)

हलधर–बिना सुराज मिले हमारी दसा न सुधरेगी। अपना राजा होता तो इस कठिन समय मैं अपनी मदद करता।

फत्तू–मदद करेंगे! देखते हो जब से दारू, अफीम की बिक्री बन्द हो गई है अमले लोग नसेका कैसा बखान करते फिरते हैं। कुरान शरीफ मैं नसा हराम लिखा है, और सरकार चाहती है कि देस नसेबाज हो जाय। सुना है साहब ने आजकल हुकुम दे दिया है कि जो लोग खुद अफीम सराब पीते हों और दूसरों को पीने की सलाह देते हों उनका नाम खैरखाहों मैं लिख लिया जाय। जो लोग पहले पीते थे और अब छोड़ बैठे हैं, या दूसरों को पीना मना करते हैं उनका नाम बागियों में लिखा जाता है।

हलधर–इतने सारे रुपये क्या तलबों मैं ही उठ जाते हैं?

राजे–गहने बनवाते हैं।

(ठीक तो कहती है क्या सरकार के जोरू बच्चे नहीं हैं। इतनी बड़ी फौज बिना रुपये के ही रखी है। एक–एक तोप लाखों में आती है। हवाई जहाज कई कई लाख के होते हैं। सिपाहियों को कूचके लिये हवा गाड़ी चाहिये। जो खाना यहाँ रईसों को मयस्सर नहीं होता वह सिपाहियों को खिलाया जाता है। साल मैं ६ महीने सब बड़े २ हाकिम पहाड़ो की सैर करते

हैं। देखते तो हो छोटे २ हाकिम भी बादसाहों की तरह ठाट से रहते हैं, अकेली जानपर १०-१५ नौकर रखते हैं, एक पूरा बंगला रहने को चाहिये। जितना बड़ा हमारा गाँव है उससे ज्यादा जमीन एक.बंगले के हाते में होती है। सुनते हैं सब १०-२०) बोतल की शराब पीते हैं। हमको तुम को भरपेट रोटियाँ नहीं नसीब होती, वहाँ रात दिन देग चढ़ा रहता है। हम तुम रेल गाड़ी मैं धक्के खाते हैं। एक एक डब्बे में जहाँ दस की जगह है वहाँ २०-२५-३०-४० ठूँस दिये जाते हैं। हाकिमों के वास्ते सभी सजी सजाई गाड़ियां रहती है, आराम से गद्दी पर लेटे हुए चले जाते हैं। रेलगाड़ी को जितना हम किसानों से मिलता है उसका एक हिस्सा भी उन लोगो से न मिलता होगा। मगर तिस पर भी हमारी कहीं पूछ नही। जमाने की खूबी है!

हलधर-सुना है मेंमें अपने बच्चों को दूध नही पिलातीं।

फत्तू-सो ठीक है, दूध पिलाने से औरत का शरीर ढीला हो जाता है, वह फुरती नहीं रहती। दाइया रख लेते है। वही बच्चों को पालती पोसती हैं। मां खाली देख भाल करती रहती हैं। लूट है लूट!

सलोनी-दरखास दो मेरा मन कहता है छूट हो जायेगी।

फत्तू-कह तो दिया दो चार आने की छूट हुई भी तो बरसों लग जायंगे। पहले पटवारी कागद बनायेगा उसको पूजो, तब कानूगो जांच करेगा, उसको पूजो, तब तहसीलदार नजर सानी करेगा, उसको पूजो, तब डिप्टी के सामने कागद पेस होगा, उसको पूजो, वहाँ से तब बड़े साहब के इजलास मैं जायेगी, वहाँ अहलमद और अरदली और नाजिर सभी को पूजना पड़ेगा। बड़े साहब कमसनर को रपोट देंगे, वहाँ भी कुछ न कुछ पूजा करनी पड़ेगी। इस तरह मनजूरी होते होते एक जुग बीत जायेगा। इन सब झंझटों से तो यही अच्छा है कि

रहिमन चुप है बैठिये देखि दिनन को फेर।
जब नीके दिन आइहै बनत न लीग है देर।।

हलधर-मुझे तो ६०) लगान देने हैं। बैल बधिया बिक जायंगे तब भी पूरा न पड़ेगा।

एक किसान-बचेंगे किसके। अभी साल भर खाने को चाहिये। देखो गेहूँ के दाने कैसे बिखड़े पड़े हैं जैसे किसी ने मसल दिये हों।

हलधर क्या करना होगा?

राजे०-होगा क्या जैसी करनी है वैसी भरनी होगी। तुम तो खेत मैं बाल लगते ही बावले हो गये। लगान तो था ही ऊपर से महाजन का बोझ भी सिर पर लाद लिया।

फत्तू-तुम मैंके चली जाना। हम दोनों जाकर कहीं मजूरी करेंगे। अच्छा काम मिल गया तो साल भरमैं डोंगा पार है।

राजे-हाँ और क्या, गहने तो मैंने पहने हैं, गायका दूध मैंने खाया है, बरसी मेरे ससुर की हुई है, अब तो भरौती के दिन आये तो मैं मेके भाग जाऊँ। यह मेरा किया न होगा। तुम लोग जहाँ जाना वहीं मुझे भी लेते चलना। और कुछ न होगा तो पकी पकाई रोटियाँ तो मिल जायंगी।

सलोनी भरपेट?

राजे-हाँ और क्या?

सलोनी-बेटी तुम्हारे खिलाने से अब मेरा पेट न भरेगा। मेरा पेट भरता था जब रुपये का पसेरी भर घी मिलता था। अब तो पेट ही नहीं भरता। चार पसेरी अनाज पीसकर जांत परसे उठती थी। चार पसेरी की रोटियाँ पकाकर चौके से निकलती थी। अब बहुयें आती हैं तो चूल्हे के सामने जाते उनको ताप चढ़ आती है, चक्की पर बैठते ही सिर मैं पीड़ा होने लगती है। खाने को तो मिलता नहीं बलबूता कहाँ से आये। न जाने उपज ही नहीं होती कि कोई ढो ले जाता है। बीस मनका बीघा उतरता था। २०) भी हाथ मैं आ जाते थे, तो पछाई बैलों की जोड़ी द्वार पर बंध जाती थी। अब देखने को रुपये तो बहुत मिलते हैं, पर ओले की तरह देखते-देखते गल जाते हैं। अब तो भिखारी को भीख देना भी लोगों को अखरता है।

फत्तू-सच कहना काकी, तुम काका को मुट्ठी में दबा लेती थी कि नहीं?

सलोनी–चल, उनका जोड़ दस बीस गाँव में न था। तुझे तो होस आता होगा, कैसा डील डौल था। चुटकी से परी फोड़ देते थे।

(गाती है)

चलो चलो सखी अब जाना,

तोर पिया भेज दिया परवाना। (टेक)

एक दूत जबर चल आया, सब लस्कर संग सजायारी।

किया बीच नगरके ठाना गढ़ कोट किले गिरवाये, सब द्वार बन्द करवायेरी।

अब किस विधि होय रहाना। जब दूत महल में आवे, तुझे तुरत पकड़े ले जावेरी।

तेरा चले न एक बहाना

पिया भेज दिया परवाना।

दूसरा अंक

पहला दृश्य

स्थान-चेतन दास की कुटी, गंगा तट समय-संध्या।

सबल-महाराज, मनोवृत्तियों के दमन करने का सबसे सरल उपाय क्या है?

चेतन-उपाय बहुत हैं, किन्तु मैं मनोवृत्तियों के दमन करने. का उपदेश नहीं करता। उनको दमन करने से आत्मा संकुचित हो जाती है। आत्मा को ज्ञानेन्द्रियों द्वारा ही ज्ञान प्राप्त होता है। यदि इन्द्रियों को दमन कर दिया जाय तो मनुष्य की चेतना शक्ति लुप्त हो जायेगी। योगियों ने इच्छाओं को रोकने के लिये कितने ही यत्न लिखे हैं। हमारे योग ग्रन्थ उन उपदेशों से परिपूर्ण हैं। मैं इन्द्रियों को दमन करना अस्वाभाविक, हानिकर और आपत्तिजनक समझता हूँ।

सबल०-(मन में) आदमी तो विचारशील जान पड़ता है। मैं इसे रंगा हुआ समझता था। (प्रगट) यूरोप के तत्त्वज्ञानियों ने कहीं २ इस विचार का पुष्टीकरण किया है, पर अब तक मैं उन विचारों को भ्रांतिकारक समझता था। आज आपके श्रीमुख से उनका समर्थन सुनकर मेरे कितने ही निश्चित सिद्धांतों को आघात पहुँच रहा है।

चेतन-इन्द्रियों द्वारा ही हमको जगत का ज्ञान प्राप्त होता है। वृतियों को दमन कर देने से ज्ञान का एकमात्र द्वार ही बन्द हो जाता है। अनुभव हीन

आत्मा कदापि उच्च पद नहीं प्राप्त कर सकती। अनुभव का द्वार बन्द करना विकास का मार्ग बन्द करना है, प्रकृति के सब नियमों के कार्य में बाधा डालना है। वही आत्मा मोक्षपद प्राप्त कर सकती है जिसने अपने ज्ञान द्वारा, इन्द्रियों को मुक्त रखा हो। त्याग का महत्व आह्वान में नही है। जिसने मधुर संगीत सुना ही न हो उसे संगीत की रुचि न हो तो कोई आश्चर्य नहीं। आश्चर्य तो तब है कि जब वह संगीत कला का भली भांति आस्वादन करने, उसमें लिप्त होनेके पीछे वृत्तियों को उधर से हटा ले। वृत्तियों को दमन करना वैसा ही है जैसे बालक को खड़े होने या दौड़ने से रोकना। ऐसे बालक को चोट चाहे न लगे पर वह अवश्य ही अपंग हो जायेगा।

सबल-(मन में) कितने स्वाधीन और मौलिक विचार हैं। (प्रगट) तब तो आपके विचार में हमें अपनी इच्छाओं को अबाध्य कर देना चाहिये।

चेतन-में तो यहाँ तक कहता हूँ कि आत्मा के विकास में पापों का भी मूल्य है। उज्वल प्रकाश सात रंगों के सम्मिश्रण से बनता है। उसमें लाल रंग का महत्व उतना ही है जितना नीले या पीले रंग का। उत्तम भोजन वही है जिसमें षट्र रसों का सम्मिश्रण हो। इच्छाओं को दमन करो, मनोवृत्तियों को रोको, यह मिथ्या तत्त्ववादियों के ढकोसले हैं। यह सब अबोध बालकों को डराने के जू जू हैं। नदी के तटपर न जाओ, नहीं तो डूब जाओगे, यह मूर्ख माता पिता की शिक्षा है। विचार शील प्राणी अपने बालक को नदी के तट पर केवल ले ही नहीं जाते वरन् उसे नदी में प्रविष्ट कराते हैं, उसे तैरना सिखाते हैं।

सबल-(मन में) कितनी मधुर वाणी है। वास्तव में प्रेम चाहे कलुषित ही क्यों न हो चरित्र-निर्माण में अवश्य अपना स्थान रखता है। (प्रगट) तो पाप कोई घृणित वस्तु नहीं?

चेतन-कदापि नहीं। संसार में कोई वस्तु घृणित नहीं है, कोई वस्तु त्याज्य नहीं है। मनुष्य अहंकार के वश होकर अपने को दूसरों से श्रेष्ठ समझने लगता है। वास्तव में धर्म और अधर्म, सुविचार और कुविचार, पाप और पुण्य, यह सब मानव जीवन की मध्यवर्ती अवस्थायें मात्र हैं।

सबल-(मन में) कितना उदार हृदय है। (प्रगट) महाराज आपके उपदेश से मेरे सन्तप्त हृदय को बड़ी शांति प्राप्त हुई।

(प्रस्थान)

चेतन-(आपही आप) इस जिज्ञासा का आशय खूब समझता हूँ। तुम्हारी अशान्ति का रहस्य खूब जानता हूँ। तुम फिसल रहे थे, मैंने एक धक्का और दे दिया। अब तुम नहीं संभल सकते।

दूसरा दृश्य

समय-संध्या स्थान-सबल सिंह की बैठक।

सबल-(आप ही आप) में चेतन दास को धूर्त समझता था, पर वह तो ज्ञानी महात्मा निकले। कितना तेज और शौर्य है। शानी उनके दर्शनों को लालायित हैं। क्या हर्ज है। ऐसे आत्म ज्ञानी पुरुषों के दर्शन से कुछ उपदेश ही मिलेगा।

(कंचन सिंह का प्रवेश)

कंचन-(तार दिखाकर) दोनों जगह हार हुई। पूना में घोड़ा कट गया। लखनऊ में जाकी घोड़े से गिर पड़ा।

सबल-यह तो तुमने बुरी खबर सुनाई। कोई पाँच हजारों का नुकसान हो गया।

कंचन-गल्ले का बाजार चढ़ गया। अगर अपना गेहूँ दस दिन और न बेचता तो दो हजार साफ निकल आते।

सबल-पर आगम कौन जानता था।

कंचन-असामियों से एक कौड़ी वसूल होने की आशा नहीं। सुना है कई असामी घर छोड़कर भागने की तैयारी कर रहे हैं। (बैल बधिया बेचकर जायँगे। कब तक लौटेंगे कौन जानता है। मरें, जियें न जाने क्या हो। यत्न न किया गया तो ये सब रुपये भी मारे जायेंगे।) पाँच हजार के माथे जायेगी। मेरी राय है कि उनपर डिगरी कराके जायदाद नीलाम करा ली जाय। असामी सबके सब मोतबर हैं लेकिन ओलों ने तबाह कर दिया।

सबल-उनके नाम याद हैं?

कंचन-सबके नाम तो नहीं लेकिन दस पाँच नाम छांट लिये हैं। जगरांव का लल्लूँ, तुलसी भूफोर, मधुबन का सीता, नब्बी, हलधर, चिरौंजी......

सबल-(चौंक कर) हलधर के जिम्में कितने रुपये हैं? कंचन-सूद मिलाकर कोई २५०) होंगे।

सबल-(मन में) बड़ी विकट समस्या है। मेरे ही हाथों उसे यह कष्ट पहुँचे! इसके पहले में इन हाथों को ही काट डालूँगा। उसकी एक दया-दृष्टि पर ऐसे २ कई ढाई सौ न्योछावर हैं। वह मेरी है, उसे ईश्वर ने मेरे लिये बनाया है नहीं तो मेरे मनमें उसकी लगन क्यों होती। समाज के अनर्गल नियमों ने उसके और मेरे बीच यह लोहे की दीवार खड़ी कर दी है। मैं इस दीवार को खोद डालूँगा। इस कांटे को निकाल कर फूल को गले में डाल लूँगा। सांप को हटाकर मणि को अपने हृदय में रख लूँगा (प्रगट) और' असामियो की जायदाद नीलाम करा सकते हो पर हलधर की जायदाद नीलाम कराने के बदले में उसे कुछ दिनों हिरासत की हवा खिलाना चाहता हूँ। वह बदमाश आदमी है, गाँव वालों को भड़काता है। कुछ दिन जेल में रहेगा तो उसका मिजाज ठंडा हो जायेगा।

कंचन-हलधर देखने में तो बड़ा सीधा और भोला आदमी मालूम होता है।

सबल-बना हुआ है। तुम अभी उसके हथकंडों को नहीं जानते। मुनीम से कह देना, वह सब कार्रवाई कर देगा। तुम्हें अदालत में जाने की जरूरत नहीं।

(कंचन सिंह का प्रस्थान) सबल-(आप ही आप)ज्ञानियों ने सत्य ही कहा है कि काम के वश में पड़कर मनुष्य की विद्या, बुद्धि, विवेक सब नष्ट हो जाते हैं। यदि वह नीच प्रकृति है तो मनमाना अत्याचार करके अपनी तृष्णाको पूरी करता है। यदि विचार शील है तो कपट नीति से अपना मनोरथ सिद्ध करता है। इसे प्रेम नहीं कहते, यह है कामलिप्सा। प्रेम पवित्र, उज्वल, स्वार्थ रहित, सेवामय, वासना रहित वस्तु है। प्रेम वास्तव में ज्ञान है। प्रेम से

संसार की सृष्टि हुई, प्रेम से ही उसका पालन होता है। यह ईश्वरीय प्रेम है। मानव प्रेम वह है जो जीव मात्र को एक समझे, जो आत्मा की व्यापकता को चरितार्थ करे, जो प्रत्येक अणु में परमात्मा का स्वरूप देखे, जिसे अनुभूत हो कि प्राणी मात्र एक ही प्रकाश की ज्योति हैं। प्रेम उसे कहते हैं। प्रेम के शेष जितने रूप हैं सब स्वार्थमय, पापमय हैं। ऐसे कोढ़ी को देखकर जिसके शरीर में कीड़े पड़ गये हों अगर हम विह्वल हो जायं और उसे तुरंत गले लगा लें तो वह प्रेम है। सुन्दर, मनोहर स्वरूप को देखकर सभी का चित्त आकर्षित होता है, किसी का कम, किसी का ज्यादा। जो साधन हीन हैं, क्रिया हीन हैं या पौरुष हीन हैं वह कलेजे पर हाथ रखकर रह जाते हैं और दो एक दिन में भूल जाते हैं। जो सम्पन्न हैं, चतुर है, साहसी हैं, उद्योग शील हैं, वह पीछे पड़ जाते हैं और अभीष्ट लाभ करके ही दम लेते हैं। यही कारण है कि प्रेम वृत्ति अपने सामर्थ्य के बाहर बहुत कम जाती है। जार की लड़की कितनी ही सर्व गुण पूर्ण हो पर मेरी वृत्ति उधर जाने का नाम न लेगी। वह जानती है कि वहाँ मेरी दाल न गलेगी। राजेश्वरी के विषय में मुझे संशय न था। वहाँ भय, प्रलोभन, नृशंसता, किसी युक्तिका प्रयोग किया जा सकता था। अंत में, यदि यह सब युक्तियां विफल होती तो

(अचल सिंह का प्रवेश)

अचल-दादाजी, देखिये नौकर बड़ी गुस्ताखी करता है। अभी में फुटबाल देखकर आया हूँ, कहता हूँ जूता उतार दे, लेकिन वह लालटेन साफ कर रहा है, सुनता ही नहीं। आप मुझे कोई अलग एक नौकर दे दीजिये, जो मेरे कामके सिवा और किसी का काम न करे।

सबल-(मुस्करा कर) मैं भी एक ग्लास पानी मांगू तो न दे।

अचल-आप हंसकर टाल देते हैं, मुझे तकलीफ होती है। मैं जाता हूँ इसे खूब पीटता हूँ।

सबल-बेटा, वह काम भी तो तुम्हारा ही है। कमरे में रोशनी न होती तो उसके सिर होते कि अबतक लालटेन क्यों नहीं जलाई। क्या हर्ज है आज अपने ही हाथ से जूते उतार लो। तुमने देखा होगा जरूरत पड़ने पर लेडियां

तक अपने बक्स उठा लेती हैं। जब बम्बे मेंल आती है तो जरा स्टेशन पर जाकर देखो।

अचल–आज अपने जूते उतार लूँ, कल को जूतों में रोगन भी आप ही लगा लूँ, वह भी तो मेरा ही काम है, फिर खुद ही कमरे की सफाई भी करने लगूं, अपने हाथों टब भी भरने लगूं, धोती भी छांटने लगू।

सबल–नही यह सब करने को मैं नहीं कहता, लेकिन अगर किसी दिन नौकर न मौजूद हो तो जूता उतार लेने में कोई हानि नहीं है।

अचल–जी हाँ मुझे यह मालूम है, मैं तो यहाँ तक मानता हूँ कि एक मनुष्य को अपने दूसरे भाई से सेवा टहल कराने का कोई अधिकार ही नहीं है। यहाँ तक कि साबरमती आश्रम में लोग अपने हाथों अपना चौका लगाते हैं, अपने बर्तन मांजते हैं और अपने कपड़े तक धो लेते हैं। मुझे इसमें कोई उज्र या इन्कार नहीं है, मगर तब आप ही कहने लगेंगे बदनामी होती है, शर्म की बात है, और अम्मांजी की तो नाक ही कटने लगेगी। मैं जानता हूँ नौकरों के अधीन होना अच्छी आदत नहीं है। अभी कल ही हम लोग कण्व स्थान गये थे। हमारे मास्टर थे और १५ लड़के। ११ बजे दिन को धूपमें चले। छतरी किसी के पास नहीं रहने दी गई। हाँ लोटा डोर साथ था। कोई १ बजे वहाँ पहुँचे। कुछ देर पेड़के नीचे दम लिया। तब तालाब में स्नान किया। भोजन बनाने की ठहरी। घरसे कोई भोजन करके नहीं गया था। फिर क्या था, कोई गाँव से जिंस लाने दौड़ा, कोई उपले बटोरने लगा, दो तीन लड़के पेड़ों पर चढ़ कर लकड़ी तोड़ लाये, कुम्हार के घर से हाँडियां और घड़े आये। पत्तों के पत्तल हमने खुद बनाये। आलू का भर्ता और बाटियां बनाई गई। खाते पकाते चार बज गये। घर लौटने की ठहरी। ६ बजते २ यहाँ आ पहुँचे। मेंने खुद पानी खींचा, खुद उपले बटोरे। एक प्रकार का आनन्द और उत्साह मालूम हो रहा था। यह द्रिप (क्षमा कीजियेगा अंग्रेजी शब्द निकल गया) चक्कर, इसी लिये तो लगाया गया था जिसमें हम जरूरत पड़ने पर सब काम अपने हाथों से कर सकें, नौकरो के मुंहताज न रहें।

सबल–इस चक्कर का हाल सुनकर मुझे बड़ी खुशी हुई। अब ऐसे गस्त की ठहरे तो मुझसे भी कहना, मैं भी चलूँगा। तुम्हारे अध्यापक महाशय को मेरे चलनेमें कोई आपत्ति तो न होगी?

अचल-(हंसकर) वहाँ आप क्या कीजियेगा, पानी खींचियेगा?

सबल-क्यों, कोई ऐसा मुशकिल काम नहीं है।

अचल-इन नौकरों में दो चार अलग कर दिये जायं तो अच्छा हो। इन्हें देख कर ख़ामखाह कुछ न कुछ काम लेने का जी चाहता है। कोई आदमी सामने न हो तो अलमारी में से खुद किताब निकाल लाता हूँ। लेकिन कोई रहता है तो खुद नहीं उठता उसीको उठाता हूँ। आदमी कम हो जायेंगे तो यह आदत छूट जायेगी।

सबल-हाँ तुम्हारा यह प्रस्ताव बहुत अच्छा है। इस पर विचार करूँगा। देखो नौकर खाली हो गया जावो जूते खुलवा लो।

अचल-जी नहीं अब में कभी नौकर से जूता उतरवाऊंगा ही नहीं और न पहनूंगा। खुद ही पहन लूँगा, उतार लूँगा। आपने इशारा कर दिया वह काफी है।

(चला जाता है)

सबल-(मन में) ईश्वर तुम्हें चिरायु करें, तुम होनहार देख पड़ते हो। लेकिन कौन जानता है आगे चलकर क्या रंग पकड़ोगे। मैं आज के तीन महीने पहले अपनी सच्चरित्रता पर घमंड करता था। वह घमंड एक क्षण में चूर चूर हो गया। खैर होगा। ....'अगर और सब देनदारों पर दावा न हो केवल हलधर ही पर किया जाय तो घोर अन्याय होगा। मैं तो चाहता हूँ दावे सभों पर किये जायें लेकिन जायदाद किसी की नीलाम न कराई जाय। असामियों को जब मालूम हो जायेगी कि हमने घर छोड़ा और जायदाद गई तो वह कभी न जायेंगे। उनके भागने का एक कारण यह भी होगा कि लगान कहाँ से देंगे। मैं लगान मुआफ कर दूँ तो कैसा हो। मेरा ऐसा ज़्यादा नुकसान न होगा। इलाके में सब जगह तो ओले गिरे नहीं हैं। सिर्फ २-३ गाँवों में गिरे हैं, ५०००) का मुआमला है। मुमकिन है इस मुआफी की खबर गवर्मेण्ट को भी हो जाय और वह मुआफी का हुक्म दे दे, तो मुझे मुफ्त में यश मिल जायेगी। और अगर सरकार न भी मुआफ करे तो इतने आदमियों का भला हो जाना ही कौन छोटी बात है। रहा हलधर, उसे कुछ दिनों के लिये अलग

कर देने से मेरी मुशकिल आसान हो जायेगी। यह काम ऐसे गुप्त रीति से होना चाहिये कि किसी को कानों कान खबर न हो। लोग यही समझें कि कहीं परदेश निकल गया होगा। तब मैं एक बार फिर राजेश्वरी से मिलूँ और तकदीर का फैसला कर लूँ। तब उसे मेरे यहाँ आकर रहने में कोई आपत्ति न होगी। गाँव में निरावलम्ब रहने से तो उसका चित्त स्वयं घबरा जायेगा। मुझे तो विश्वास है कि वह यहाँ सहर्ष चली आवेगी। यही मेरा अभीष्ट है। मैं केवल उसके समीप रहना, उसके मृदु मुस्कान, उसकी मनोहर वाणी.....

(ज्ञानी का प्रवेश)

ज्ञानी–स्वामी जी से आपकी भेंट हुई?

सबल–हाँ।

ज्ञानी–'मैं उनके दर्शन करने जाऊँ?

सबल–नहीं। ज्ञानी–पाखण्डी हैं न? यह तो मैं पहले ही समझ गई थी।

सबल–नहीं, पाखण्डी नहीं हैं, विद्वान् हैं, लेकिन मुझे किसी कारण से उनमें श्रद्धा नहीं हुई। पवित्रात्मा का यही लक्षण है कि वह दूसरों के हृदय में श्रद्धा उत्पन्न कर दे। अभी थोड़ी देर पहले में उनका भक्त था। पर इतनी देर में उनके उपदेशों पर विचार करने से ज्ञात हुआ कि उनसे तुम्हें ज्ञानो पदेश नहीं मिल सकता और न वह आशीर्वाद ही मिल सकता है जिससे तुम्हारी मनोकामना पूरी हो।

तृतीय दृश्य

स्थान-मधुबन गाँव, समय-बैसाख प्रातःकाल।

फत्तू-पाँचों आदमियों पर डिगरी हो गई। अब ठाकुर साहब जब चाहें उनके बैल बधिये नीलाम करा लें।

एक किसान-ऐसे निर्दयी तो नहीं हैं। इसका मतलब कुछ और ही है।

फत्तू-इसका मतलब में समझता हूँ। दिखाना चाहते हैं कि हम जब चाहे असामियों को बिगाड़ सकते हैं। असामियों को घमण्ड न हो। फिर गाँव में हम जो चाहें करें कोई मुँह न खोले।

(सबल सिंह के चपरासी का प्रवेश)

चपरासी-सरकार ने हुक्म दिया है कि असामी लोग जरा भी चिन्ता न करें। हम उनकी हर तरह मदद करने को तैयार हैं। जिन लोगों ने अभी तक लगान नहीं दिया है उनकी माफी हो गई। अब सरकार किसी से लगान न लेंगे। अगले साल के लगान के साथ यह बकाया न वसूल की जायेगी। यह छूट सरकार की ओर से नहीं हुई है। ठाकुर साहब ने तुम लोगों की परवरिश के ख्याल से यह रिआयत की है। लेकिन जो असामी पर देस चला जायेगा उसके साथ यह रिआयत न होगी। छोटे ठाकुर साहब ने देन दारों पर डिगरी कराई है। मगर उनका हुक्म भी यही है कि डिगरी जारी न की जायेगी। हाँ,जो लोग भागेंगे उनकी जायदाद नीलाम करा ली जायेगी। तुम लोग दोनों ठाकुरों को आशीर्वाद दो।

एक किसान-भगवान दोनों भाइयों की जुगुल जोड़ी सलामत रखे।

दूमरा–नारायन उनका कल्यान करें। हमको जिला लिया नहीं तो इस विपत्ति में कुछ न सूझता था।

तीसरा–धन्य है उनकी उदारता को। राजा हो तो ऐसा दीन पालक हो। परमात्मा उनकी बढ़ती करे।।

चौथा–ऐसा दानी देश में और कौन है। नाम के लिये सरकार को लाखों रुपये चन्दा दे आते हैं, हमको कौन पूछता है। बल्कि वह चन्दा भी हमी से डण्डे मार मारकर वसूल कर लिया जाता है। .

पहला–चलो कल सब जने डेवढ़ी की जय मना आवें।

दूसरा–हाँ कल भोरे चलो।

तीसरा–चलो देवीजी के चौरे पर चलकर जय जयकार मनायें।

चौथा–कहाँ है हलधर, कहो ढोल मजीरा लेता चले।

(फत्तू हलधर के घर जाकर खाली हाथ लौट आता है)?

पहला किसान–क्या हुआ। खाली हाथ क्यों आये?

फत्तू–हलधर तो आज दो दिनसे घर ही नहीं आया।

दूसरा किसान–उसकी घरवाली से पूछा, कही नातेदारी में तो नहीं गया?

फत्त–वह तो कहती है कि कल सवेरे खांचा लेकर आम तोड़ने गये थे। तब से लौटकर नहीं आये।

(सबके सब हलधर के द्वार पर आकर जमा हो जाते है। सलोनी और फत्तू घर में जाते हैं)

सलोनी–बेटी, तूने उसे कुछ कहा सुना तो नहीं। उसे बात बहुत लगती है, लड़कपन से जानती हूँ। गुड़ के लिये रोवे, लेकिन मां झमक कर गुड़ का पिण्डा सामने फेंक दे तो कभी न उठावे। तब वह गोद में प्यार से बैठाकर गुड़ तोड़-तोड़ खिलाये तभी चुप हो।

फत्तू–यह बिचारी गऊ है, कुछ नहीं कहती सुनती।

सलोनी-जरूर कोई न कोई बात हुई होगी, नहीं तो घर क्यों न आता। इसने गहनों के लिये ताना दिया होगा, चाहे महीन साड़ी माँगी हो। भले घर की बेटी है न, इसे महीन साड़ी अच्छी लगती है।

राजे०-काकी, क्या में ऐसी निकम्मी हूँ कि देश में जिस बात की मनाही है वही करूँगी।

(फत्तू बाहर आता है)

मंगरू-मेरे जान में तो उसे थाने वाले पकड़ ले गये।

फत्तू-ऐसा कुमारगी तो नहीं है कि थाने वालों की आंख पर चढ़ जाय।'

हरदास-थाने वालों की भली कहते हो। राह चलते लोगों को पकड़ा करते हैं। आम लिये देखा होगा कहा होगा चल थाने पहुँचा आ।

फत्त-ऐसा दबैल तो नहीं है, लेकिन थाने ही पर जाता तो अब तक लौट आना चाहिये था।

मंगरू-किसी के रुपये पैसे तो नहीं आते थे?

फत्त-और किसी के तो नहीं, ठाकुर कंचन सिंह के २००) आते हैं।

मंगरू-कहीं उन्होंने गिरफ्तार करा लिया हो।

फत्तू-सम्मन तक तो आया नहीं, नालिश कब हुई, डिग्री कब हुई। औरों पर नालिस हुई तो सम्मन आबा, पेशी हुई, तजबीज सुनाई गई।

हरदास-बड़े आदमियों के हाथ में सब कुछ है, जो चाहें करा दें। राज उन्हीं का है, नहीं तो भला कोई बात है कि सौ पचास रुपये के लिये आदमी गिरफ्तार कर लिया जाय, बाल बच्चों से अलग कर दिया जाय, उसका सब खेती बारी का काम रोक दिया जाय।

मंगल-आदमी चोरी या और कोई कुन्याय करता है तब उसे कैद की सजा मिलती है। यहाँ महाजन बेकसूर हमें थोडे से रुपयों के लिये जेहल भेज सकता है। यह कोई न्याय थोड़े ही

हरदास-सरकार न जाने ऐसे कानून क्यों बनाती है। महाजन के रुपये आते है, जायदाद से ले, गिरफ्तार क्यों करे।

मंगरू-कहीं डमरा टापू वाले न बहका ले गये हो। फत्तू-ऐसा भोला नहीं है कि उनका बातों में आजाय।

मंगरू-कोई जान बूझकर उनकी बातों में थोड़े ही आता है। सब ऐसी ऐसी पट्टी पढ़ाते हैं कि अच्छे अच्छे धोखे में आ जाते हैं। कहते हैं इतना तलब मिलेगा, रहने को बंगला मिलेगा, खाने को वह मिलेगा जो यहाँ रईसों को भी नसीब नही, पहनने को रेशमी कपड़े मिलेंगे, और काम कुछ नहीं, बस खेत में जाकर ठण्ढे ठण्ढे देख भाल आये।

फत्त-हाँ, यह तो सच है। ऐसी ऐसी बातें सुनकर वह आदमी क्यों न धोखे में आ जाय जिसे कभी पेट भर भोजन न. मिलता हो। घास भूसे से पेट भर लेना कोई खाना है। किसान पहर रात से पहर रात तक छाती फाड़ता है तब भी रोटी कपड़े का नहीं होता, उस पर कहीं महाजन का डर, कहीं जमींदार की धौंस, कहीं पुलिस की डाँट डपट, कहीं अमलों की नजर भेंट, कही हाकिमों की रसद बेमार। सुना है जो लोग टापू में भरती हो जाते हैं उनकी बड़ी दुर्गत होती है। झोपड़ी रहने को मिलती है और रात दिन काम करना पड़ता है। जरा भी देर हुई तो अफसर कोड़ों से मारता है। पाँच साल तक आनेका हुकुम नहीं है, उसपर तरह तरह की सखती होती रहती है। औरतों की बड़ी बेइजती होती है, किसी की आबरू बचने नहीं पाती। अफसर सब गोरे हैं, वह औरतों को पकड़ ले जाते हैं। अल्लाह न करे कि कोई उन दलालों के फन्दे में फंसे। पाँच छ साल में कुछ रुपये जरूर हो जाते हैं, पर उस लतखोरी से तो अपने देस की रूखी ही अच्छी। मुझे ता विस्वास ही नही आता कि हलधर उनके फांसे में आ जाय।

हरदास-साधु लोग भी आदमियों को बहका ले जाते हैं।

फत्तू-हाँ सुना तो है मगर हलधर कभी साधुओं की संगत में नहीं बैठा। गांजे चरस की भी चाट नहीं कि इसी लालच से जा बैठता हो।

मंगरू-साधु आदमियों को बहकाकर क्या करते हैं?

फत्त-भीख मंगवाते हैं और क्या करते हैं। अपनी टहल करवाते हैं, बर्तन मंजवाते हैं, गांजा भरवाते हैं। भोले आदमी समझते हैं बाबाजी सिद्ध हैं,

प्रसन्न हो जायंगे तो एक चुटकी राख में मेरा भला हो जायेगा, मुकुत बन जायेगी वह घाते में। कुछ काम चोर निखट्टू ऐसे भी हैं जो केवल मीठे पदार्थ के लालच में साधुओं के साथ पड़े रहते हैं। कुछ दिनों में यही टहलुवे सन्त बन बैठते हैं और अपनी टहल के लिये किसी दूसरे को मूंड़ते हैं। लेकिन हलधर न तो पेटू ही है, न कामचोर ही है।

हरदास–कुछ तुम्हारा मन कहता है वह किधर गया होगा। तुम्हारा उसके साथ आठों पहरका उठना बैठना है।

फत्तू–मेरी समझ में तो वह परदेश चला गया। २००)कंचन सिंह के आते थे। ब्याज समेत २५०) हुए होंगे। लगान की धौंस अलग। अभी दुधमुँहा बालक है, संसार का रंग ढंग नहीं देखा, थोड़े में ही फूल उठता है और थोड़े में ही हिम्मत हार बैठता है। सोचा होगा कहीं परदेश चलूँ और मेंहनत मजूरी करके सौ दो सौ ले आऊँ। दो चार दिनमें चिट्ठी पत्तर आयेगी।

मंगर–और तो कोई चिन्ता नहीं, मर्द है जहाँ रहेगा वहीं कमा खायगा, चिन्ता तो उसके घरवाली की है। अकेले कैसे रहेगी?

हरदास–मैके भेज दिया जाय।

मंगरू–पूछो, जायेगी?

फसू–पूछना क्या है कभी न जायेगी।

हलधर होता तो जाती। उसके पीछे कभी नहीं जा सकती।

राजे०–(द्वार पर खड़ी होकर) हाँ काका ठीक कहते हो। अभी मैके चली जाऊँ तो घर और गाँव वाले यही न कहेंगे कि उनके पीछे गाँव में दस पाँच दिन भी कोई देख भाल करने वाला नहीं रहा तभी तो चली आई। तुम लोग मेरी कुछ चिन्ता न करो। सलोनी काकी को घरमें सुला लिया करूँगी। और डर ही क्या है। तुम लोग तो हो ही।

चतुर्थ दृश्य

स्थान-हलधर का घर, राजेश्वरी और सलोनी आँगन में लेटी हुई हैं, समय-आधी रात।

राजेश्वरी-(मन में) आज उन्हें गये दस दिन हो गये। मंगल मंगळ आठ, बुद्ध नौ, वृहस्पत दस कुछ खबर नहीं मिली, न कोई चिट्ठी न पत्तर। मेरा मन बार बार यही कहता है कि यह सब सबल सिंह की करतूत है। ऐसे दानी धर्मात्मा पुरुष कम होंगे। लेकिन मुझ नसीबोंजली के कारन उनका दान धर्म सब मिट्टी में मिला जाता है। न जाने किस मनहूस घड़ी में मेरा जनम हुआ! मुझमें ऐसा कौनसा गुन है? न में ऐसी सुन्दरी न इतने बनाव सिंगार से रहती हूँ। माना इस गाँव में मुझसे सुन्दर और कोई स्त्री नहीं है। लेकिन शहर में तो एक से एक पड़ी हुई हैं। यह सब मेरे अभाग का फल है। मैं अभागिनी हूँ। हिरन कस्तूरी के लिये मारा जाता है। मैना अपनी बोली के लिये पकड़ी जाती है। फूल अपनी सुगन्ध के लिये तोड़ा जाता है। मैं भी अपने रूप रंग के हाथों मारी जा रही हूँ।

सलोनी-क्या नींद नहीं आती बेटी।

राजे-नहीं, काकी मन बड़ी चिन्ता में पड़ा हुआ है। भला क्यों? काकी, अब कोई मेरे सिर पर तो रहा नहीं, अगर कोई पुरुष मेरा धर्म बिगाड़ना चाहे तो क्या करूँ?

सलोनी-बेटी गाँव के लोग उसे पीस कर पी जायंगे।

राजे-गाँव वालों पर बात खुल गई तब तो मेरे माथे पर कलंक लग ही जायेगा।

सलोनी-उसे दण्ड देना होगा। उससे कपट-प्रेम करके उसे विष पिला देना होगा। विष भी ऐसा कि फिर वह आंखें न खोले। भगवान को, चन्द्रमा को, इन्द्र को, जिस अपराध का दण्ड मिला था क्या हम उसका बदला न लेंगी। यही हमारा धरम है। मुँह से मीठी-मीठी बातें करो पर मन में कटार छिपाये रखो।

राजेश्वरी-(मन में) हाँ अब यही मेरा धरम है। अब छल और कपट से ही मेरी रक्षा होगी। वह धर्मात्मा सही, दानी सही, विद्वान सही। यह भी जानती हूँ कि उन्हें मुझसे प्रेम है, सच्चा प्रेम है। वह मुझे पाकर मुग्ध हो जायगे, मेरे इसारों पर नाचेंगे, मुझ पर अपने प्राण न्योछावर करेंगे। क्या मैं इस प्रेम के बदले कपट कर सकूंगी। जो मुझ पर जान देगा, मैं उसके साथ कैसे दगा करूँगी। यह बात मरदो में ही है कि जब वह किसी दूसरी स्त्री पर मोहित हो जाते हैं तो पहली स्त्री के प्राण लेने से भी नहीं हिचकते। भगवान यह मुझसे कैसे होगा? (प्रगट) क्यों काकी, तुम अपनी जवानी में तो बड़ी सुन्दर रही होंगी?

सलोनी-यह तो नहीं जानती बेटी, पर इतना जानती हूँ कि तुम्हारे काका की आँखो में मेरे सिवा और कोई स्त्री जंचती ही न थी। जब तक चार पाँच लड़कों की मां न हो गई पनघट पर न जाने दिया।

राजेश्वरी-बुरा न मानना काकी, योंही पूछती हूँ, उन दिनों कोई दूसरा आदमी तुम पर मोहित हो जाता और काका को जेहल भिजवा देता तो तुग क्या करती?

सलोनी-करती क्या, एक कटारी अंचल के नीचे छिपा लेती। जब वह मेरे ऊपर प्रेम के फूलों की वर्षा करने लगता, मेरे सुख विलास के लिये संसार के अच्छे २ पदार्थ जमा कर देता, मेरे एक कटाक्ष पर, एक मुस्कान पर, एक भाव पर फूला न समाता, तो में उससे प्रेम की बातें करने लगती। जब उस पर नसा छा जाता, वह मतवाला हो जाता तो कटार निकाल कर उसकी छाती में भोंक देती।

राजे०-तुम्हें उस पर तनिक भी दया न आती?

सलोनी–बेटी, दया दीनों पर की जाती है कि अत्याचारियों पर। धर्म प्रेम के ऊपर है, उसी भांति जैसे चन्द्रमा–सूरज के ऊपर है। चन्द्रमा की जोति देखने से अच्छी लगती है, लेकिन सूरज की जोति से संसार का पाला होता है।

राजे०–(मन में) भगवान, मुझसे यह कपट–व्यवहार कैसे निभेगा। अगर कोई दुष्ट, दुराचारी आदमी होता तो मेरा काम सहज था। उसकी दुष्टता मेरे क्रोध को भड़का देती। भय तो इस पुरुष की सज्जनता से है। इससे बड़ा भय उसके निष्कपट प्रेम से है। कहीं प्रेम की तरंगों में बह तो न जाऊँगी, कहीं विलास में तो मतवाली न हो जाऊँगी। कहीं ऐसा तो न होगा कि महलों को देख कर मन में इस झोपड़े का निरादर होने लगे, तक्यिों पर सोकर यह टूटी खाट गड़ने लगे, अच्छे २ भोजन के सामने इस रुखे सूखे भोजन से मन फिर जाय, लौंडियों के हाथों पान की तरह फेरे जाने से यह मेहनत मजूरी अखरने लगे। सोचने लगूं ऐसा सुख पाकर क्यों उस पर लात मारूं। चार दिन को जिन्दगानी है, उसे छल कपट, मरने मारने में क्यों गंवाऊ। भगवान की जो इच्छा थी वह हुआ और हो रहा है। (प्रगट) काकी, कटार भोकते हुए तुम्हें डर न लगता?

सलोनी–डर किस बात का? क्या मैं पंछी से भी गई बीती हूँ। चिड़िया को सोने के पिंजरे में रखो, मेंवे और मिठाई खिलाओ, लेकिन वह पिंजरे का द्वार खुला पाकर तुरन्त उड जाती है। अब बेटी सोओ, आधी रात से ऊपर हो गई। मैं तुम्हें गीत सुनाती हूँ।

(गाती है)

मुझे लगन लगी प्रभु पावन की।

राजे–(मन में) इन्हें गाने की पड़ी है। कंगाल होकर जैसे आदमी को चोर का भय नहीं रहता, न आगम की कोई चिन्ता, उसी भांति जब कोई आगे पीछे नहीं रहता तो आदमी निश्चि न्त हो जाता है। (प्रगट) काकी, मुझे भी अपनी भांति प्रसन्न चित्त रहना सिखा दो।

सलोनी–ऐ, नौज बेटी, चिन्ता धन और जन से होती है। जिसे चिन्ता न हो वह भी कोई आदमी है। वह अभागा है, उसका मुँह देखना पाप है।

चिन्ता बड़े भागों से होती है। तुम समझती होगी बुढ़िया हरदम प्रसन्न रहती है तभी तो गाया करती है। सच्ची बात यह है कि मैं गाती नहीं रोती हूँ। आदमी को बड़ा आनन्द मिलता है तो रोने लगता है उसी भांति जब दुःख अथाह हो जाता है तो गाने लगता है। इसे हंसी मत समझो, यह पागलपन है। मैं पगली हूँ। पचास आदमियों का परिवार आँखों के सामने से उठ गया। देखें भगवान इस मिट्टी की कौन गत करते हैं।

(गाती है)

मुझे लगन लगी प्रभु पावन की।
एजी पावन की, घर लावन की।
छोड़ काज अरु लाज जगत को
निश दिन ध्यान लगावन की।। 'मुझे लगन०'
सुरत उजाली खुल गई ताली
गगन महल में जावन की।। 'मुझे'
झिल मिल कारी जोति निहारी
जैसे बिजली सावन की
मुझे लगन लगी प्रभु पावन की।

बेटी तुम हलधर का सपना तो नहीं देखती हो?

राजे–बहुत बुरे बुरे सपने देखती हूँ। इसी डर के मारे तो मैं और नहीं सोती। आंख झपकी और सपने दिखाई देने लगे।

सलोनी–कल से तुल्ला माता को दिया चढ़ा दिया करो। एतवार मंगल को पीपल में पानी दे दिया करो। महाबीर सामी को लड्डू की मनौती कर दो। कौन जाने देवताओं के प्रताप से लौट आवे। अच्छा अब महाबीर जी का नाम लेकर सो जाव। रात बहुत गई है। दो घरी में भोर जो जायेगी।

(सलोनी करवट बदल कर सोती है और खरीदे भरने लगती है।)

राजे०–(आप ही आप) बुढ़िया सो रही है, अब में चलने की तैयारी करूँ'। छत्री लोग रन पर जाते थे तो खूब सज कर जाते थे। मैं भी कपड़े

लत्ते से लैस हो जाऊँ। वह पाँचों हथियार लगाते थे। मेरे हथियार मेरे गहने हैं। वही पहन लेती हूँ। वह केसर का तिलक लगाते थे मैं सिन्दुर का टीका लगा लेती हूँ। वह मलिच्छों का संहार करने जाते थे मुझे देवा का संहार करना है। भगवती तुम मेरी सहाय हो। लेकिन छत्री लोग तो हंसते हुए घर से विदा होते थे। मेरी आँखों में आंसू भरे आते हैं। आज यह घर छूटता है! इसे सातवें दिन लीपती थी, त्यौहारों पर पोतनी मिट्टी से पोतती थी। वैसी उमंग ले आँगन में फुलवारी लगाती थी। अस कौन इनकी इतनी सेवा करेगा। दोही चार दिनो में यहाँ भूतों का डेरा हो जायेगी। हो जाय! जव घर का प्राणी ती नहीं रहा तो घर लेकर क्या करूँ? आह, पैर बाहर नहीं निकलते; जैसे दिवारें खींच रही हों। इनसे गले मिल लूँ

गाय भैंस कितने साध से ली थीं। अब इनसे भी नाता टूटता है। दोनों गाभिन हैं। इनके बच्चो को भी न खेलाने पाई। बिधारी हुड़क हुडक कर मर जायेगी। कौन इन्हें मुँह अंधेरे भूसा खली देगा, कौन इन्हें तालाब में नह लायेगा। दोनों मुझे देखते ही खड़ी हो गई। मेरी ओर मुँह बढ़ा रही हैं, पूछ रही हैं कि भाज कहाँ की तैयारी है। हाय! कैसे प्रेम से मेरे हाथों को चाट रही हैं! इनकी आँखों में कितना प्यार है! आओ आज चलते-चलाते तुम्हें अपने हाथों से दाना खिला दूँ। हा भगवान, दाना नहीं खाती, मेरी ओर मुँह करके ताकती हैं। समझा रही हैं कि यह इस तरह बहला कर हमें छोड़े जाती है। इनके पास से कैसे जाऊँ? रस्सी तुड़ा रही हैं, हुंकार मार रही हैं। वह देखो, बैल भी उठ बैठे। वह गये, इन विचारों की सेवा न हो सकी। वह इन्हें घंटों सुहलाया करते थे। लोग कहते हैं तुम्हें आने वाली बातें मालूम हो जाती हैं। कुछ तुम ही बताओ वह कहाँ हैं, कैसे हैं, कब आयेंगे? क्या अब कभी उनकी सूरत देखनी न नसीब होगी। ऐसा जान पड़ता है इनकी आँखों में आंसू भरे हैं। जाओ, अब तुम सभों को भगवान के भरोसे छोड़ती हूँ। गाँव वालों को दया आवेगी तुम्हारी सुधि लेंगे, नहीं तो यहीं भूखे खड़े रहोगी। फत्तू मियाँ तुम्हारी सेवा करेंगे। उनके रहते तुम्हें कोई कष्ट न होगा। वह दो आंखें भी न करेंगे कि अपने बैलों. को दाना और खली दें, तुम्हारे सामने सूखा भूसा डाल दें। लो अब विदा होती हूँ। भोर हो रहा है तारे मद्धिम पड़ने लगे। चलो

मन, इस रोने बिसूरने से काम न चलेगा। अब तो मैं हूँ और प्रेम-कौशल का रन छेत्र है। भगवती का और उनसे भी अधिक अपनी दृढता का भरोसा है।

पञ्चम दृश्य

(स्थान–सबल सिंह का दीवान खाना, खसकी टट्टियां लगी हुई हैं, पंखा चल रहा है। सबल शीतल पाटी पर लेटे हुए Democracy नामक ग्रंथ पढ़ रहे हैं, द्वार पर एक दरबान बैठा झपकियां ले रहा है। समय–दो पहर, मध्याह्न की प्रचंड धूप।)

सबल–"हम अभी जन सत्तात्मक राज्य के योग्य नहीं है, कदापि नहीं हैं। ऐसे राज्य के लिये सर्व साधारण में शिक्षा की प्रचुर मात्रा होनी चाहिये। हम अभी उस आदर्श से कोसों दूर हैं। इसके लिये महान स्वार्थत्याग की आवश्यकता है। जब तक प्रजामात्र स्वार्थ को राष्ट्रपर बलिदान करना नहीं सीखते इसका स्वप्न देखना मन की मिठाई खाना है। अमरीका, फ्रान्स, दक्षिणी अमरीका आदि देशो ने बड़े समारोह से इसकी व्यवस्था की पर उनमें से किसी को भी सफलता नहीं हुई। वहाँ अब भी धन और सम्पत्ति वालों के ही हाथों में अधिकार है। प्रजा अपने प्रतिनिधि कितनी ही सावधानी से क्यों न चुने पर अन्तमें सत्ता गिने गिनाये आदमियो के ही हाथों में चली जाती है। सामाजिक और राजनैतिक व्यवस्था ही ऐसी दूषित है कि जनता का अधिकांश मुट्ठी भर आदमियों के वशवर्ती हो गया है। जनता इतनी निबल, इतनी अशक्त है कि इन शकिशाली पुरुषों के सामने सिर नहीं उठा सकती। यह व्यवस्था सर्वथा अपवादमय, विनष्ट कारी और अत्याचार पूर्ण है। आदर्श व्यवस्था यह है कि सबके अधिकार बराबर हों, कोई जमींदार बनकर, कोई महाजन बनकर जनता पर रोब न जमा सके। यह ऊँच–नीच का घृणित भेद उठ जाय। इस सबल निबल संग्राम में जनता की दशा बिगड़ती चली जाती

है। इसका सबसे भयंकर परिणाम यह है कि जनता आत्म सम्मान विहीन होती जाती है, उसमें प्रलोभनों का प्रतिकार करने, अन्याय का सिर कुचलने का सामर्थ्य नहीं रहा छोटे २ स्वार्थ के लिये बहुधा भयवश, कैसे कैसे अनर्थ हो रहे हैं। (मन में) कितनी यथार्थ बात लिखी है। आज ऐसा कोई असामी नहीं है जिसके घर में मैं अपने दुष्टाचरण का तीर न चला सकूं। मैं कानून के बल से, भय के बल से, प्रलोभन के बल से, अपना अभीष्ट पूरा कर सकता हूँ। अपनी शक्ति का ज्ञान हमारे दुस्साहल को, कुभावों को और भी उत्तेजित कर देता है। खैर! हलधर को जेल गये हुए आज दसवां दिन है, मैं गाँव की तरफ नहीं गया। न जाने राजेश्वरी पर क्या गुजर रही है। कौन मुँह लेकर जाऊँ? अगर कहीं गाँव वालों को यह चाल मालूम हो गई होगी तो मैं वहाँ मुँह भी न दिखा सकूंगा। राजेश्वरी को अपनी दशा चाहे कितनी कष्ट प्रद जान पड़ती हो, पर उसे हलधर से प्रेम है। हलधर का द्रोही बनकर मैं उसके प्रेम रस को नहीं पा सकता। मैं-जाऊँ, इस उधेड़ बुन में कब तक पड़ा रहूँगा। अगर गाँव वालों पर यह रहस्य खुल गया होगा तो मैं विस्मय दिखाकर कह सकता हूँ कि मुझे खबर नहीं है, आज ही पता लगाता हूँ। सब तरह उनकी दिल जोई करनी होगी और हलधर को मुक्त कराना पड़ेगा। सारी बाजी इसी एक दाँव पर निर्भर है। मेरी भी क्या हालत है, पढ़ता हूँ (**Democracy**) और अपने को धोखा देना व्यर्थ है, यह प्रेम नहीं है, केवल काम लिप्सा है। प्रेम दुर्लभ वस्तु है, वह उस अधिकार का जो मुझे असामियों पर है, दुरुपयोग मात्र है।

दर्बान आता है। क्या है? मेंने कह दिया है इस वक्त मुझे दिक मत किया करो, क्या मुखतार आये हैं? उन्हें और कोई वक्त ही नहीं मिलता?

दर्बान-जी नही, मुखतार नहीं आये है। एक औरत है।

सबल-औरत है? कोई भिखारिनी है क्या? घर में से कुछ लाकर दे दो। तुम्हें जरा भी तमीज नही है, जरा सी बात के लिये मुझे दिक किया।

दर्बान-हुजूर भिखारिनी नहीं है। अभी फाटक पर एक्के पर से उतरी है। खूब गहने पहने हुए है। कहती है। मुझे राजा साहब से कुछ कहना है।

सबल-(चौंककर) कोई देहातिन होगी। कहाँ है?

दर्बान-वहीं मौलसरी के नीचे बैठी है।

षष्टम दृश्य

सबल सिंह का भवन। गुलाबी और ज्ञानी फर्श पर बैठी हुई हैं। बाबा चेतन दास गलीचे पर मसनद लगाये लेटे हुए हैं। रात के ८ बजे हैं।

गुलाबी-आज महात्मा जी ने बहुत दिनों के बाद दर्शन दिये। ज्ञानी-मेंने समझा था कहीं तीर्थ यात्रा करने चले गये होंगे।

चेतन दास-माता जी मेरे को अब तीर्थ यात्रा से क्या प्रयोजन। ईश्वर तो मन में है, उसे पर्वतों के शिखर और नदियों के तटपर क्यों खोजूं। वह घट-घट व्यापी है, वही तुम में है, वही मुझ में है, वही प्राणि मात्र में है, यह समस्त ब्रह्माण्ड उसी का विराट स्वरूप है, उसी की अखिल ज्योति है। यह विभिन्नता केवल बहिर्जगत में है, अन्तर्जगत में कोई भेद नहीं है। मैं अपनी कुटी में बैठा हुआ ध्यानावस्था में अपने भक्तों से साक्षात करता रहा हूँ। यह मेरा नित्य का नियम है।

गुलाबी-(ज्ञानी से) महात्मा जी अन्तर जामी हैं। महाराज मेरा लड़का मेरे कहने में नहीं है। बहू ने उस पर न जाने कौन सा मंत्र डाल दिया है कि मेरी बात ही नहीं पूछता। जो कुछ कमाता है वह लाकर बहू के हाथ में देता है, वह चाहे कान पकड़कर उठाये या बैठाये, बोलता ही नहीं। कुछ ऐसा उत-'जोग कीजिये कि वह मेरे कहने में हो जाय, बहू की ओर से उसका चित्त फिर जाय। बस यही मेरी लालसा है।

चेतन दास-(मुस्किरा कर) बेटे को बहू के लिये ही तो पाला पोसा था। अब वह बहूका हो रहा है। तो तेरे को क्यों ईर्षा होती है।

ज्ञानी-महाराज वह स्त्री के पीछे इस विचारी से लड़ने पर तैयार हो जाता है।

चेतन–वह कोई बात नहीं है। मैं उसे मोम की भांति जिधर चाहूँ फेर सकता हूँ केवल इसको मुझ पर श्रद्धा रखनी चाहिये। श्रद्धा, श्रद्धा, श्रद्धा, यही अर्थ, धर्म, काम, मोक्ष की प्राप्ति का मूलमंत्र है। श्रद्धा से ब्रह्म मिल जाता है। पर श्रद्धा उत्पन्न कैसे हो। केवल बातों ही से श्रद्धा उत्पन्न नहीं हो सकती। वह कुछ देखना चाहती है। बोलो क्या दिखाऊं। तुम दोनों मन में कोई बात ले लो। में अपने योग बल से अभी बतला दूँगा। ज्ञानी देवी, पहले तुम मन में कोई बात लो।

ज्ञानी–ले लिया महाराज।

चेतन दास–(ध्यान करके) बड़ी दूर चली गई। ''मोतियों का हार'' है न?

ज्ञानी–हाँ महाराज यही बात थी।

चेतन–गुलाबो, अब तुम कोई बात लो।

गुलाबी–ले ली महराज।

चेतन–(ध्यान करके मुस्किरा कर)–बहू से इतना द्वेष 'वह मर जाय।'

गुलाबी–हाँ महाराज यही बात थी। आप सचमुच अंतर जामी है।

चेतन–कुछ और देखना चाहती हो, बोलो 'क्या वस्तु यहाँ मंगवाऊ'? मेंवा, मिठाई, हीरे, मोती, इन सब वस्तुओ के ढेर लगा सकता हूँ। अमरूद के दिन नहीं हैं, जितना अमरूद चाहो मंगवा दूँ। भेजो प्रभू जी, भेजो तुरंत भेजो। मोतियों का ढेर लगता है।

गुलाबी–आप सिद्ध हैं।

ज्ञानी–आपकी चमत्कार शक्ति को धन्य है।

चेतन दास–और क्या देखना चाहती हो? कहो यहाँ से बैठे २ अंतर ध्यान हो जाऊँ और फिर यहीं बैठा हुआ मिलूँ कहो वहाँ उस वृक्ष के नीचे तुम्हें नेपथ्य में गाना सुनाऊ। हाँ यही अच्छा है। देवगण तुम्हें गाना सुनायेंगे, पर तुम्हें उनके दर्शन न होंगे। उस वृक्ष के नीचे चली जावो।

(दोनों जाकर पेड .के नीचे खड़ी हो जाती हैं। गाने की ध्वनि आने लगती है।)

बाहिर दूँढन जा मत सजनी
प्रिया घर बीच बिराज रहे री।
गगन महल में सेज बिछी है
अनहद बाजे बाज रहे री।
अमृत बरसे, बिजली चमके
घुमर घुमर धन गाज रहे री।

ज्ञानी–ऐसे महात्माओं के दर्शन दुर्लभ होते है।

गुलाबी–पूर्वजन्म में बहुत अच्छे कर्म किये थे। यह उसी का फल है।

ज्ञानी–देवताओं को भी बस में कर लिया है।

गुलाबी–जोग बल की बड़ी महिमा है। मगर देवता बहुत अच्छा नहीं गाते। गला दबाकर गाते हैं क्या?

ज्ञानी–पगला गई है क्या। महात्मा जी अपनी सिद्धि दिखा रहे हैं कि तुम्हारे लिये देवताओं की संगीत मंडली खड़ी की है।

गुलाबी–ऐसे महात्मा को राजा साहब धूर्त कहते हैं।

ज्ञानी–बहुत विद्या पढ़ने से आदमी नास्तिक हो जाता है। मेरे मन में तो इनके प्रति भक्ति और श्रद्धा की एक तरंग सी उठ रही है। कितना देव तुल्य रूप है।

गुलाबी–कुछ भेंट भांट तो लेंगे नहीं?

ज्ञानी–अरे राम राम! महात्माओं को रुपये पैसे का क्या मोह। देखती तो हो कि मोतियों के ढेर सामने लगे हुये हैं, किस चीज की कमी है?

(दोनो कमरे में आती है। गाना बन्द होता है।)

ज्ञानी–अरे! महात्माजी कहाँ चले गये? यहाँ से उठते तो नहीं देखा।

गुलाबी–उसकी माया कौन जाने। अंतर ध्यान हो गये होंगे।

ज्ञानी–कितनी अलौकिक लीला है!

गुलाबो–अब मरते दम तक इनका दामन न छोडूगी। इन्हीं के साथ रहूँगी और सेवा ठहल करती रहूँगी।

ज्ञानी–मुझे तो पूरा विश्वास है कि मेरा मनोरथ इन्हीं से पूरा होगा। सहसा चेतन दास मसनद लगाये बैठे दिखाई दिये।

गुलाबी–(चरणों पर गिर कर) धन्य हो महाराज, आपकी लीला अपरम पार है।

ज्ञानी–(चरणों पर गिर कर) भगवान, मेरा उद्धार करो।

चेतन दास–कुछ और देखना चाहती है?

ज्ञानी–महाराज बहुत देख चुकी। मुझे विश्वास हो गया कि आप मेरा मनोरथ पूरा कर देंगे।

चेतन–जो कुछ में कहूँ वह करना होगा। ज्ञानी–सिर के बल करूँगी। चेतन–कोई शंका की तो परिणाम बुरा होगा।

ज्ञानी–(कांपती हुई) अब मुझे कोई शंका नहीं हो सकती। जब आपकी शरण आ गई तो कैसी शंका।

चेतन–(मुस्किराकर) अगर आज्ञा दूँ कुवें में कूद पड़।

ज्ञानी–तुरंत कूद पड़ूगी। मुझे विश्वास है कि उससे भी मेरा कल्याण होगा।

चेतन–अगर कहूँ अपने सब आभूषण उतारकर मुझे दे दे तो मनमें यह तो न कहेगी, इसीलिये यह जाल फैलाया था, धूर्त है।

ज्ञानी–(चरणों पर गिरकर) महाराज, आप प्राण भी मांगें तो आपकी भेंट करूंगी।

चेतन–अच्छा अब जाता हूँ। परीक्षा के लिये तैयार रहना।

सप्तम दृश्य

समय-प्रातःकाल, ज्येष्ठ। स्थान-गंगा का तट। राजेश्वरी एक सजे हुये कमरे में मसनद लगाये बैठी है। दो तीन लौडियां इधर-उधर दौड़कर काम कर रही हैं।

(सबल सिंह का प्रवेश)

सबल-अगर मुझे, उषाका चित्र खींचना हो तो तुम्हीं को नमूना बनाऊं। तुम्हारे मुखपर मंद समीरण से लहराते हुये केश ऐसी शोभा दे रहे हैं मानों ....

राजे-दो नागिनें लहराती चली जाती हों,किसी प्रेमी को डंसने के लिये।

सबल-तुमने हंसी में उड़ा दिया, मेंने बहुत ही अच्छी उपमा सोची थीं।

राजे०-और, यह बताइये तीन दिन तक दर्शन क्यों नहीं दिया?

सबल-(असमंजस में पड़कर) मेंने रागझा शायद मेरे रोज आने से किसी को सन्देह हो जाय।

राजे-मुझे इसकी कुछ परवाह नहीं है। आपको यहां नित्य आना होगा। आपको क्या मालूम है कि यहाँ किस तरह तड़प तड़प कर दिन काटती हूँ।

सबल-राजेश्वरी, में अपनी दशा कैसे दर्शाऊं। बस यही समझ लो जैसे पानी बिना मछली तड़पती हो। न सैर करने का जी चाहता है न घर से निकलने का, न किसी से मिलने जुलने का, यहाँ तक कि सिनेमा देखने को भी जी नहीं चाहता। जब यहाँ आने लगता हूँ तो ऐसी प्रबल उत्कण्ठा होती है कि उड़ कर आ पहुँचूं। जब यहाँ से चलता हूँ तो ऐसा जान पड़ता है कि

मुकदमा हार आया हूँ। राजेश्वरी, पहले मेरी केवल यही इच्छा थी कि तुम्हें आंखों से देखता रहूं, तुम्हारी मधुर बाणी सुनता रहूँ। तुम्हें अपनी देवी बनाकर पूजना चाहता था पर जैसे ज्वर में जल से तृप्ति नहीं होती, जैसे नई सभ्यता में विलास की वस्तुओं से तृप्ति नहीं होती, वैसे ही प्रेम का भी हाल है; वह सर्वस्व देना और सर्वस्व लेना चाहता है। इतना यत्न करने पर भी घर के लोग मुझे चिन्तित नेत्रों से देखने लगे हैं। उन्हें मेरे स्वभाव में कोई ऐसी बात नजर आती है जो पहले नहीं आती थी। न जाने इसका क्या अंत होगा।

राजे०-इसका अन्त होगा वह में जानती हूँ और उसे जानते हुए मेंने इस मार्ग पर पांव रखा है। पर उन चिन्ताओं को छोड़िये। जब ओखली में सिर दिया है तो मूसलों का क्या डर। में यही चाहती हूँ कि आप दिन में किसी समय अवश्य आ जाया करें। आपको देखकर मेरे चित्तकी ज्वाला शांत हो जाती है जैसे जलते हुए घाव पर मरहम लग जाय। अकेले मुझे डर भी लगता है कि कहीं वह हल जोत किसान मेरी टोह लगाता हुआ आ न पहुँचे। यह भय सदैव मेरे हृदय पर छाया रहता है। उसे क्रोध आता है तो वह उन्मत्त हो जाता है। उसे जरा भी खबर मिल गई तो मेरी जान की खैरियत नहीं है।

सबल-उसकी जरा भी चिन्ता मत करो। मेंने उसे हिरासत में रखवा दिया है। वहां ६ महीने तक रखूंगा। अभी तो १ महीने से कुछ ही ऊपर हुआ है। ६ महीने के बाद देखा जायगा। रुपये कहां हैं कि देकर छूटेगा।

राजे०-क्या जाने उसके गाय, बैल कहां गये? भूखों मर गये होंगे।

सबल-नहीं, मेंने पता लगाया था। वह बुड्ढा मुसलमान फत्तू उसके सब जानवरों को अपने घर ले गया है और उनकी अच्छी तरह सेवा करता है।

राजे०-यह सुनकर चिन्ता मिट गई। मैं डरती थी कहीं सब जानवर मर गये हों तो हमें हत्या लगे।

सबल-(घड़ी देखकर) यहाँ आता हूँ तो समय के पर से लग जाते हैं। मेरा बस चलता तो एक एक मिनिट के एक-एक घन्टे बना देता।

राजे०-और मेरा बस चलता तो एक7एक घण्टे के एक-एक मिनिट बना देती। जब प्यास भर पानी न मिले तो पानी में मुंह ही क्यों लगाये। जब

कपड़े पर रंग के छींटे ही डालने हैं तो उसका उजला रहना ही अच्छा। अब मन को समेंटना सीखूंगी।

सबल-प्रिये...... ..

राजे०-(बात काटकर) इस पवित्र शब्द को अपवित्र न कीजिये।

सबल-(सजल नयन होकर) मेरी इतनी याचना तुम्हें स्वीकार करनी पड़ेगी। प्रिये मुझे अनुभव हो रहा है कि यहाँ रहकर हम आनन्दमय प्रेमका स्वर्ग सुख न भोग सकेंगे। क्यों न हम किसी सुरम्य स्थान पर चलें जहां विघ्न और बाधाओं, चिन्ताओं और शंकाओं से मुक्त होकर जीवन व्यतीत हो। मैं कह सकता हूँ कि मुझे जलवायु, परिवर्तन के लिये किसी स्वास्थ्यप्रद स्थान की जरूरत है, जैसे गढ़वाल, आबू पर्वत या रांची।

राजे०-लेकिन ज्ञानी देवी को क्या कीजियेगा। क्या वह साथ न चलेंगी?

सबल-बस यही एक रुकावट है। ऐसा कौनसा यत्न करूं कि वह मेरे साथ चलने पर आग्रह न करे। इसके साथ ही कोई संदेह भी न हो।

राजे-ज्ञानी सती हैं, वह किसी तरह यहाँ न रहेंगी। य आप दस पांच दिन, या एक दो महीने के लिये कहीं जायें तो वह साथ न जायेंगी लेकिन जब उन्हें मालूम होगा कि आपका स्वास्थ्य अच्छा नहीं है तब वह किसी तरह न रुकेंगी। और यह बात भी है कि ऐसी सती स्त्री को मैं दु:खी नहीं करना चाहती। मैं तो केवल आपका प्रेम चाहती हूँ। उतना ही जितना ज्ञानी से बचे। मैं उनका अधिकार नहीं छीनना चाहती। में उनके गैरों की धूल के बराबर भी नहीं हूँ। में उनके घर में चोर की भांति घुसी हूँ। उनसे मेरी क्या बराबरी। आप उन्हें दु:खी किये बिना मुझपर जितनी कृपा कर सकते हैं उतनी कीजिये।

सबल-(मन में) कैसे पवित्र विचार हैं। ऐसा नारी पाकर मैं उसके सुख से वंचित हूँ। मैं कमल तोड़ने के लिये क्यों पानी में घुसा जब जानता था कि वहां दलदल है। मदिरा पीकर चाहता हूँ कि उसका नशा न हो।

राजेश्वरी-(मन में) भगवन्। देखू अपने व्रत का पालन कर सकती हूँ या नहीं। कितने पवित्र भाव हैं, कितना अगाध प्रेम!

सबल-(उठकर) प्रिये, कल इसी वक्त फिर आऊंगा। प्रेमालिंगन के लिये चित्त उत्कंठित हो रहा है।

राजे-यहाँ प्रेम की शान्ति नहीं, प्रेम की दाह है। जाइये। देखूं अब यह पहाड़ सा दिन कैसे कटता है। नींद भी जाने कहां भाग गई।

सबल-(छज्जे के जीने से लौटकर) प्रिये, गजब हो गया। वह देखो कंचन सिंह जा रहे हैं। उन्होंने मुझे यहाँ से उतरते देख लिया। अब क्या करूं?

राजे-देख लिया तो क्या हरज हुआ। समझ होंगे आप किसी मित्र से मिलने आये होंगे। जरा मैं भी उन्हें देख लूं।

सबल-जिस बात का मुझे डर था वही हुआ। अवश्य ही उन्हें कुछ टोह लग गई है। नहीं तो इधर उनके आने का कोई काम न था। यह तो उनके पूजा पाठ का समय है। इस वक्त कभी बाहर नहीं निकलते। हां, गंगा स्नान करने जाते हैं, मगर घड़ी रात रहे। इधर से कहां जायेंगे? घर वालों को सन्देह हो गया।

राजे-आप से स्वरूप बहुत मिलता हुआ है। सुनहरी ऐनक खूब खिलती है।

सबल-अगर वह सिर झुकाये अपनी राह चले जाते तो मुझे शंका न होती पर वह इधर-उधर, नीचे ऊपर इस भांति ताकते जाते थे जैसे शोहदे कोठों की ओर झाँकते हैं। उनका स्वभाव नही है। बड़े ही धर्मज्ञ, सच्चरित्र, ईश्वर भक्त पुरुष हैं। संसारिकता से उन्हें घृणा है। इसीलिये अब तक विवाह नहीं किया।

राजे-अगर यह हाल है तो यहाँ पूछताछ करने जरूर आयेंगे।

सबल-मालूम होता है इस घर का पता पहले लगा लिया है। इस समय पूछताछ करने ही आये थे। मुझे देखा तो लौट गये। अब मेरी लज्जा, मेरा लोक सम्मान, मेरा जीवन तुम्हारे आधीन है। तुम्हीं मेरी रक्षा कर सकती हो।

राजे-क्यों न कोई दूसरा मकान ठीक कर लीजिये।

सबल-इससे कुछ न होगा। बस यही उपाय है कि जब वह यहाँ आयें तो उन्हें चकमा दिया जाय। कहला भेजो मैं सबल सिंह को नहीं जानती। वह

यहाँ कभी नहीं आते। दूसरा उपाय यह है कि उन्हें कुछ दिनों के लिये यहाँ से टाल दूं। कह देता हूँ कि जाकर लायलपुर से गेहूँ खरीद लावो। तब तक हम लोग यहाँ से कहीं और चल देंगे।

राजे-यही तरकीब अच्छी है।

सबल-अच्छी तो है पर हुआ बड़ा अनर्थ। अब परदा ढका रहना कठिन है।

राजे-(मन में) ईश्वर, यही मेरी प्रतिज्ञा के पूरे होने का अवसर है। मुझे बल प्रदान करो। (प्रगट) यह सब मुसीबतें मेरी लाई हुई हैं। मैं क्या जानती थी कि प्रेम मार्ग में इतने कांटे हैं!

सबल-मेरी बातों का ध्यान रखना। मेरे होश ठिकाने नहीं हैं। चलूं देखूं, मुआमला अभी कंचन सिंह ही तक है या ज्ञानी को भी खबर हो गई।

राजे-आज संध्या समय आइयेगा। मेरा जी उधर ही लगा रहेगा।

सबल-अवश्य आऊंगा। अब तो मन लागि रह्यो, होनी हो सो होई। मुझे अपनी कीर्ति बहुत प्यारी है। अब तक मैंने मान-प्रतिष्ठा ही को जीवन का आधार समझ रखा था, पर अवसर आया तो मैं इसे प्रेम की वेदी पर उसी तरह चढ़ा दूंगा। जैसे उपासक पुरुषों को चढ़ा देता है, नहीं जैसे कोई ज्ञानी पार्थिव वस्तुओं को लात मार देता है। (जाता है)

अष्टम दृश्य

(समय-संध्या, जेठ का महीना। स्थान-मधुबन, कई आदमी फत्तू के द्वारपर खड़े हैं।)

मंगरू-फत्तू तुमने बहुत चक्कर लगाया, मारा संसार छान डाला।

सलोनी-बेटा तुम न होते तो हलधर का पता लगना मुसकिल था।

हरदास-पता लगना तो मुसकिल नहीं था, हाँ जरा देर में लगता।

मंगरू-कहां-कहां गये थे?

फत्तं-पहले तो कानपुर गया। वहां के सब पुतली घरों को देखा। कहीं पता न लगा। तब लोगों ने कहां बम्बई चले जाव। वहां चला गया मुदा उतने बड़े शहर में कहां-कहां ढूंढ़ता। ४,५ दिन पुतली घरों में देखने गया, पर हियाव छुट गया। सहर काहे को है पूरा मुलुक है। जान पड़ता है संसार भर के आदमी वहीं आकर जमा हो गये हैं। तभी तो यहाँ गाँव में आदमी नहीं मिलते। सच मानों कुछ नहीं तो एक हजार मील तो होंगे। रात दिन उनकी चिमनियों से धुआं निकला करता है। ऐसा जान पड़ता हैं राक्षसों की फौज मुंह से आग निकालती आकाश से लड़ने जा रही है। आखिर निराश होकर वहां से चला आया। गाड़ी में एक बाबू जी से बातचीत होने लगी। मेंने सब राम कहानी उन्हें सुनाई। बड़े दयावान आदमी थे। कहा किसी अखबार में छपा दो कि जो उनका पता बता देगा उसे ५०) इनाम दिया जायगा। मेरे मनमें भी बात जम गई। बाबूजी ही से मसौदा बनवा लिया और यहाँ गाड़ी से उतरते ही सीधे अखबार के दफ्तर में गया। छपाई का दाम देकर चला आया।

पांचवें दिन वह चपरासी यहाँ आया जो मुझ से खड़ा बातें कर रहा था। उसने रत्ती-रत्ती सब पता बता दिया। हलधर न कलकत्ता गया है न बम्बई, यही हिरासत में है। वही कहावत हुई गोद में लड़का सहर में ढिंढोरा।

मगरू-हिरासत में क्यों है?

फत्तू-महाजन की मेहरबानी और क्या। माघ पूस में कंचन सिंह के यहाँ ले कुछ रुपये लाया था। बस नादिहन्दी के मामले में गिरफतार करा दिया।

हरदास-उनके रुपये तो यहाँ और कई आदमियों पर आते हैं, किसी को गिरफ्तार नहीं कराया। हलधर पर ही क्यों इतनी टेढ़ी निगाह की?

फत-पहले सबको गिरफ्तार कराना चाहते थे, पर बाद को सबल सिंह ने मना कर दिया। दावा दायर करने की सलाह थी। पर बड़े ठाकुर तो दयावान जीव हैं, दावा भी मुल्तवी कर दिया, इधर लगान भी मुआफ कर दी। मुझसे जब चपरासी ने यह हाल कहा तो जैसे बदन में आग लग गई। सीधे कंचन सिंह के पास गया और मुंह में जो कुछ आया कह सुनाया। सोच लिया था करेंगे क्या, यही न होगा अपने आदमियों से पिटवावेंगे तो मैं भी दो चारका सिर तोड ़के रख दूंगा, जो होगा देखा जायगा। मगर बिचारे ने जुबान तक नहीं खोली। जब मैंने कहा, आप बड़े धर्मात्मा की पूंछ बनते हैं, सौ दो सौ रुपयों के लिये गरीबों को जेहल में डालते हैं उस आदमी का तो यह हाल हुआ, उसकी घरवाली का कहीं पता नहीं, मालूम नहीं कहीं डूब मरी, या क्या हुआ, यह सब पाप किस के सिर पड़ेगा, खुदा तालाको क्या मुंह दिखाओगे तो बिचारे रोने लगे। लेकिन जब रुपयों की बात आई तो उस रकम में एक पैसा भी छोड़ने की हामी नहीं भरी।

सलोनी-इतनी दौड़ धूप तो कोई अपने बेटे के लिये भी न करता। भगवान इसका फल तुम्हें देंगे।

हरदास-महाजन के कितने रुपये आते हैं?

फत्तू-कोई ढाई सौ होंगे। थोड़ी-थोड़ी मदद कर दो तो आज ही हलधर को छुड़ा लूं। मैं बहुत जेरबारी में पड़ गया हूँ नहीं तो तुम लोगों से न मांगता।

मंगरू–भैया, यहाँ रुपये कहां, जो कुछ लेई पूजी थीं वह बेटो के गौने में खर्च हो गई। उसपर पत्थर ने और भी चौपट कर दिया।

सलोनी–बने के साथी सब होते हैं, बिगड़े का साथी कोई नहीं होता

मंगरू–जो चाहे समझो, पर मेरे पास कुछ नहीं है।

हरदास–अगर १०.२०) दे भी दें तो कौन जल्दी मिले जाते हैं। बरसों में मिलें तो मिलें। उसमें सबसे पहले अपनी जमा लेंगे, तब कहीं औरों को मिलेगा।

मंगरू–भला इस दौड़ धूप में तुम्हारे कितने रुपये लगे होंगे?

फत्त–क्या जाने, मेरे पास कोई हिसाब किताब थोड़ा ही

मंगरू–तब भी अन्दाज से? फत्तू–कोई १००) लगे होंगे।

मंगरू–(हरदास को कनखियों से देखकर) बिचारा हलधर तो बिना मौत मर गया। १००) इन्होंने चढ़ा दिये, २५०) महाजन के होते हैं, गरीब कहां तक भरेगा?

फत्तू–मुसीबत में जो मदद की जाती है वह अल्लाह की राह में की जाती है। उसे कर्ज नहीं समझा जाता।

हरदास–तुम अपने १००) तो सीधे ही कर लोगे?

सलोनी–(मुंह चिढ़ाकर) हां दलाली के कुछ पैसे तुझे भी मिल जायेंगे। मुंह धो रखना। हां बेटा, उसे छुड़ाने के लिये २५०) की क्या फिकर करोगे? कोई महाजन खड़ा किया है?

फत्तू–नहीं काकी, महाजनों के जाल में न पडूंगा। कुछ तुम्हारी बहू के गहने पाते हैं वह गिरो रख दूंगा। रुपये भी उसके पास कुछ न कुछ निकल ही आयेंगे। बाकी रुपये अपने दोनों नोट बेंचकर खड़े कर लूगा।

सलोनी–महीने ही भर में तो तुम्हें फिर बैल चाहने होंगे।

फत्तू–देखा जायगा। हलधर के बैलों से काम चलाऊंगा।

सलोनी–बेटा तुम तो हलधर के पीछे तबाह हो गये।

फत्तू–काकी, इन्हीं दिनों के लिये तो छाती फाड़ २ कमाते हैं? और लोग थाने अदालत में रुपये बर्बाद करते हैं। मेंने तो एक पैसा भी बर्बाद नहीं

किया। हलधर कोई गैर तो नहीं है, अपना ही लड़का है। अपना लड़का इस मुसीबत में होता तो उसको छुड़ाना पड़ता न। समझ लूंगा अपनी बेटीके निकाह में लग गये।

सलोनी-(हरदास को ओर देखकर) देखा, मर्द ऐसे होते है। ऐसे ही सपूतों के जन्म से माता का जीवन सुफल होता है। तुम दोनों हलधर के पट्टीदार हो, एक ही परदादा के पर पोते हो। पर तुम्हारा लोहू सफेद हो गया है। तुम तो मन में खुश होगे कि अच्छा हुआ वह गया, अब उसके खेतों पर हम कब्जा कर लेंगे।

हरदास-काकी, मुंह न खुलवाओ। हमें कौन हलधर से वाह-वाही लूटनी है, न एक के दो वसूल करने हैं, हम क्यों इस झमेंले में पड़े। यहाँ न ऊधोका लेना, न माधो का देना, अपने काम से काम है। फिर हलधर ने कौन यहाँ किसी की मदद कर दी? प्यासों मर भी जाते तो पानी को न पूछता। हां, दूसरों के लिये चाहे घर लुटा देते हों।

मंगरू-हलधर की बात ही क्या है, अभी कल का लड़का है। उसके बाप ने भी कभी किसी की मदद की? चार दिन की आई बहू है, वह भी हमें दुसमन समझती है।

सलोनी-(फत्त ू से) बेटा, सांझ हुई, दियाबत्ती करने जाती हूँ। तुम थोड़ी देर में मेरे पास आना, कुछ सलाह करूंगी।

फत्तू-अच्छा एक गीत तो सुनाती जाव। महीनों हो गये तुम्हारा गाना नहीं सुना।

सलोनी-इन दोनों को अब कभी अपना गाना न सुना ऊंगी।

हरदास-लो हम कानों में उंगली रखे लेते हैं।

सलोनी-हां, कान खोलना मत।

(गाती है)

ढूंढ फिरी सारा संसार, नहीं मिला कोई अपना।
भाई-भाई बैरी है गये, बाप हुआ जमदूत।

दया धरम का उठ गया डेरा, सजनता है सपना।
नहीं मिला कोई अपना। (जाती है)

नवम दृश्य

स्थान-मधुबन, हलधर का मकान, गाँव के लोग जमा हैं।

समय-ज्येष्ठ की सन्ध्या।

हलधर-(बाल बढ़े हुए, दुर्बल, मलिन मुख) फत्तू काका, तुमने मुझे नाहक छुड़ाया, वहीं क्यों न घुलने दिया। अगर मुझे मालूम होता कि घर की यह दसा है तो उधर से ही देश विदेश की राह लेता, यहाँ अपना काला मुंह दिखाने न आता। में इस औरत को पतिव्रता समझता था। देवी समझकर उसकी पूजा करता था। पर यह नहीं जानता था कि वह मेरे पीठ फेरते ही यों मेरे पुरखावों के माथे पर कलंक लगायेगी। हाय!

सलोनी-बेटा, वह सचमुच देवी थी ऐसी पतिबरता नारी मेंने नहीं देखी। तुम उसपर सन्देह करके उस पर बड़ा अन्याय कर रहे हो। मैं रोज रात को उसके पास सोती थी। उसकी आंखें रात की रात खुली रहती थीं। करवटें बदला करती। मेरे बहुत कहने सुनने पर कभी कभी भोजन बनाती थी, पर दो चार कौर भी न खाया जाता। मुंह जूठा करके उठ आती। रात दिन तुम्हारी ही चर्चा तुम्हारी ही बात, किया करती थी। शोक और दुःखमें जीवन से निरास होकर उसने चाहे प्राण दे दिये हों पर वह कुलको कलंक नहीं लगा सकती। बरम्हा भी आकर उसपर यह दोस लगायें तो मुझे उनपर विस्वास न आयेगा।

फत्तू-काकी, तुम तो उसके साथ सोती ही बैठती थी, तुम जितना जानती हो उतना में कहां से जानूंगा, लेकिन इस गाँवमें सत्तर बरस की उमिर

गुजर गई, सैकड़ो बहुयें आई पर किसी में वह बात नहीं पाई जो इसमें है। न ताकना, न झांकना, सिर झुकाये अपनी राह जाना, अपनी राह आना। सचमुच ही देवी थी।

हलधर-काका, किसी तरह मन को समझाने तो दो। जब अंगूठी पानी में गिर गई तो यह सोचकर क्यों न मन को धीरज दूं कि उसका नग कच्चा था। हाय, अब इस घर में पांव नहीं रखा जाता, ऐसा जान पड़ता है कि घर की जान निकल गई।

सलोनी-जाते-जाते घर को लीप गई है। देखो अनाज मटकों में रखकर इनका मुंह मिट्टी से बन्द कर दिया है। यह घी की हांडी है, लबालब भरी हुई, बिचारी ने संच कर रखा था। क्या कुल्टायें गृहस्ती की ओर इतना ध्यान देती हैं? एक तिनका भी तो इधर-उधर पड़ा नहीं दिखाई देता।

हलधर-(रोकर) काकी, मेरे लिये अब संसार सूना हो गया। वह गंगा की गोद में चली गई। अब फिर उसकी मोहिनी मूरत देखने को न मिलेगी। भगवान बड़ा निर्दयी है। इतनी जल्द छीन लेना था तो दिया ही क्यों था।

फत्तू-बेटा, अब तो जो कुछ होना था वह हो चुका, अब सबर करो, और अल्लाताला से दुआ करो कि उस देवी को निजात दे। रोने धोने से क्या होगा। वह तुम्हारे लिये थी ही नहीं। उसे भगवान ने रानी बनने के लिये बनाया था। कोई ऐसी ही बात हो गई थी कि वह कुछ दिनों के लिये इस दुनिया में आई थी। वह मीयाद पूरी करके चली गई। यही समझकर सबर करो।

हलधर-काका, नहीं सबर होता। कलेजे में पीड़ा हो रही है। ऐसा जान पड़ता है कोई उसे जबरदस्ती मुझसे छीन ले गया हो। हां सचमुच वह मुझसे छीन ली गई है, और यह अत्याचार किया है सबल सिंह और उनके भाई ने। न में हिरासत में जाता न घर यों तबाह होता। उसका बध करने वाले, उसकी जान लेने वाले यही दोनों भाई हैं। नहीं, इन दोनों भाइयों को क्यों बदनाम करू', सारी विपत्ति इस कानून की लाई हुई है जो गरीबों को धनी लोगों की मुट्ठी में कर देता है। फिर कानून को क्यों बुरा कहूँ। जैसा संसार वैसा व्यवहार।

फत्तू-बस यही बात है जैसा संसार सा व्यवहार धनी लोगों के हाथ में अखतियार है। गरीबों को सताने के लिये जैसा कानून चाहते हैं बनाते हैं। बैठो, नाई बुलाये देता हूँ, बाल बनवालो।

हलधर-नहीं काका, अब इस घर में न बैठूंगा। किसके लिये घरबार के झमेंले में पड़ा। अपना पेट है, उसकी क्या चिन्ता। इस अन्यायी संसार में रहने का जी नहीं चाहता। ढाई सौ रुपयों के पीछे मेरा सत्यानास हो गया। ऐसा परबस होकर जिया ही तो क्या। चलता हूँ, कहीं साधु बैरागी हो जाऊंगा, मांगता खाता फिरूंगा।

हरदास-तुम तो साधु बैरागी हो जावोगे? यह रुपये कौन भरेगा?

फत्तू-रुपये पैसे की कौन बात है, तुमको इससे क्या मत लब? यह तो आपस का व्यवहार है, हमारी अटक पर तुम काम आये, तुम्हारी अटक पर हम काम आयेंगे। कोई लेन देन थोडा ही किया है!

सलोनी इसकी बिच्छू की भांति डंक मारने की आदत है। हलधर-नहीं इसमें बुरा मानने की कोई बात नहीं है। फत्तू काका, मैं तुम्हारी नेकी को कभी भूल नहीं सकता। तुमने जो कुछ किया यह अपना बाप भी न करता। जब तक मेरे दम में दम है तुम्हारा और तुम्हारे खानदान का गुलाम बना रहूँगा। मेरा घर द्वार, खेत बारी, बैल बधिये, जो कुछ है सब तुम्हारा है, और मैं तुम्हारा गुलाम हूँ। बस अब मुझे विदा करो, जीता रहूँगा तो फिर मिलूंगा नहीं तो कौन किसका होता है। काकी, जाता हूँ, सब भाइयों को राम राम!

फत्तू (रास्ता रोककर गदगद कण्ठ से) बेटा, इतना दिल छोटा न करो। कौन जाने, अल्लाताला बड़ा कारसाज है, कहीं बहू का पता लग ही जाय। इतने अधीर होने की कोई बात नहीं है।

हरदास-चार दिन में तो दूसरी सगाई हो जायगी।

हलधर-भैया, दूसरी सगाई अब उस जनम में होगी। इस जनम में तो अब ठोकर खाना ही लिखा है। अगर भगवान को यह न मंजूर होता तो क्या मेरा बना बनाया घर उजड़ जाता?

फत्तू-मेरा तो दिल बार-बार कहता है कि दो चार दिन में राजेश्वरी का पता जरूर लग जायेगा। कुछ खाना बनावो, खावो, सवेरे चलेंगे फिर इधर-उधर टोह लगायेंगे।

हरदास–पहले जाके तालाब में अच्छी तरह असनान कर लो। चलं जानवर हर से आ गये होंगे। (सब चले जाते हैं।)

हलधर–यह घर फाड़े खाता है, इसमें तो बैठा भी नहीं जाता। इस वक्त काम करके आता था तो उसकी मोहनी मूरत देखकर चित्त कैसा खिल जाता था। कंचन, तूने मेरा सुख हर लिया, तूने मेरे घरमें आग लगा दी। ओहो, वह कौन उजली साड़ी पहने उस घर में खड़ी है। वही है, छिपी हुई थी। खड़ी है, आती नहीं। (उस घर के द्वार पर जाकर) राम! राम! कितना भरम हुआ, सन की गांठ रखी हुई है। अब उसके दर्शन फिर नसीब न होंगे। जीवन में अब कुछ नहीं रहा। हा, पापी, निर्दयी! तूने मेरा सर्वनाश कर दिया, मुट्ठी भर रुपयों के पीछे! इस अन्याय का मजा तुझे चखाऊंगा। तूभी क्या समझेगा कि गरीबो का गला काटना कैसा होता है........

(लाठी लेकर घर से निकल जाता है)

दशम दृश्य

स्थान–गुलाबी का घर, समय–प्रातःकाल।

गुलाबी–जो काम करने बैठती है उसी की हो रहती है। मैंने घर में झाड़ू लगाई, पूजा के बासन धोये, तोते को चारा खिलाया, गाय खोली, उसका गोबर उठाया, और यह महारानी अभी पांच सेर गेहूँ लिये जांत पर औंघ रही हैं। किसी काम में इसका जी नहीं लगता। न जाने किस घमंड में भूली रहती है। बाप में ऐसा कौन सा दहेज था कि किसी धनिक के घर जाती। कुछ नहीं यह सब तुम्हारे सिर चढ़ाने का फल है। औरत को जहां मुंह लगाया कि उसका सिर फिरा। फिर उसके पांव जमीन पर नहीं पड़ते। इस जात को तो कभी मुंह लगाये ही नहीं। चाहे कोई बात भी न हो पर उसका मान मरदन नित्य करता रहे।

भृगु–क्या करू अम्मां, सब कुछ करके तो हार गया। कोई बात सुनती ही नहीं। ज्योंही गरम पड़ता हूँ रोने लगती है। बस दगा आ जाती है।

गुलाबी–मैं रोती हूँ तब तो तेरा कलेजा पत्थर का हो जाता है, उसे रोते देखकर क्यों दया आजाती है।।

भृगु–अम्मां, तुम घर की मालकिन हो, तुम रोती हो तो हमारा दुःख देखकर रोती हो। तुम्हें कौन कुछ कह सकता है।

गुलाबी–तूही अपने मन से समझ मेरी उमिर अब नौकरी करने की है। यह सब तेरे ही कारण न करना पड़ता है? तीन महीने हो गये तूने घर के खरच के लिये एक पैसा भी न दिया। मैं न जाने किस-किस उपाय से काम चलाती हूँ। तू कमाता है तो क्या करता है? जवान बेटे के होते मुझे छाती

फाड़नी पड़े तो दिनों को रोऊं कि न रोऊं। उसपर घर में कोई बात पूछने वाला नहीं। पूछो महारानी से महीने भर हो गये कभी सिर में तेल डाला, कभी पैर दबाये। सीधे मुंह बात तो करती नहीं, भला सेवा क्या करेंगी। रोऊन तो क्या करू। मौत भी नहीं आजाती कि इस जंजाल से छूट जाती। जाने कागद कहां खो गया।

भृगु–अम्मां, ऐसी बातें न करो। तुम्हारे बिना यह गृहस्ती कौन चलायेगा? तुम्हीं ने पाल पोसकर इतना बड़ा किया है। जब तक जीती हो इसी तरह पाले जाव। फिर तो यह चक्की गले पड़ेगी ही।

गुलाबी–अब मेरा किया नहीं होता।

भृगु–तो मुझे परदेस जाने दो। यहाँ मेरा किया कुछ न होगा।

गुलाबी–आखिर मुनीबी में तुझे कुछ मिलता है कि नहीं। वह सब कहां उड़ा देता है?

भृगु–कसम ले लो जो इधर तीन महीने में कौड़ी से भेंट हुई हो। जब से ओले पड़े हैं, ठाकुर साहब ने लेन देन सब बन्द कर दिया है।

गुलाबी–तेरी मारफत बाजार से सौदा सुलफ आता है कि नहीं। घर में जिस चीज का काम पड़ता है वह में तुझी से मंग वाने को कहती हूँ। पांच छः सौ का सौदा तो भीतर ही का आता होगा। तू उसमें कुछ काटपेच नहीं करता?

भृगु–मुझे तो अम्मां यह सब कुछ नहीं आता।

गुलाबी–चल झूठे कहीं के। मेरे सौदे में तो तू अपनी चाल चल ही जाता है वहां न चलेगा। दस्तूरी पाता है, भाव में कसता है, तौल में कसता है। उस पर मुझसे उड़ने चला है। सुनती हूँ दलाली भी करते हो। यह सब कहां उड़ जाता है?

भृगु–अम्मां किसी ने तुमसे झूठमूठ कह दिया होगा। तुम्हारा सरल स्वभाव है, जिसने जो कुछ कह दिया वही मान जाती हो। तुम्हारे चरण छूकर कहता हूँ जो कभी दलाली की हो। सौदे सुलुफ में दो चार रुपये कभी मिल जाते हैं तो भंग बूटी, पान–पतरो का खर्च चलता है।

गुलाबी-जाकर चुड़ैल से कह दे पानी वानी रखे, नहाऊ, नहीं तो ठाकुर के यहाँ कैसे जाऊंगी। सारे दिन चक्की के नाम को रोया करेगी क्या?

भृगु-अम्मां, तुम्हीं जाकर कहो। मेरा कहना न मानेगी।

गुलाबो-हां तू क्यों कहेगा। तुझे तो उसने भेड़ बना लिया है। उंगलियों पर नचाया करती है। न जाने कौनसा जादू डाल दिया है कि तेरी मति ही हर गई। जा ओढ़नी ओढ़ के बैठ।

(बहू के पास जाती है।)

क्यों रे सारे दिन चक्की के नाम को रोयेगी या और भी कोई काम है?

चम्पा-क्या चार हाथ पैर कर लू। क्या यहाँ सोई हूँ।

गुलाबी-चुप रह, डायन कहीं की, बोलने को मरी जाती है। सेर भर गेहूँ लिये बैठी है। कौन लड़के बाले रो रहे हैं कि उनके तेल उबटन में लगी रहती है। घड़ी रात रहे क्यों नहीं उठती। पांपिन, तेरा मुंह देखना पाप है।

चम्पा-इसमें भी किसी का बस है? भगवान नहीं देते तो क्या अपने हाथों से गढ़ लूं।

गुलाबी-फिर मुंह नहीं बन्द करती चुड़ेल। जीभ कतरनी की तरह चला करती है। लजाती नहीं। तेरे साथ की आई बहुरियाँ दो दो लड़कों की मां हो गई हैं और तू अभी बांठ बनी है। न जाने कब तेरा पैरा इस घर से उठेगा। जा नहाने को पानी रख दे नहीं तो भले पराठे चखाऊगी। एक दिन काम न करू तो मुंह में मक्खी आने-जाने लगे। सहज मे ही यह चरवीतियां नहीं उड़तीं।

बहू-जैसी रोटियां तुम खिलाती हो ऐसी जहां छाती फाडूंगी वहीं मिल जायेंगी। यहाँ गद्दी मसनद नहीं लगी है।

गुलाबी-(दांत पीसकर)जी चाहता है सट से तालू से जुबान खींच लूं। कुछ नहीं, मेरी यह सब सांसत भगुवा करा रहा है, नहीं तो तेरी मजाल थी कि मुझसे योंजबान चलाती। कलमुंहें को और कोई घर न मिलता था जो अपने सिर की बला यहाँ पटक गया। अब जो पाऊ तो मुंह मौंस दूं।

चम्पा–अम्मांजी, मुझे जो चाहो कह लो, तुम्हारा दिया खाती हूँ, मारो या काटो, दादा को क्यों कोसती हो। भाग वखानो कि बेटे के सिर पर मौर चढ़ गया, नहीं तो कोई बात भी न पूछता। ऐसा हुनर नहीं बरसता था कि कोई देख के लहू हो जाता।

गुलाबी–भगवान को डरती हूँ नहीं तो कच्चा ही खा जाती न जाने कब इस अभागिन बांझ से संग छूटेगा।

(चली जाती है, भृगु आता है।)

चम्पा–तुम मुझे मेरे घर क्यों नहीं पहुँचा देते, नहीं एक दिन कुछ खाकर सो रहूँगी तो पछताओगे। टुकुर–टुकुर देखा करते हो पर मुंह नहीं खुलता कि अम्मां वह भी तो आदमी है, पांच सेर गेहूँ पीसना क्या दाल–भात का कौर है।

भृगु–तुम उसकी बातों का बुरा क्यों मानती हो। मुंह ही से न बकती है कि और कुछ। समझ लो कुतिया भूक रही है। दुधार गाय की लात भी सही जाती है। आज नौकरी करना छोड़ दें तो सारा गृहस्ती का बोझ मेरे ही सिर पड़ेगा कि और किसी के सिर। धीरज धरे कुछ दिन पड़ी रहो, चार थान गहने हो जायेंगे, चार पैसे गांठ में हो जायेंगे। इतनी मोटी बात भी नहीं समझती हो, झूठ–मूठ उलझ जाती हो।

चम्पा–मुझसे तो ताने सुनकर चुप नहीं रहा जाता। शरीर में ज्वाला सी उठने लगती है।

भृगु–उठने दिया करो, उससे किसी के जलने का डर नहीं है। बस उसकी बातों का जवाब न दिया करो। इस कान सुना और उस कान उड़ा दिया।

चम्पा–सोनार कंठा कब देगा?

भृगु–दो तीन दिन में देने को कहा है। ऐसे सुन्दर दाने बनाये हैं कि देखकर खुश हो जावोगी। यह देखो......

चम्पा–क्या है?

भृगु–न दिखाऊंगा–न

चम्पा-मुट्ठी खोलो। यह गिनी कहां पाई? मैं न दूंगी।

भृगु-पाने की न पूछो, एक असामी रुपये लौटाने आया था। खाते में 2 सैकड़े का दर लिखा है, मैंने २11 सैकड़े के दरसे वसूल किया।

(बाहर चला जाता है)

चम्पा-(मन में) बुढ़िया सीधी होती तो चैन ही चैन था।

तीसरा अंक

प्रथम दृश्य

स्थान-कंचन सिंह का कमरा, समय-दोपहर, खसकी टट्टी लगी हुई है, कंचन सिंह सीतल पाटी बिछाकर लेटे हुए है, पंखाचल रहा है।

कंचन-(आप ही आप) भाई साहब में तो यह आदत कभी नहीं थी। इसमें अब लेशमात्र भी सन्देह नहीं है कि वह कोई अत्यन्त रूपवती स्त्री है। मैंने उसे छज्जे पर से झांकते देखा था, भाई साहब आड में छिप गये थे। अगर कुछ रहस्य की बात न होती तो वह कदापि न छिपते, बल्कि मुझसे पूछते कहां जा रहे हो। मेरा माथा उसी वक्त ठनका था जब मैंने उन्हें नित्य प्रति बिना किसी कोचवान के अपने हाथों टमटम हांकते सैर करते जाते देखा। उनकी इस भांति घूमने की आदत न थी। आजकल कभी न क्लब जाते हैं न और किसी से मिलते जुलते हैं। पत्रों से भी रुचि नहीं जान पड़ती। सप्ताह में एक न एक लेख अवश्य लिख लेते थे, पर इधर महीनों से एक पंक्ति भी कहीं नहीं लिखी। यह बुरा हुआ। जिस प्रकार बंधा हुआ पानी खुलता है तो बड़े बेग से बहने लगता है अथवा रुका हुआ वायु चलता है तो बहुत प्रचण्ड हो जाता है, उसी प्रकार संयमी पुरुष जब विचलित होता है तो वह अविचार की चरम सीमा तक चला जाता है, न किसी की सुनता है, न किसी के रोके रुकता है, न परिणाम सोचता है। उसकी विवेक और बुद्धि पर परदा सा पड़ जाता है। कदाचित् भाई साहब को मालूम हो गया है कि मैंने उन्हें वहां देख लिया। इसीलिये वह मुझसे माल खरीदने के लिये

पंजाब जाने को कहते हैं। मुझे कुछ दिनों के लिये हटा देना चाहते हैं। यही बात है, नहीं तो वह माल वाल की इतनी चिन्ता कभी नहीं किया करते थे। मुझे तो अब कुशल नहीं दीखती। भाभी को कहीं खबर मिल गई तो वह प्राण ही दे देंगी। बड़े आश्चर्य की बात है कि ऐसे ऐसे विद्वान गम्भीर पुरुष भी इस माया जाल में फंस जाते हैं। अगर मैंने अपनी आंखों न देखा होता तो भाई साहब के सम्बन्ध में कभी इस दुष्कल्पना का विश्वास न आता।

(ज्ञानी का प्रवेश)

ज्ञानी-बाबूजी, आज सोये नहीं?

कंचन-नहीं, कुछ हिसाब किताब देख रहा था। भाई साहब ने लगान न मुआफ कर दिया होता तो अब को में ठाकुर द्वारे में जरूर हाथ लगा देता। असामियों से कुछ रुपये वसूल होते लेकिन उनपर दावा ही नहीं करने दिया।

ज्ञानी-वह तो मुझसे कहते थे दो चार महीनों के लिये पहाड़ों की सैर करने जाऊंगा। डाक्टर ने कहा है यहाँ रहोगे तो तुम्हारा खास्थ्य बिगड़ जायगा। आजकल कुछ दुर्बल भी तो हो गये हैं। बाबूजी एक बात पूछूं बतावोगे! तुम्हें भी इनके खभाव में कुछ अन्तर दिखाई देता है। मुझे तो बहुत अन्तर मालूम होता है। वह कभी इतने नम्र और सरल नहीं थे। अब वह एक-एक बात सावधान होकर कहते हैं कि कहीं मुझे बुरा न लगे। उनके सामने जाती हूँ तो मुझे देखते ही मानों नींद से चौंक पड़ते हैं और इस भांति हंसकर स्वागत करते हैं जैसे कोई मेंहमान आया हो। मेरा मुंह जोहा करते हैं कि कोई बात कहे और उसे पूरी कर दूं। जैसे घर के लोग बीमार का मन रखने का यत्न करते हैं या जैसे किसी शोक पीड़ित मनुष्य के साथ लोगों का व्यवहार सदय हो जाता है। उसी प्रकार आजकल पके हुए फोड़े की तरह मुझे ठेससे बचाया जाता है। इसका रहस्य कुछ मेरी समझ में नहीं आता। खेद तो मुझे यह है कि इन सारी बातों में दिखावट और बनावट की बू आती है। सच्चा क्रोध उतना हृदय भेदी नहीं होता जितना कृत्रिम प्रेम।

कंचन-(मन में) वही बात है। किसी बच्चे से हम अशर्फी ले लेते हैं कि खो न दे तो उसे मिठाइयों से फुसला देते हैं। भाई साहब ने भाभी से अपना प्रेम-रत्न छीन लिया है और बनावटी स्नेह और प्रणय से इनको

तस्कीन देना चाहते हैं। इस प्रेम मूर्ति का अब परमात्मा ही मालिक है। (प्रगट) मैंने तो इधर ध्यान नहीं दिया। स्त्रियां सूक्ष्मदर्शी होती हैं........।

(खिदमतगार आता है। ज्ञानी चली जाती है)

कंचन–क्या काम है?

खिदमतगार यह सरकारी लिफाफा आया है। चपरासी बाहर खड़ा है।

कंचन–(रसीद की बही पर हस्ताक्षर करके) यह सिपाही को दो।

(खिदमतगार चला जाता है)

अच्छा, गाँव वालों ने मिलकर हलधर को छुड़ा लिया। अच्छा ही हुआ, मुझे उससे कोई दुश्मनी तो थी नहीं, मेरे रुपये वसूल हो गये। यह कार्रवाई न की जाती तो कभी रुपये न वसूल होते। इसी से लोग कहते हैं कि नीचों को जबतक खूब न दबावो उनकी गांठ नहीं खुलती। औरों पर भी इसी तरह दावा कर दिया गया होता तो बात की बात में सब रुपये निकल आते। और कुछ न होता तो ठाकुर द्वार में हाथ तो लगा ही देता। भाई साहब को समझाना तो मेरा काम नहीं, उनके सामने रोब, शर्म और संकोच से मेरी जबान ही न खुलेगी। उसी के पास चलूँ, उसके रंग ढंग देखू, कौन है, क्या चाहती है, क्यों यह जाल फैलाया है। अगर धन के लोभ से यह माया रची है तो जो कुछ उसकी इच्छा हो देकर यहाँ से हटा हूँ। भाई साहब को और समस्त परिवार को सर्वनाश से बचा लूं।

(फिर खिदमत गार आता है) क्या बार–बार आते हो? क्या काम है? मेरे पास पेशगी देनेके लिये रुपये नहीं हैं।

खिद०–हजूर रुपये नहीं मांगता। बड़े सरकार ने आपको याद किया है।

कंचन–(मन में) मेरा तो दिल धक–धक कर रहा है, न जाने क्यों बुलाते हैं कहीं पूछ न बैठें तुम मेरे पीछे क्यों पड़े हुए हो।

(उठकर ठाकुर सबल सिह के कमरे में जाते हैं।) सबल–तुमको एक विशेष कारण से तकलीफ दी है। इधर कुछ दिनों से मेरी तबीयत अच्छी नहीं रहती, रात को नींद कम आती है और भोजन से भी अरुचि हो गई है।

कंचन–आपका भोजन आधा भी नही रहा।

सबल-हां वह भी जबरदस्ती खाता हूँ। इसलिये मेरा विचार' हो रहा है कि तीन चार महीनो के लिये मंसूरी चला जाऊ।

कंचन-जलवायु के बदलने से कुछ लाभ तो अवश्य होगा।

सबल-तुम्हें रुपयों का प्रबन्ध करने में ज्यादा असुविधा होगी।

कंचन-ऊपर तो केवल ५०००) होगे। ४२५०) मूलचन्द ने दिये हैं, ५००) श्रीराम ने और २५०) हलधर ने।

सबल (चौंककर) क्या हलधर ने भी रुपये दे दिये?

कंचन-हां गाँव वालों ने मदद की होगी।

सबल-तब तो वह छूटकर अपने घर पहुँच गया होगा?

कंचन-जी हां।

सबल-(कुछ देर तक सोचकर) मेरे सफर की तैयारी में कै दिन लगेंगे?

कंचन-क्या जाना बहुत जरूरी है? क्यों न यहीं कुछ दिनों के लिए देहात चले जाइए। लिखने-पढ़ने का काम भी बंद कर दीजिए।

सबल-डॉक्टरों की सलाह पहाड़ों पर जाने की है। मैं कल किसी वक्त यहाँ से मंसूरी चला जाना चाहता हूँ।

कंचन-जैसी इच्छा।

सबल-मेरे साथ किसी नौकर-चाकर के जाने की जरूरत नहीं है। तुम्हारी भाभी चलने के लिए आग्रह करेंगी। उन्हें समझा देना कि तुम्हारे चलने से खर्च बहुत बढ़ जाएगा। नौकर, महरी, मिसराइन, सभी को जाना पड़ेगा और इस वक्त इतनी गुंजाइश नहीं।

कंचन-अकेले तो आपको बहुत तकलीफ होगी।

सबल-(खीझकर) क्या संसार में अकेले कोई यात्रा नहीं करता? अमरीका के करोड़पति तक एक हैंडबैग लेकर भारत की यात्रा पर चल खड़े होते हैं, मेरी कौन गिनती है। मैं उन रईसों में नहीं हूँ, जिनके घर में चाहे भोजन का ठिकाना न हो, जायदाद बिकी जाती हो, पर जूता नौकर ही

पहनाएगा, शौच के लिए लोटा लेकर नौकर ही जाएगा। यह रियासत नहीं,

(कंचनसिंह चले जाते हैं।)

सबल-(मन में) वही हुआ जिसकी आशंका थी। आज ही राजेश्वरी से चलने को कहूँ और कल प्रातःकाल यहाँ से चल दूँ। हलधर ज्ञानी आसानी से न मानेगी। उसे देखकर दया आती है, किंत आज ह्रदय को कड़ा करके उसे भी रोकना पड़ेगा।

(अंचल का प्रवेश।)

अचल-दादाजी, आप पहाड़ों पर जा रहे हैं, मैं भी साथ चलूँगा।

सबल-बेटा, मैं अकेले जा रहा हूँ, तुम्हें तकलीफ होगी।

अचल-इसीलिए तो मैं और चलना चाहता हूँ। मैं चाहता हूँ कि खूब तकलीफ हो, सब काम अपने हाथों करना पड़े, मोटा खाना मिले और कभी मिले, कभी न मिले। तकलीफ उठाने से आदमी की हिम्मत मजबूत हो जाती है, वह निर्भय हो जाता है। जरा-जरा सी बातों से घबराता नहीं, मुझे जरूर ले चलिए।

सबल-मैं वहाँ एक जगह थोड़े ही रहूँगा। कभी यहाँ, कभी वहाँ।

अचल-यह तो और भी अच्छा है। तरह-तरह की चीजें, नए-नए दृश्य देखने में आएंगे और मल्कों में तो लड़कों को सरकार की तरफ से सैर करने का मौका दिया जाता है। किताबों में भी लिखा है कि बिना देशाटन किए अनुभव नहीं होता और भूगोल जानने का तो इसके सिवा कोई अन्य उपाय नहीं है। नक्शों और माडलों के देखने से क्या होता है। मैं इस मौके को न जाने दूंगा।

सबल-बेटा, तुम कभी-२ व्यर्थ में जिद करने लगते हो। मैंने कह दिया कि में इस वक्त अकेले ही जाना चाहता हूँ, यहाँ तक कि दिली नौकर को भी साथ नहीं ले जाता। अगले वर्ष तुम्हें इतनी सैरे करा दूंगा कि तुम ऊब जावोगे।

(अचल उदास होकर चला जाता है।)

अब सफर की तैयारी करूं। मुलतः सब ही सामान ले जाना मुनासिब होगा। रुपये हों तो जंगल में भी मंगल हो सकता है। आज शाम को राजेश्वरी से भी चलने की तैयारी करने को कह दूंगा, प्रातः काल हम दोनों यहाँ से चले जायें। प्रेम पाश में फंसकर देखूं, नीति का, आत्मा का, धर्म का कितना बलिदान करना पड़ता है, और किस-किस बन की पत्तियां तोड़नी पड़ती हैं।

द्वितीय दृश्य

स्थान-राजेश्वरी का सजा हुआ कमरा, समय-दोपहर।

लौंडी-बाईजी, कोई नीचे पुकार रहा है।

राजेश्वरी-(नींद से चौंककर) क्या कहा आग लगी है?

लौंडी-नौज कोई आदमी नीचे पुकार रहा है।

राजे-पूछा नहीं कौन है, क्या कहता है, किस मतलब ले आया है। अंदेशा लेकर दौड़ चली, कैसे मजे का सपना देख रही थी।

लौंडी-ठाकुर साहब ने तो कह दिया है कि कोई कितना ही पुकारे, कोई हो, किवाड़ न बोलना, न कुछ जवाब देना। इसीलिये मैंने कुछ पूछपाछ नहीं की।

राजे- मैं कहती हूँ जाकर पूछो कौन हो?

(महरी जाती है और एक क्षणमें लौट आती है।)

लौंडी-अरे बाई जी बड़ा गजब हो गया। यह तो ठाकुर साहब के छोटे भाई बाबू कंचन सिंह हैं। अब क्या होगा?

राजे-होगा क्या, जाकर बुला ला।

लौंडी-ठाकुर साहब सुनेंगे तो मेरे सिर का एक बाल भी न छोड़ेंगे।

राजे-तो ठाकुर साहब को सुनाने कौन जायगा। अब यह संग्राम तो नहीं हो सकता कि उनके भाई द्वारपर आयें और में उनकी बात तक न पूछूं। वह अपने मन में क्या कहेंगे! जाकर बुला ला और दीवानखाने में बिठला। में आती हूँ।

लौंडी-किसी ने पूछा तो मैं कह दूगी, अपने बाल न नुचवाऊंगी।

राजे०-तेरा सिर देखने से तो यही मालूम होता है कि एक नहीं कई बार बाल नुच चुके हैं। मेरी खातिर से एक बार और नुचवा लेना। यह लो इससे बालों के बढ़ने की दवा ले लेना।

(लौंड़ी चली जाती है।)

राजे०-(मन में) इनके आने का क्या प्रयोजन है। कहीं उन्होंने जाकर इन्हें कुछ कहा सुना तो नहीं? आप ही मालूम हो जायगा। अब मेरा दांव आया है। ईश्वर मेरे सहायक हैं। मैं किसी भांति आप ही इनसे मिलना चाहती थी। वह स्वयं आ गये। (आइने में सूरत देखकर) इस वक्त किसी बनाव चुनाव की जरूरत नहीं। यह अलसाई मतवाली आंखें सोलहों सिंगार के बराबर हैं। क्या जानें किस स्वभाव का आदमी है। अभी तक विवाह नहीं किया है, पूजापाठ, पोथी पत्रे में रात दिन लिप्त रहता है। इसपर मन्त्र चलना कठिन है। कठिन हो सकता है पर असाध्य नहीं है। में तो कहती हूँ कठिन भी नहीं है। आदमी कुछ खोकर तब सीखता है। जिसने खोया ही नहीं वह क्या सीखेगा। में सचमुच बड़ी अभागिन हूँ। भगवानने यह रूप दिया था तो ऐसे पुरुषका संग क्यों दिया जो बिलकुल दूसरों की मुट्ठी में था! यह उसी का फल है कि जिन सज्जनों की मुझे पूजा करनी चाहिये थी, आज में उनके खुनकी प्यासी हो रही हूँ। क्यों न खून की प्यासी होऊ? देवता ही क्यों न हो जब अपना सर्वनाश कर दे तो उसकी पूजा क्यों करूं। यह दयावान हैं, धर्मात्मा हैं, गरीबों का हित करते हैं पर मेरा जीव न तो उन्होंने नष्ट कर दिया। दीन-दुनिया कहीं का न रखा। मेरे पीछे एक बिचारे भोले भाले, सीधे सादे आदमी के प्राणों के घातक हो गये। कितने सुखसे जीवन कटता था। अपने घर में रानी बनी हुई थी। मोटा खाती थी, मोटा पहनती थी पर गाँव भर में मरजादा तो थी। नहीं तो यहाँ इस तरह मुंह में कालिख लगाये चोरों की तरह पड़ी हूँ जैसे कोई कैदी काल कोठरी में बन्द हो। आ गये कंचन सिंह, चलूँ। (दीवान खाने में आकर)

देवरजी को प्रणाम करती हूँ।

कंचन-(चकित होकर) (मनमें) मैं न जानता था कि यह ऐसी सुन्दरी रमणी है। रम्भा के चित्रसे कितनी मिलती जुलती है! तभी तो भाई साहब लोट-पोट हो गये। वाणी कितनी मधुर है। (प्रगट) मैं बिना आज्ञा ही चला आया, इसके लिये क्षमा मांगता हूँ। सुना है भाई साहब का कड़ा हुक्म है कि यहाँ कोई न आने पावे।

राजे०-आपका घर है, आपके लिये क्या रोक टोक। मेरे लिये तो जैसे आपके भाई साहब वैसे आप। मेरे धन्य भाग कि आप जैसे भक्त पुरुषके दर्शन हुए।

कंचन-(असमञ्जस में पड़कर, मन में) मैंने काम जितना सहज समझा था उससे कहीं कठिन निकला। सौन्दर्य कदाचित् बुद्धि शक्तियों को हर लेता है। जितनी बातें सोचकर चला था वह सब भूल गई, जैसे कोई नया पट्ठा अखाड़े में उतरते ही अपने सारे दांव पेच भूल जाय। कैसे बात छेड़ू (प्रगट) आप को यह तो मालूम ही होगा कि भाई साहब आपके साथ कहीं बाहर जाना चाहते है?

राजेश्वरी-(मुसकिरा कर) जी हां यह निश्चय हो चुका है।

मंचन-अब किसी तरह नहीं रुक सकता?

राजे०-हम दोनों में से कोई एक बीमार हो जाय तो रुक जाय।

कंचन-ईश्वर न करें, ईश्वर न करें, पर मेरा आशय यह था कि आप भाई साहब को रोकें तो अच्छा हो। वह एक बार घर से जाकर फिर मुशकिल से लौटेंगे। भाभी जी को जब से यह बात मालूम हुई है वह बार बार भाई साहब के साथ चलने पर जिद कर रही हैं। अगर भैया छिपकर चले गये तो भाभी के प्राणों ही पर बन जायगी।

राजे०-इसका तो मुझे भी भय है क्योंकि मैंने सुना है ज्ञानी देवी उनके बिना एक छन भी नहीं रह सकतीं। पर में भी तो आपके भैया ही के हुक्म की चेरी हूँ, जो कुछ वह कहेंगे उसे मानना पड़ेगा। मैं अपना देश, कुल, घर बार छोड़कर केवल उनके प्रेम के सहारे यहाँ आई हूँ। मेरा यहाँ कौन है? उस प्रेम का सुख उठाने से में अपने को कैसे रोकूं। यह तो ऐसा ही होगा

कि कोई भोजन बनाकर भूखो तड़पा करे, घर छाकर धूप में जलता रहे। मैं ज्ञानी देवी से डाह नहीं करती, इतनी ओछी नहीं हूँ कि उनसे बराबरी करूं। लेकिन मैंने जो यह लोक लाज, कुल मरजाद तजा है यह किस लिये?

कंचन-इसका मेरे पास क्या जवाब है।

राजे-जवाब क्यों नहीं है पर आप देना नहीं चाहते।

कंचन-दोनों एक ही बात है, भय केवल आपके नाराज होने का है।

राजे०-इससे आप निश्चिन्त रहिये, जो प्रेम की आंच सह सकता है, उसके लिये और सभी बातें सहज हो जाती हैं।

कंचन-में इसके सिवा और कुछ न कहूँगा कि आप यहाँ से न जाये।

राजे०-(कंचन की ओर तिरछी चितवनों से ताकते हुए) यह आपकी इच्छा है?

कंचन-हां, यह मेरी प्रार्थना है। (मन में) दिल नहीं मानता, कहीं मुंह से कोई बात निकल न पड़े।

राजे०-चाहे वह रूठ ही जायं?

कंचन-नहीं, अपने कौशल से उन्हें राजी कर लो।

राजे०-(मुसकिरा कर) मुझमें यह गुण नहीं है।

कंचन-रमणियो में यह गुण बिल्ली के नखों की भांति छिपा रहता है। जब चाहे उसे काम में ला सकती हैं।

राजे०-उनसे आपके आने की चरचा तो करनी ही होगी।

कंचन-नहीं, हरगिज नहीं। मैं तुम्हें ईश्वर की कसम दिलाता हूँ भूलकर भी उनसे यह जिक्र न करना, नहीं तो मैं जहर खालूंगा, फिर तुम्हें मुंह न दिखाऊंगा।

राजे-(हंसकर) ऐसी धर्माकयो का तो प्रेम-बार्ता में कुछ अर्थ नहीं होता, लेकिन मैं आपको उन आदमियों में नहीं समझती। मैं आपसे कहना नहीं चाहती थी पर बात पड़ने पर कहना ही पड़ा कि मैं आपके सरल स्वभाव और आपके निष्कपट बातों पर मोहित हो गई हूँ आपके लिये मैं सब

कष्ट सहने को तैयार हूँ। पर आपसे यही विनती है कि मुझ पर कृपादृष्टि बनाये रखियेगा और कभी-कभी दर्शन देते रहियेगा।

(राजेश्वरी गाती है)

क्या सो रहा मुसाफिर बीती है रैन सारी।
अब जाग के चलन की करले सभी तैयारी।।
तुझको है दूर जाना नहीं पास कुछ खजाना
आगे नहीं ठिकाना होवे बड़ी खुमारी।। टेक
पूंजी सबी गमाई कुछ ना करी कमाई,
क्या लेके घर को जाई करजा किया है भारी।
क्या सो रहा।

(कंचन चला जाता है)

तृतीय दृश्य

स्थान-सबल सिंह का घर, सबल सिंह बगीचे में हौज के किनारे मसहरी के अन्दर लेटे हुए हैं। समय-११ बजे रात।

सबल- (आप ही आप) आज मुझे उसके बर्ताव और बातों में कुछ रूखाई सी मालूम होती थी। मेरा बहम नहीं है, मैंने बहुत विचार से देखा। मैं घन्टे भर तक बैठा, चलने के लिये जोर देता रहा पर उसने एक बार नही करके फिर हां न की। मेरी तरफ एक वार भी उन प्रेम की चितवनों से नहीं देखा जो मुझे मस्त कर देती हैं। कुछ गुम सुम सी बैठी रही। कितना कहा कि तुम्हारे न चलने से घोर अनर्थ होगा, यात्रा की सब तैयारियां कर चुका हूँ, लोग मन में क्या कहेंगे कि पहाड़ों की सैर का इतना ताव था, और इतना जल्द ठंडा हो गया, लेकिन मेरी सारी अनुनय विनय एक तरफ और उसकी एक 'नहीं' एक तरफ। इसका कारण क्या है? किसी ने बहका तो नहीं दिया। हां, एक बात याद आई। उसके इस कथन का क्या आशय हो सकता है कि हम चाहे जहां जायं टोहियों और गोयन्दासे बच न सकेंगे। क्या यहाँ टोहिये आगये। इसमें कंचन को कुछ कारस्तानी मालूम होती है। टोहियेपन की आदत उन्ही में है। उनका उस दिन उचक्कों की भांति इधर-उधर, ऊपर नीचे ताकते जाना निरर्थक नहीं था! इन्होंने कल मुझे रोकने की कितनी चेष्टा की थी। ज्ञानी की निगाह भी कुछ बदली हुई देखता हूँ। यह सारी आग कंचन की लगाई हुई है। तो क्या कंचन वहां गया था? राजेश्वरी के सम्मुख जाने की इसे क्यों कर हिम्मत हुई। किसी महफिल में तो आज तक गया नहीं। बचपन ही से औरतों को देखकर झेंपता है। वहां कैसे गया। जाने

क्योंकर पाया। मैंने तो राजेश्वरी से सख्त ताकीद कर दी थी कि कोई भी यहाँ न आने पाये। उसने मेरी ताकीद की कुछ परवा न की। दोनों नौकरानियां भी मिल गई। यहाँ तक कि राजेश्वरी ने इनके जाने की कुछ चर्चा ही नही की। मुझसे बात छिपाई, पेट रखा। ईश्वर, मुझे यह किन पापो का दंड मिल रहा है।

अगर कंचन मेरे रास्ते में पड़ते हैं तो पड़ें पर परिणाम बुरा होगा। अत्यन्त भीषण, मैं जितना ही नर्म हूँ उतना ही कठोर भी हो सकता हूँ। में आज से ताक में हूँ। अगर निश्चय हो गया कि इसमें कंचन का कुछ हाथ है तो मैं उसके खून का प्यासा हो जाऊंगा। मैंने कभी उसे कड़ी निगाह से नहीं देखा। पर उसकी इतनी जुर्रत! अभी यह खून बिलकुल ठंडा नहीं हुआ है, उस जोश का कुछ हिस्सा बाकी है जो कटे हुए सिरों और तड़पती हुई लाशों का दृश्य देखकर मतवाला हो जाता था। इन बाहों में अभी दम है, यह अब भी तलवार और भाले का वार कर सकती हैं। मैं अबोध बालक नहीं हूँ कि मुझे बुरे रास्ते से बचाया जाय, मेरी रक्षा की जाय। मैं अपना मुखतार हूँ, जो चाहूँ करूं।

किसी को चाहे वह मेरा भाई ही क्यों न हो, मेरी भलाई और हित कामना का ठोंग रचने की जरूरत नहीं। अगर बात यहीं तक है तो गनीमत है, लेकिन इसके आगे बढ़ गई है तो फिर इस कुल की खैरियत नहीं। इसका सर्वनाश हो जायगा और मेरे ही हाथों। कंचन को एक बार सचेत कर देना चाहिये।

(ज्ञानी आती है)

ज्ञानी–क्या अभी तक सोये नहीं? बारह तो बज गये होंगे।

सबल–नींद को बुला रहा हूँ पर उसका स्वभाव तुम्हारा जैसा है। आप ही आप आती है पर बुलाने से मान करने लगती है। तुम्हें नींद क्यों नहीं आई?

ज्ञानी–चिन्ता का नींद से बिगाड़ है। सबल–किस बात की चिन्ता है?

ज्ञानी एक बात है कि कहूँ। चारों तरफ चिन्तायें ही चिन्तायें हैं। इस वक्त तुम्हारी यात्रा की चिन्ता है। तबीयत अच्छी नहीं, अकेले जाने को कहते

हो। परदेस वाली बात है, न जाने कैसी पड़े कैसी न पड़े। इससे तो यही अच्छा था कि यहीं इलाज करवाते।

सबल-(क्यों न इसे खुश कर दूं जब जरा सा बात फेर देने से काम निकल सकता है) इस जरा सी बात के लिये इतनी चिन्ता करने की क्या जरूरत?

ज्ञानी-तुम्हारे लिये जरा सी हो पर मुझे तो असूझ मालूम होती है।

सबल-अच्छा तो लो, न जाऊंगा।

शानी-मेरी कसम?

सबल-सत्य कहता हूँ। जब इससे तुम्हें इतना कष्ट हो रहा है तो न जाऊंगा।

ज्ञानी-मैं इस अनुग्रह को कभी न भूलूंगी। आपने मुझे उबार लिया नहीं तो न जाने मेरी क्या दशा होती। अब मुझे कुछ दंड भी दीजिये। मैंने आपकी आज्ञा का उल्लंघन किया है और उसका कठिन दंड चाहती हूँ।

सबल-मुझे तुमसे इसकी शंका ही नहीं हो सकती।

ज्ञानी-पर वह अपराध इतना बड़ा है कि आप उसे क्षमा नहीं कर सकते।

सबल-(कुतूहल से) क्या बात है सुनूं?

ज्ञानी-में कल आपके मना करने पर भी स्वामी चेतन दास के दर्शनों को चली गई थी।

सबल-अकेले?

शानी-गुलाबी साथ थी।

सबल-(मन में) क्या करे बिचारी किसी तरह मन तो बहलाये। मेंने एक तरह इससे मिलना ही छोड़ दिया। बैठे २ जी ऊब गया होगा। मेरी आज्ञा ऐसी कौन महत्व की वस्तु है। जब नौकर चाकर जब चाहते हैं उसे भंग कर देते हैं और मैं उनका कुछ नहीं कर सकता तो इस पर क्यों गर्म पड़े। में खुली आंखों धर्म और नीति को भंग कर रहा हूँ, ईश्वरीय आज्ञा से मुंह मोड़

रहा हूँ तो मुझ कोई अधिकार नहीं कि इसके साथ जरा सी बात के लिये सख्ती करूं। (प्रगट) यह कोई अपराध नहीं, और न मेरी आज्ञा इतनी अटल है कि भंग ही न की जाय। अगर तुम इसे अपराध समझती हो तो मैं इसे सहर्ष क्षमा करता हूँ।

ज्ञानी-स्वामी, आपके बर्ताव में आजकल क्यों इतना अंतर हो गया है। आपने क्यों मुझे बन्धनों से मुक्त कर दिया है, मुझ पर पहले की भांति शासन क्यों नहीं करते? नाराज क्यों नहीं होते, कटु शब्द क्यों नहीं कहते, पहले की भांति रूठते क्यों नहीं, डाँटते क्यों नहीं। आपकी यह सहिष्णुता देखकर मेरे अबोध मन में भांति-भांति की शंकायें उठने लगती हैं कि यह प्रेम-बन्धन का ढीला पन न हो।

सबल-नहीं प्रिये, यह बात नहीं है, देश देशान्तरों के पत्र पत्रिकाओ को देखता हूँ तो वहां की स्त्रियों की स्वाधीनता के सामने यहाँ का कठोर शासन कुछ अच्छा नही लगता। अब स्त्रियां कौन्सिलो में जा सकती हैं, वकालत कर सकती है, यहाँ तक कि भारत में भी स्त्रियों को अन्याय के बंधनों से मुक्त किया जा रहा है, तो क्या मैं ही सबसे गया बीता हूँ कि वही पुरानी लकीर पीटे जाऊं।

ज्ञानी-मुझे तो उस राजनैतिक स्वाधीनता के सामने प्रेम बन्धन कहीं सुख कर जान पड़ता है। मैं वह स्वाधीनता नहीं चाहती।

सबल-(मन में) भगवन, इस अपार प्रेम का मैंने कितना घोर अपमान किया है? इस सरलहृदया के साथ मैंने कितनी अनीति की है? आंखो में आंसू क्यों भरे आते हैं? मुझ जैसा कुटिल मनुष्य इस देवी के योग्य नहीं था। (प्रगट) प्रिये, तुम मेरी ओर से लेश मात्र भी शंका न करो। मैं सदैव तुम्हारा हूँ और रहूँगा। इस समय गाना सुनने का जी चाहता है। वही अपना प्यारा गीत गाकर मुझे सुना दो।

ज्ञानी (सरोद लाकर सबल सिंह को दे देती है) गाने लगती है

अब तो मेरा राम नाम दूसरा न कोई।
माता छोड़ी पिता छोड़े छोड़े सगा सोई,

संतन संग बैठि बैठि लोक लाज खोई।

अब तो।

चतुर्थ दृश्य

स्थान-गंगा तट, बरगद के घने वृक्ष के नीचे तीन-चार आदमी लाठियां और तलवारे लिये बैठे है, समय-१० बजे रात।

एक डाकू-१० बजे और अभी तक लौटी नहीं।

दूसरा-तुम उतावले क्यों हो जाते हो। जितनी ही देर में लौटेगी उतना ही सन्नाटा होगा, अभी इक्के-दुक्के रास्ता चल रहा है।

तीसरा-इसके बदन पर कोई पांच हजार के गहने तो होंगे?

चौथा-सबल सिंह कोई छोटा आदमी नहीं है। उसकी घरवाली बन ठनकर निकलेगी तो १० हजार से कमका माल नहीं।

पहला यह शिकार आज हाथ आ जाय तो कुछ दिनों चैन से बैठना नसीब हो। रोज-रोज रात-रात भर घात में बैठे रहना अच्छा नहीं लगता। यह सब कुछ करके भी शरीर को आराम न मिला तो बात ही क्या रही।

दूसरा-भाग्य में आराम बदा होता तो यह कुकरम न करने पड़ते। कहीं सेठों की तरह गद्दी मसनद लगाये बैठे होते। हमें चाहे कोई खजाना ही मिल जाय पर आराम नहीं मिल सकता।

तीसरा-कुकरम क्या हमीं करते हैं, यही कुकरम तो संसार कर रहा है। सेठ जी रोजगार के नाम से डाका मारते हैं, अमले घूस के नाम से डाका मारते हैं, वकील मेंहनताना के नाम से डाका मारता है। पर उन डकैतों के महल खड़े हैं, हवा गाड़ियों पर सैर करते फिरते हैं, पेचवान लगाये मखमली गद्दियों पर पड़े रहते हैं, सब उनका आदर करते हैं, सरकार उन्हें बड़ी २

पदवियां देती है। तो हमी लोगों पर विधाता की निगाह क्यों इतनी कड़ी रहती है?

चौथा-काम करने का ढंग है। वह लोग पढ़े लिखे हैं इसलिये हम से चतुर हैं। कुकरम भी करते हैं और मौज भी उड़ाते हैं। वही पत्थर मन्दिर में पुजता है और वही नालियों में लगाया जाता है।

पहला-चुप, कोई आ रहा है।

(हलधर का प्रवेश, गाता है)

सात सखी पनघट पर आई कर सोलह सिंगार
अपना दु:ख रोने लगी, जो कुछ बदा लिलार।
पहली सखी बोली सुनो चार बहनों मेरा पिया सराबी है,
कफन को कौड़ी पास न रखता दिल का बड़ा नवाबी है।
जो कुछ पाता सभी उड़ाता घर की अजब खराबी है।
लोटा थाली गिरवी रख दी, फिरता लिये रिकावी है।
बात बात पर आंख बदलता, इतना बड़ा मिजाजी है।
एक हाथ में दोना कुल्हड़, दूजे बोलत गुलाबी है।

पहला डाकू-कौन है, खड़ा।

हलधर-तुम तो ऐसा डपट रहे हो जैसे मैं कोई चोर हूँ। कहो क्या कहते हो?

दुसरा डाकू-(साथियों से) जवान तो बड़ा गठीला और जीवट का है। (हलधर से) किधर चले? घर कहा हैं?

हलधर-यह सब आल्हा पूछकर क्या करोगे? अपना मतलब कहो।

तीसरा डाकू-हम पुलिस के आदमी हैं, बिना तलासी लिये किसी को जाने नहीं देते।

हलधर-(चौकन्ना होकर) यहाँ क्या धरा है जो तलाशी को धमकाते हो। धन के नाते यही लाठी है और इसे में बिना दस पांच सिर फोड़े दे नहीं सकता।

चौथा-तुम समझ गये हम लोग कौन हैं या नहीं?

हलधर-ऐसा क्या निरा बुद्धू ही समझ लिया है।

चौथा-तो गांठ में जो कुछ हो दे दो, नाहक रार क्यों मचाते हो?

हलधर-तुम भी निरे गंवार हो। चील के घोंसले में मांस ढूंढ़ते हो।

पहला-यारो संभल कर, पालकी आ रही है।

चौथा-बस टूट पड़ो जिस में कहार भाग खड़े हों।

(ज्ञानी की पालकी आती है। चारों डाकू तलवारें लिये कहारों पर जा पड़ते है। कहार पालकी पटक कर भाग खड़े होते है। गुलाबी बरगद की आड़ में छिप जाती है।)

एक डाकू-ठकुराइन, जान की खैर चाहती हो तो सब गहने चुपके से उतार के रख दो। अगर गुल मचाया या चिल्लाई तो हमें जबरदस्ती तुम्हारा मुंह बन्द करना पड़ेगा, और हम तुम्हारे ऊपर हाथ नहीं उठाना चाहते।

दूसरा-सोचती क्या हो, यहाँ ठाकुर सबल सिंह नहीं बैठे हैं जो बन्दूक लिये आते हों। चटपट उतारो।

तीसरा-(पालकी का परदा उठाकर) यह यों न मानेगी, ठकुराइन है न, हाथ पकड़ कर बांध दो, उतार लो सब गहने।

(हलधर लपक कर उस डाकू पर लाठी चलाता है और

वह हाय मारकर बेहोश हो जाता है। तीनों' बाकी डाकू उसपर टूट पड़ते है। लाठियां चलने लगती है।)

हलधर-वह मारा, एक और गिरा।

एक डाकू-भाई तुम जीते हम हारे, शिकार क्यों भगाये देते हो। माल में आधा तुम्हारा।

हलधर-तुम हत्यारे हो, अबला स्त्रियों पर हाथ उठाते हो। मैं अब तुम्हें जीता न छोडूंगा।

डाकू-यार १० हजार से कमका माल नहीं है। ऐसा अवसर फिर न मिलेगा। थानेदार को १००-२०० देकर टिर्का देंगे। बाकी सारा अपना है।

हलधर-(लाठी तानकर) जाते हो या हड्डी तोड़ के रख दूंगा।

(दोनो डाकू भाग जाते है। हलधर कहारों को बुलाता है जो एक मन्दिर में छिपे बैठे है। पालकी उठती है।)

ज्ञानी-भैया आज तुमने मेरे साथ जो उपकार किया है इसका फल तुम्हें ईश्वर देंगे, लेकिन मेरी इतनी विनती है कि मेरे घर तक चलो। तुम देवता हो, तुम्हारी पूजा करूंगी।

हलधर-रानी जी यह तुम्हारी भूल है। में देवता हूँ, न दैत्य। में भी घातक हूँ। पर मैं अबला औरतों का घातक नहीं, हत्यारों ही का घातक हूँ। जो धन के बल से गरीबों को लूटते हैं, उनकी इज्जत बिगाड़ते हैं, उनके घर को भूतों का डेरा बना देते हैं। जाओ, अबसे गरीबों पर दया रखना, नालिस, कुड़की, जेहल, यह सब मत होने देना।

(नदीकी ओर चला जाता है। गाता है)

दूजी सखी बोली सुनो सखियो मेरा पिया जुआरी है। रात २ भर फड पर रहता, विड़गी दसा हमारी है। घर और बार दांव पर हारा अब चोरी की बारी है। गहने कपड़े को क्या रोऊं पेट की रोटी भारी है। कौड़ो ओढ़ना कौड़ी बिछौना कौड़ी सौत हमारी है। ज्ञानी-(गुलाबी से) आज भगवान ने बचा लिया, नहीं तो गहने भी जाते और जान की भी कुशल न थी।

गुलाबी-यह जरूर कोई देवता है, नहीं तो दूसरों के पीछे कौन अपनी जान जोखिम में डालता है।

(पटाक्षेप)

पञ्चम दृश्य

स्थान-मधुबन, समय-६ बजे रात, बादल घिरा हुआ है, एक वृक्ष के नीचे बाबा चेतन दास मृगछाले पर बैठे हुए हैं, फत्तू, मंगरू, हरदास आदि धूनी से जरा हटकर बैठे हैं।

चेतन दास-संसार कपट मय है, किसी प्राणी का विश्वास नहीं। जो बड़े ज्ञानी, बड़े त्यागी, बड़े धर्मात्मा प्राणी हैं, उनकी चित्तवृत्ति को ध्यान से देखो तो स्वार्थ से भरा पावोगे। तुम्हारा जमींदार धर्मात्मा समझा जाता है, सभी उसके यश और कीर्ति की प्रशंसा करते हैं। पर मैं कहता हूँ ऐसा अत्याचारी, कपटी, धूर्त, भ्रष्टाचरण मनुष्य संसार में न होगा।

मंगरू-बाबा आप महात्मा हैं, आपकी जुबान कौन पकड़े, पर हमारे ठाकुर सचमुच देवता हैं। उनके राज में हमको जितना सुख है उतना कभी नहीं था।

हरदास-जेठी की लगान माफ कर दी थी। अब असामियों को भूसे चारे के लिये बिना ब्याज के रुपये दे रहे हैं।

फत्तू-उनमें और चाहे कोई बुराई हो पर असामियो पर हमेंसा परवरस की निगाह रखते हैं।

चेतन दास-यही तो उसकी चतुराई है कि अपना स्वार्थ भी सिद्ध कर लेता है और अपकीर्ति भी नहीं होने देता। रुपये से मीठे वचन से, नम्रता से लोगों को वशीभूत कर लेता है।

मंगरू-महाराज आप उनका स्वभाव नहीं जानते जभी ऐसा कहते हैं। हम तो उन्हें सदा से देखते आते हैं। कभी ऐसी नीयत नहीं देखी कि किसी

से एक पैसा बेसी ले लें। कभी किसी तरह की बेगार नहीं ली, और निगाह का तो ऐसा साफ आदमी कहीं देखा ही नहीं।

हरदास–कभी किसी पर निगाह नहीं डाली।

चेतन दास–भली प्रकार सोचो अभी हाल ही में कोई स्त्री यहाँ से निकल गई है।

फतू–(उत्सुक होकर) हां महाराज, अभी थोड़े ही दिन हुये।

चेतन–उसके पति का भी पता नहीं है?

फत्तू–हाँ महाराज वह भी गायब है।

चेतन–स्त्री परम सुन्दरी है?

फत्तू–हां महाराज, रानी मालूम होती है।

चेतन–उसे सबल सिंह ने घर डाल लिया है। फत्तू–घर डाल लिया है?

मंगरू–झूठ है।

हरदास–विश्वास नहीं आता। फतू–और हलधर कहां है?

चेतन–इधर उधर मारा मारा फिरता है। डकैती करने लगा है। मैंने उसे बहुत खोजा पर भेंट नहीं हुई।

(सलोनी गाती हुई आती है।)

मुझे जोगिन बनाके कहां गये रे जोगिया।

फत्तू–सलोनी काकी इधर आओ। राजेश्वरी तो सबल सिंह के घर बैठ गई।

सलोनी–चल झूठे, बिचारी को बदनाम करता है। मंगरू–ठाकुर साहब में यह लत है ही नहीं।

सलोनी–मरदों की मैं नहीं चलाती, न इनके सुभाव का कुछ पता मिलता है, पर कोई भरी गंगा में राजेश्वरी को कलंक लगाये तो भी मुझे विश्वास न आयेगा। वह ऐसी औरत नहीं।

फत्तू–विश्वास तो मुझे भी नहीं आता पर यह बाबाजी कह रहे हैं।

सलोनी–आपने आंखों देखा है।

चेतन–नित्य ही देखता हूँ। हां, कोई दूसरा देखना चाहे तो कठिनाई होगी। उसके लिये किराये पर एक मकान लिया गया है, तीन लौंडियाँ सेवा टहल के लिये हैं, ठाकुर प्रातःकाल जाता है और घड़ी भर में वहां से लौट आता हैं। संध्या समय फिर जाता है और ९–१० बजे तक रहता है। मैं इसका प्रमाण देता हूँ। मैंने: सबल सिंह को समझाया पर वह इस समय किसी की नहीं सुनता। मैं अपनी आंखों यह अत्याचार नहीं देख सकता। मैं सन्यासी हूँ। मेरा धर्म है कि ऐसे अत्याचारियों का, ऐसे पाखंडियों का संहार करूं। मैं पृथ्वी को ऐसे रंगे हुए सियारों से मुक्त कर देना चाहता हूँ। उसके पास धन का बल है तो हुआ करे। मेरे पास न्याय और धर्म का बल है। इसी बल से में उसको परास्त करूंगा। मुझे आशा थी कि तुम लोगों से इस पापी को दण्ड देने में मुझे यथेष्ट सहायता मिलेगी। मैं समझता था कि देहातों में आत्माभिमान का अभी अन्त नहीं हुआ है, प्राणी इतने पतित नहीं हुए हैं कि अपने ऊपर इतना घोर, पैशाचिक अनर्थ देखकर भी उन्हें उत्तेजना न हो, उनका रक्त न खौलने लगे। पर अब ज्ञात हो रहा है कि सबल ने तुम लोगों को मंत्रमुग्ध कर दिया है। उसके दयाभाव ने तुम्हारे आत्मसम्मान को कुचल डाला हैं। दयाका आद्यात अत्याचार के आघात से कम प्राण घातक नहीं होता। अत्याचार के आघात से क्रोध उत्पन्न होता है, जी चाहता है मर जायें या मार डालें। पर दया की चोट सिर को नीचा कर देती है, इससे मनुष्य की आत्मा और भी निर्बल हो जाती है, उसके अभिमान का अन्त हो जाता है, वह नीच कुटिल, खुशामदी हो जाता है। मैं तुमसे फिर पूछता हूँ तुममें कुछ लज्जा का भाव है या नहीं?

एक किसान–महाराज अगर आपका ही कहना ठीक हो तो हम क्या कर सकते हैं। ऐसे दयावान पुरुषकी बुराई हमसे न होगी। औरत आप ही खराब हो तो कोई क्या करे?

मंगरू–बस तुमने मेरे मन की बात कही।

हरदास–वह सदा से हमारी परवरिस करते आये हैं। हम आज उनसे बागी कैसे हो जायें?

दूसरा किसान–बागी हो भी जायें तो रहें कहां। हम तो उसकी मुट्ठी में हैं। जब चाहे हमें पीस डाले। पुस्तैनी अदावत हो जायगी।

मंगरू–अपनी लाज तो ढांकते नहीं बनती, दूसरों की लाज कोई क्या ढांकेगा।

हरदास– स्वामी जी आप संन्नासी हैं, आप सब कुछ कर सकते हैं। हम गृहस्थ लोग जमींदारों से बिगाड़ करने लगे तो कहीं ठिकाना न लगे।

मंगरू–हां और क्या, आप तो अपने तपोबल से ही जो चाहें कर सकते हैं। अगर आप सराप भी दे दें तो कुकर्मी खड़े-खड़े भस्म हो जाय।

सलोनी–जा चिल्लू भर पानी में डूब मर कायर कहीं का। हलधर तेरे सगे चाचा का बेटा है। जब तू उसका नहीं तो और किसका होगा। मुंह में कालिख नहीं लगा लेता ऊपर से बातें बनाता है। तुझे तो चूड़ियां पहनकर घर में बैठना चाहिये था। मर्द वह होते हैं, जो अपनी आन पर जान दे देते हैं। तू हिजड़ा है। अब जो फिर मुंह खोला तो लूका लगा दूंगी।'

मंगरू–सुनते हो फत्तू काका इनकी बातें। जमींदार से बैर बढ़ाना इनके समझ में दिल्लगी है। हम पुलिस वालों से चाहे न डरें, अमलों से चाहे न डरें, महाजन से चाहे बिगाड़ कर लें, पटवारी से चाहे कहासुनी हो जाय, पर जमींदार से मुंह लगना अपने लिये गढ़ा खोदना है। महाजन एक नहीं हजारों हैं, अमले आते जाते रहते हैं, बहुत करेंगे सता लेंगे, लेकिन जमींदार से तो हमारा जन्म मरन का व्यवहार है। उसके हाथ में तो हमारी रोटियां हैं। उससे ऐंठकर कहां जायगे? न काकी, तुम चाहे गालियां दो, चाहे ताने मारो पर सबल सिंह से हम लड़ाई नहीं ठान सकते।

चेतन दास–(मन में) मनोनीत आशा न पूरी हुई। हलधर के कुटुम्बियों ने ऐसा कोई न निकला जो आवेग में आकर अपमान का बदला लेने को तैयार हो जाता। सब के सब कायर निकले। कोई वीर आत्मा निकल आती जो मेरे रास्ते से इस बाधा को हटा देती, फिर ज्ञानी अपनी हो जाती। यह दोनों उस काम के तो नहीं हैं, पर हिम्मती मालूम होते हैं। बुढ़िया दीन बनी

हुई है पर है पोढ़ी नहीं तो इतने घमण्ड से बातें न करती। मियां गांठ का पूरा तो नही पर दिल का दिलेर जान पड़ता है। उत्तेजना में पड़कर अपना सर्वस्व खो सकता है। अगर इन दोनों से कुछ धन मिल जाय तो सब इन्सपेक्टर को मिलाकर, कुछ माया जाल से, कुछ लोभ से, काबू में कर लूं। कोई मुकदमा खड़ा हो जाय। कुछ न होगा भांडा तो फूट जायगा। ज्ञानी उन्हें अब की भांति देवता तो न समझती रहेगी। (प्रगट) इस पापीको दण्ड देने का मैंने प्रण कर लिया है। ऐसे कायर व्यक्ति भी होते हैं यह मुझे ज्ञात न था। हरीच्छा। अब कोई दूसरी ही युक्ति काम में लानी चाहिये।

सलोनी–महाराज, मैं दीन दुखिया हूँ, कुछ कहना छोटा मुंह बड़ी बात है, पर मैं आपकी मदद के लिये ही हर तरह हाजिर हूँ। मेरी जान भी काम आये तो दे सकती हूँ।

फत्तू–स्वामी जी मुझसे भी जो हो सकेगा करने को तैयार हूँ। हाथों में तो अब मकदूर नहीं रहा पर और सब तरह हाजिर हूँ।

चेतन–मुझे इस पापी का संहार करने के लिये किसी की मदद की आवश्यकता न होती। मैं अपने योग और तप के बल से एक क्षण में उसे रसातल को भेज सकता हूँ, पर शास्त्रों में ऐसे कामों के लिये योग बल का व्यवहार करना वर्जित है। इसीसे विवश हूँ। तुम धन से मेरी कुछ सहायता कर सकते हो?

सलोनी–फत्तू की ओर सशंक दृष्टि से ताकते हुए। महाराज थोड ़से रुपये धाम करने को रख छोड़े थे। वह आपके भेंट कर दूंगी। यह भी तो पुण्य हीका काम है।

फत्तू–काकी तेरे पास कुछ रुपये ऊपर हों तो मुझे उधार दे दे।

सलोनी–चल बातें बनाता है। मेरे पास रुपये कहां से आयेंगे। कौन घर के आदमी कमाई कर रहे हैं। ४० साल बीत गये बाहर से एक पैसा भी घर में नहीं आया।

फत्त–अच्छा नहीं देती है मत दे। अपने तीनों सीसम के पेड़ बेच दूंगा।

चेतन–अच्छा तो में जाता हूँ विश्राम करने। कल दिन भरमें तुम लोग प्रबन्ध करके जो कुछ हो सके इस धर्म–कार्य के निमित्त दे देना। कल संध्या को मैं अपने आश्रम पर चला जाऊंगा।

(प्रस्थान)

षष्टम दृश्य

स्थान-शहर वाला किराये का मकान। समय-आधी रात,

कंचन सिंह और राजेश्वरी बातें कर रहे है।

राजे०-देवर जी, मैंने प्रेम के लिये अपना सर्वस्व लगा दिया। पर जिस प्रेम की आशा थी वह नहीं मयस्सर हुई। मैंने अपना सर्वस्व दिया है तो उसके लिये सर्वस्व चाहती भी हूँ। मैंने समझा था एक के बदले आधी पर संतोष कर लूंगी। पर अब देखती हूँ तो जान पड़ता है कि मुझसे भूल हो गई। दूसरी बडी भूल यह हुई कि मैंने ज्ञानी देवी की ओर ध्यान नही दिया था। उन्हें कितना दुःख, कितना शोक, कितनी जलन होगी इसका मैंने जरा भी विचार नहीं किया था। आपसे एक बात पूछूं नाराज तो न होंगे।

कंचन-तुम्हारी बात से मैं नाराज हूँगा! राजे-आपने अब तक विवाह क्यो नहीं किया?

कंचन-इसके कई कारण हैं। मैंने धर्म ग्रन्थों में पढ़ा था कि गृहस्थ जीवन मनुष्य की मोक्षप्राप्ति में बाधक होता है। मैंने अपना तन, मन, धन सब धर्म पर अर्पण कर दिया था। दान और व्रत को ही मैंने जीवन का उद्देश्य समझ लिया था। उसका मुख्य कारण यह था कि मुझे प्रेम का कुछ अनुभव न था। मैंने उसका सरस स्वाद न पाया था। उसे केवल माया की एक कूटलीला समझा करता था, पर अब ज्ञात हो रहा है कि प्रेम में कितना पवित्र आनन्द और कितना स्वर्गीय सुख भरा हुआ है। इस सुख के सामने अब मुझे धर्म, मोक्ष और व्रत कुछ भी नहीं जंचते। उनका सुख भी चिन्तामय है, इसका दुःख भी रसमय।

राजे-(वक्र नेत्रों से ताककर) यह सुख कहां प्राप्त हुआ?

कंचन-यह न बताऊंगा।

गजे०-(मुसकिरा कर) बताइये चाहे न बताइये, मैं समझ गई। जिस वस्तु को पाकर आप इतने मुग्ध हो गये हैं वह असल में प्रेम नहीं है। प्रेम की केवल झलक है। जिस दिन आपको प्रेम रत्न मिलेगा उस दिन आपको इस आनन्द का सच्चा अनुभव होगा।

कंचन- मैं यह रत्न पाने योग्य नहीं हूँ। वह आनन्द मेरे भाग्य में ही नहीं है।

राजे-है और मिलेगा। भाग्य से इतने निराश न हूजिये। आप जिस दिन, जिस घड़ी, जिस पल इच्छा करेंगे यह रन आपको मिल जायगा। वह आपके इच्छा की बाट जोह रहा है।

कंचन-(आंखों में आंसू भरकर) राजेश्वरी, मैं घोर धर्म संकट में हैं। न जाने मेरा क्या अन्त होगा। मुझो इस प्रेम पर अपने प्राण बलिदान करने पड़ेंगे।

राजे०-(मन में) भगवन्, में कैसी अभागिनी हूँ। ऐसे निश्छल, सरल पुरुष की हत्या मेरे हाथों हो रही है। पर करूं क्या, अपने अपमान का बदला तो लेना ही होगा। (प्रगट) प्राणेश्वर, आप इतने निराश क्यों होते हैं। में आपकी हूँ और आपकी रहूँगी। संसार की आंखो में मैं चाहे जो कुछ हूँ, दूसरों के साथ मेरा बाहरी व्यवहार चाहे जैसा हो, पर मेरा हृदय आपका है। मेरे प्राण आप पर न्योछावर हैं। (आंचल से कंचन के आंसू पोछकर) अब प्रसन्न हो जाइये। यह प्रेमरत्न आपकी भेंट है।

कंचन-राजेश्वरी, उस प्रेम को भोगना मेरे भाग्य में नहीं है। मुझ जैसा भाग्यहीन पुरुष और कौन होगा जो ऐसे दुर्लभ रत्न की ओर हाथ नहीं बढ़ा सकता। मेरी दशा उस पुरुष की सी है जो क्षुधा से व्याकुल होकर उन पदार्थो की ओर लपके जो किसी देवता की अर्चना के लिये रखे हुए हों। में वही अमानुषी कर्म कर रहा हूँ। में पहले यह जानता कि प्रेमरत्न कहां मिलेगा तो तुम अप्सरा भी होती तो आकाश से उतार लाता। दूसरों की आंख पड़ने के

पहले तुम मेरी हो जाती फिर कोई तुम्हारी ओर आंख उठाकर भी न देख सकता। पर तुम मुझ उस वक्त मिली जब तुम्हारी ओर प्रेम की दृष्टि से देखना भी मेरे लिये अधर्म हो गया। राजेश्वरी, मैं महापापी, अधर्मी जीव हूँ। मुझे यहाँ इस एकान्त में बैठने का, तुमसे ऐसी बातें करने का अधिकार नहीं है। पर प्रेमाघात ने मुझे संज्ञा हीन कर दिया है। मेरा विवेक लुप्त हो गया है। मेरे इतने दिन का ब्रह्मचर्य और धर्मनिष्ठा का अपहरण हो गया है। इसका परिणाम कितना भयंकर होगा ईश्वर ही जाने। अब यहाँ मेरा बैठना उचित नहीं है। मुझे जाने दो (उठ खड़ा होता है।)

राजेश्वरी-(हाथ पकड कर) न जाने पाइयेगा। जब इस धर्म-अधर्म का पचड़ा छेड़ा है तो उसका निपटारा किये जाइये। में तो समझती थी जैसे जगन्नाथपुरी में पहुँचकर छूता-छत का विचार नहीं रहता, उसी भांति प्रेम की दीक्षा पाने के बाद धर्म-अधर्म का विचार नहीं रहता। प्रेम आदमी को पागल कर देता है। पागल आदमी के काम और बात का विचार और व्यवहार का कोई ठिकाना नहीं।

कंचन-इस विचार से चित्त को संतोष नही होता। मुझे अब जाने दो। अब और परीक्षा में मत डालो।

राजे-अच्छा बतलाते जाइये कब आइयेगा?

कंचन-कुछ नही जानता क्या होगा। (रोते हुए) मेरे अपराध क्षमा करना।

(जीने से उत्तरता है। द्वार पर सबल सिंह आते दिखाई देते है।

कंचन एक अधेरै बरामदे में छिप जाता है।)

सबल-(ऊपर जाकर) अरे! अभी तक तुम सोई नही?

राजे-जिन आंखों में प्रेम बसता है वहां नींद कहां।

सबल-यह उन्निद्रा प्रेम में नहीं होती। कपट प्रेम में होती है।

राजे०-(सशंक होकर) मुझो तो इसका कभी अनुभव नहीं हुआ। आपने इस समय आकर बड़ी कृपा की।

सबल-(क्रोध से) अभी यहाँ कौन बैठा हुआ था?

राजे०-आपकी याद।

सबल-मुझो भ्रम था कि याद सदेह नहीं हुआ करती। आज यह नयी बात मालूम हुई। मैं तुमसे विनय करता हूँ बतला दो अभी कौन यहाँ से उठकर गया है।

राजे-आपने देखा है तो क्यों पूछते हैं?

सबल-शायद मुझे भ्रम हुआ हो।

राजे०-ठाकुर कंचन सिंह थे।

सबल-तो मेरा गुमान ठीक निकला। वह क्या करने आया था।

राजे०-(मन में) मालूम होता है मेरा मनोरथ उससे जल्द पूरा होगा जितनी मुझे आशा थी। (प्रगट) यह प्रश्न आप व्यर्थ करते हैं। इतनी रात गये जब कोई पुरुष किसी अन्य स्त्री के पास जाता है तो उसका एक ही आशय हो सकता है।

सबल-उसे तुमने आने क्यों दिया?

राजे०-उन्होंने आकर द्वार खटखटाया, कहारिन जाकर खोल आई। मैंने तो उन्हें यहाँ आने पर देखा।

सबल-कहारिन उससे मिली हुई है?

उससे पूछिये। सबल-जब तुमने उसे बैठे देखा तो दुत्कार क्यों न दिया?

राजे०-प्राणेश्वर, आप मुझसे ऐसे सवाल पूछकर दिल न जलावें। यह कहां की रीति है कि जब कोई आदमी अपने पास आये तो उसको दुत्कार दिया जाय, वह भी जब आपका भाई हो। मैं इतनी निठुर नहीं हो सकती। उनसे मिलने में तो भय जब होता कि जब मेरा अपना चित्त चंचल होता, मुझे अपने ऊपर विश्वास न होता। प्रेम के गहरे रंग में सराबोर होकर अब मुझ पर किसी दूसरे रंग के चढ़ने की सम्भावना नहीं है। हां, आप बाबू कंचन सिंह को किसी बहाने से समझा दीजिये कि अबसे यहाँ न आवें। वह ऐसी प्रेम और अनुराग की बातें करने लगते हैं कि उसके ध्यान से ही लज्जा आने लगती है। विवश होकर बैठती हूँ, सुनती हूँ।

सबल-(उन्मत्त होकर) पाखंडी कहीं का, धर्मात्मा बनता है, विरक्त बनता है, और कर्म ऐसे नीच! तू मेरा भाई सही पर तेरा वध करने में कोई पाप नहीं है। हां, इस राक्षस की हत्या मेरे ही हाथों होगी। ओह! कितनी नीच प्रकृति है, मेरा सगा भाई और यह व्यवहार! असह्य है अक्षम्य है, ऐसे पापी के लिये नर्क ही सबसे उत्तम स्थान है। आज ही, इसी रात को तेरी जीवन-लीला समाप्त हो जायगी। तेरा दीपक बुझ जायगा। हा धूर्त, क्या तेरी कामलोलु पता के लिये यही एक ठिकाना था! तुझे मेरे ही घरमें आग लगानी थी! में तुझे पुत्रवत् प्यार करता था। तुझे .. . (क्रोध लें ओठ से चबाकर) तेरी लाश को इन्ही आंखों से तड़पते हुए देखेगा।

(नीचे चला जाता है)

राजे०-(आप ही आप) ऐसा जान पड़ता है भगवान स्वयं यह सारी लीला कर रहे हैं, उन्हीं की प्रेरणा से सब कुछ होता हुआ मालूम होता है। कैसा विचित्र रहस्य है। में बैलों का मारा जाना नहीं देख सकती थी, चिंउटियो को पैरों तले पड़ते देख कर में पांव हटा लिया करती थी। पर अभाग्य मुझसे यह हत्या काण्ड करा रहा है! मेरे ही निर्दय हाथों के इशारे से यह कठ पुतलियां नाच रही हैं।

(करुण स्वरो में गाती है)

ऊधो कर्मन की गति न्यारी।

(गाते गाते प्रस्थान)

सप्तम दृश्य

स्थान–दीवान खाना, समय–३ बजे रात, घटा छाई हुई है,

सबल सिंह तलवार हाथ में लिये द्वार पर खड़े है।

सबल–(मन में) अब सो गया होगा। मगर नहीं आज उसकी आंखों में नींद कहां। पड़ा–पड़ा प्रेमाग्नि में जल रहा होगा। करवटें बदल रहा होगा। उस–पर यह हाथ न उठ सकेंगे। मुझमें इतनी निर्दयता नहीं है। मैं जानता हूँ वह मुझ पर प्रतिघात न करेगा। मेरी तलवार को सहर्ष अपनी गर्दन पर ले लेगा। हा! यही तो उसका प्रतिघात होगा। ईश्वर करें वह मेरी ललकार पर सामने खड़ा हो जाय। तब यह तलवार बज्र की भांति उसकी गर्दन पर गिरेगी। अरक्षित, निःशस्त्र पुरुष पर मुझसे आघात न होगा। जब वह करुण दीन नेत्रों से मेरी ओर ताकेगा–जैसे छर्रे के नीचे छर्रे ताकता है–तो मेरी हिम्मत छूट जायगी।

(धीरे-धीरे कंचन सिंह के कमरे की ओर बढ़ता है)

हा! मानव जीवन कितना रहस्यमय है। हम दोनों ने एक ही मां के उदर से जन्म लिया, एक ही स्तन से दूध पिया, सदा एक साथ खेले, पर आज में उसकी हत्या करने को तैयार हूँ। कैसी विडम्बना है। ईश्वर करे उसे नींद आगई हो। सोते को मारना धर्म–विरुद्ध हो पर कठिन नहीं है। दीनता दया को जागृत कर देती है.... (चौंककर) अरे। यह कौन तलवार लिये बढ़ा चला आता है। कहीं छिपकर देखूं इसकी क्या नीयत है। लम्बा आदमी है, शरीर कैसा गठा हुआ है। किवाड़ के दारों से निकलते हुए प्रकाश में आजाय तो देखू कौन है। वह आ गया। यह तो हलधर मालूम होता है, बिलकुल वही

चाल है। लेकिन हलधर के दादी नहीं थी। सम्भव है दाढी निकल आई हो, पर है हलधर, हां वही है, इसमें कोई सन्देह नहीं है।

राजेश्वरी की टोह इसे किसी तरह मिल गई। अपमान का बदला लेना चाहता है। कितना भयंकर स्वरूप हो गया है। आंखें चमक रही हैं। अवश्य हममें से किसी का खून करना चाहता है। मेरी ही जान का गाहक होगा। कमरे में झांक रहा है। चाहूँ तो अभी पिस्तौल से इसका काम तमाम कर दूं। पर नहीं। खूब सूझी। क्यों न इससे वह काम लू जो में नहीं कर सकता। इस वक्त कौशल से काम लेना ही उचित हैं। (तलवार छिपाकर) कौन है हलधर?

(हलधर तलवार खीचकर चौकन्ना हो जाता है)

सबल-हलधर क्या चाहते हो?

हलधर-(सबल के सामने आकर) संभल जाइयेगा में चोट करता हूँ।

सबल-क्यों मेरे खूनके प्यासे हो रहे हो?

हलधर-अपने दिलसे पूछिये।

सबल-तुम्हारा अपराधी मैं नहीं हूँ, कोई दूसरा ही है।

हलधर-क्षत्री होकर आप प्राणों के भय से झूठ बोलते नहीं लजाते।

सबल-मैं झूठ नहीं बोल रहा हूँ।

हलधर-सरासर झूठ है। मेरा सर्वनाश आपके हाथों हुआ है। आपने मेरी इज्जत मिट्टी में मिला दी। मेरे घर में आग लगा दी और अब आप झूठ बोलकर अपने प्राण बचाना चाहते हैं। मुझे सब खबरें मिल चुकी हैं। बाबा चेतन दास ने सारा कच्चा चिट्ठा मुझसे कह सुनाया है। अब बिना आपका खून पिये इस तलवार की प्यास न बुझेगी।

सबल-हलधर मैं क्षत्री हूँ और प्राणों को नहीं डरता। तुम मेरे साथ मेरे कमरे तक आवो। मैं ईश्वर को साक्षी देकर कहता हूँ कि मैं कोई छल कपट न करूंगा। वहां मैं तुमसे सब वृत्तान्त सच-सच कह दूंगा। तब तुम्हारे मन में जो आये वह करना।

(हलधर चौकन्ना दृष्टि से ताकता हुआ सबल के साथ उसके दीवान खाने में जाता है)

सबल-तख्त पर बैठ जाओ और सुनो। यह सारी आग कंचन सिंह की लगाई हुई है। उसने कुटनी द्वारा राजेश्वरी को घरसे निकलवा लिया है। उसके गोइन्दो ने राजेश्वरी का उससे बखान किया होगा। वह उस पर मोहित हो गया और तुम्हें जेल पहुँचाकर अपनी इच्छा पूरी की। जब से मुझे यह समाचार मिला है मैं उसका शत्रु हो गया हूँ। तुम जानते हो मुझे अत्याचार से कितनी घृणा है। अत्याचारी पुरुष चाहे वह मेरा पुत्र ही क्यों न हो, मेरी दृष्टि में हिंसक जन्तु के समान है और उसका वध करना मैं अपना कर्तव्य समझता हूँ। इसीलिये में यह तलवार लेकर कंचन सिंह का वध करने जा रहा था। इतने में तुम दिखाई पड़े। मुझे अब मालूम हुआ कि जिसे मैं बड़ा धर्मात्मा, ईश्वर भक्त, सदाचारी त्यागी समझता था वह वास्तव में एक परले दरजे का व्यभिचारी, विषयी मनुष्य है। इसीलिये उसने अब तक विवाह नहीं किया। उसने कर्मचारियों को घूस देकर तुम्हें चुपके-चुपके गिरफ्तार करा लिया और अब राजेश्वरी के साथ विहार करता है। अभी आधी रात को वहां से लौटकर आया है। मैंने तुमसे सारा वृत्तान्त कह सुनाया, अब तुम्हारी जो इच्छा हो करो।

(हलधर लपक कर कंचन सिंह के कमरे की ओर चलता है)

सबल-ठहरो ठहरो, यों नहीं। सम्भव है तुम्हारा आहट पाकर जाग उठे। नौकर सिपाही उसका चिल्लाना सुनकर जाग पड़े। प्रातःकाल वह गंगा नहाने जाता है। उस वक्त अंधेरा रहता है। वहीं तुम उसे गंगा की भेंट कर सकते हो। घात लगाये रहो। अवसर आते ही एक हाथ में काम तमाम कर दो और लाश को वहीं बहा दो। तुम्हारा मनोरथ पूरा होने का इससे सुगम उपाय नहीं है।

हलधर-(कुछ सोचकर) मुझे धोखा तो नहीं देना चाहते। इस बहाने से मुझे टाल दो और फिर सचेत हो जाओ और मुझे पकड़वा देने का इन्तजाम करो।

सबल–मैंने ईश्वर की कसम खाई है, अगर अब भी तुम्हें विश्वास न आये तो जो चाहे करो।

हलधर–अच्छी बात है जैसा आप कहते हैं वैसा ही होगा। अगर इस समय धोखा देकर बच भी गये तो फिर क्या कभी दाव ही न आयेगा। मेरे हाथों से बचकर अब नहीं जा सकते।

में चाहूँ तो एक क्षण में तुम्हारे कुलका नाश कर दूं पर मैं हत्यारा नहीं हूँ, मुझे धन की लालसा नहीं है। में तो केवल अपने अपमान का बदला लेना चाहता हूँ। आपको भी सचेत किये देता हूँ। में अभी और टोह लगाऊंगा। अगर पता चला कि आपने मेरा घर उजाड़ा है तो मैं आपको भी जीता न छोडूंगा। मेरा तो जो कुछ होना था हो चुका पर में अपने उजाड़ने वालों को कुकर्म का सुख न भोगने दूंगा।

(चला जाता है)

सबल(मन में)मैं कितना नीच हो गया हूँ। झूठ, दगा, फरेब, किसी पाप से भी मुझे हिचक नहीं होती। पर जो कुछ भी हो हलधर बड़े मौके से आ गया। अब बिना लाठी टूटे ही सांप मरा जाता है।

(प्रस्थान)

अष्टम दृश्य

(स्थान-नदी का किनारा, समय-४ बजे भोर, कंचन

पृजा की सामग्री लिये आता है और एक तख्त पर बैठ जाता है, फीटन घाट के ऊपर ही रुक जाती है)

कंचन (मन में) यह जीवन का अंत है! यह बड़े २ इरादों और मंसूबो का परिणाम है! इसीलिये जन्म लिया था। यही मोक्षपद है। यह निर्वाण है। माया बन्धनो से मुक्त रहकर आत्मा को उच्चतम पदपर ले जाना चाहता था। यह वही महानपद है। यही मेरी सुकीर्ति रूपी धर्मशाला है, यही मेरा आदर्श कृष्ण-मन्दिर है! इतने दिनों के नियम और संयम, सत्संग और भक्ति, दान और व्रत ने अन्त में मुझे वहां पहुँचाया जहां कदाचित् भ्रष्टाचार और कुविचार, पाप और कुकर्म ने भी न पहुँचाया होता। मैंने जीवन यात्रा का कठिनतम मार्ग लिया पर हिन्सक जीव जन्तुओं से बचने का, अथाह नदियो को पार करने का, दुर्गम घाटियो से उतरने का कोई साधन अपने साथ न लिया। मैं स्त्रियों से अलग-अलग रहता था, इन्हें जीवन का कांटा समझता था, उनके बनाव शृंगार को देखकर मुझे घृणा होती थी। पर आज...वह स्त्री जो मेरे बड़े भाई की प्रेमिका है, जो मेरी माता के तुल्य है.........प्रेम में इतनी शक्ति है, मैं यह न जानता था! हाय, यह आग अब बुझती नहीं दिखाई देती। यह ज्वाला मुझे भस्म करके ही शान्त होगी। वही उत्तम है। अब इस जीवन का अंत होना ही अच्छा है। इस आत्मपतन के बाद अब जीना धिक्कार है। जीने से यह ताप और ज्वाला दिन-दिन प्रचंड होगी। घुल-घुलकर, कुढ़-कुढ़ कर मरने से, घर में बैर का बीज बोने से, जो अपने पूज्य है उनसे वैमनस्य

करने से, यह कहीं अच्छा है कि इन विपत्तियों के मूल ही का नाश कर दूं। मैंने सब तरह परीक्षा करके देख लिया। राजेश्वरी को किसी तरह नहीं भूल सकता, किसी तरह ध्यान से नहीं उतार सकता।

(चेतन दास का प्रवेश)

कंचन-स्वामी जी को दण्डवत करता हूँ।

चेतन-बाबा सदा सुखी रहो। इधर कई दिनोंसे तुमको नहीं देखा। मुख मलिन है, अस्वस्थ तो नहीं थे?

कंचन-नहीं महाराज, आपके आशीर्वाद से कुशल से हूँ। पर कुछ ऐसे झंझटों में पड़ा रहा कि आपके दर्शन न कर सका। बड़ा सौभाग्य था कि आज प्रातःकाल आपके दर्शन हो गये। आप तीर्थ यात्रा पर कब जाने का विचार कर रहे हैं?

चेतन बाबा अब तक तो चला गया होता पर भगतों से पिन्ड नहीं छूटता। विशेषतः मुझे तुम्हारे कल्याण के लिये तुमसे कुछ कहना था और बिना कहे मैं न जा सकता था। यहाँ इसी उद्देश्य से आया हूँ। तुम्हारे ऊपर एक घोर संकट आने वाला है। तुम्हारा भाई सबल सिंह तुम्हे वध कराने की चेष्टा कर रहा है। घातक शीघ्र ही तुम्हारे ऊपर आघात करेगा। सचेत हो जाओ।

कंचन-महाराज, मुझे अपने भाई से ऐसी आशंका नही है।

चेतन-यह तुम्हारा भ्रम है। प्रेम-ईर्षा में मनुष्य अस्थिर चित्त, उन्मत्त हो जाता है।

कंचन-यदि ऐसा ही हो तो मैं क्या कर सकता हूँ। मेरी आत्मा तो स्वयं अपने पाप के बोझ से दवी हुई है।

चेतन-यह क्षत्रियो की बातें नही है। भूमि, धन, और नारी के लिये संग्राम करना क्षत्रियो का धर्म है। इन वस्तुओं पर उसी का वास्तविक अधिकार है जो अपने बाहुबल से उन्हें छीन सके। इस संग्राम में दया और धर्म, विवेक और विचार, मान और प्रतिष्ठा, सभी कायरता के पर्याय हैं। यही उपदेश कृष्ण भगवान ने अर्जुन को दिया था, और वही उपदेश में तुम्हें दे

रहा हूँ। तुम मेरे भक्त हो इसलिये यह चेतावनी देना मेरा कर्तव्य था। योद्धाओं की भांति क्षेत्र में निकलो और अपने शत्रु के मस्तक को पैरो से कुचल डालो, उसका गेंद बनाकर खेलो अथवा अपनी तलवार की नोक पर उछालो। यही वीरों का धर्म है। जो प्राणी क्षत्रिय वंश में जन्म लेकर संग्राम से मुंह मोड़ता है वह केवल कापुरुष ही नहीं, पापी है, विधर्मी है, दुरात्मा है। कर्म क्षेत्र में कोई किसी का पुत्र नहों, भाई नही, मित्र नहीं, सब एक दूसरे के शत्रु हैं। यह समस्त संसार कुछ नही, केवल एक बृहत, विराट शत्रुता है। दर्शनकारों और धर्माचार्यों ने संसार को प्रेममय कहा है। उनके कथनानुसार ईश्वर स्वयं प्रेम है। यह उस भ्रांतिका सर्वश्रेष्ठ उदाहरण है जिसने संसार को वेष्ठित कर रखा है। भूल जाओ कि तुम किसी के भाई हो। जो तुम्हारे ऊपर आघात करे उसका प्रतिघात करो, जो तुम्हारी ओर वक्र नेत्रों से ताके उसकी आंखें निकाल लो। राजेश्वरी तुम्हारी है, प्रेम के नाते उस पर तुम्हारा ही अधिकार है। अगर तुम अपने कर्तव्य-पथ से हटकर उसे उस पुरुष के हाथों में छोड़ दोगे जिससे उसे पहले चाहे प्रेम रहा हो पर अब वह उससे घृणा करती है, तो तुम न्याय, नीति और धर्म के घातक सिद्ध होगे और जन्म जन्मान्तरों तक इसका दण्ड भोगते रहोगे।

(चेतन दास का प्रस्थान)

कंचन-(मन में) मन, अब क्या कहते हो? क्षत्रिय धर्म का पालन करके भाई से लड़ोगे, उसके प्राणों पर आघात करोगे या क्षत्रिय धर्म को भंग करके आत्म हत्या करोगे? जी तो मरने को नहीं चाहता। अभी तक भक्ति और धर्म के जंजाल में पड़ा रहा, जीवन का कुछ सुख नहीं देखा। अब जब उसकी आशा हुई तो यह कठिन समस्या सामने आ खड़ी हुई है क्षत्रिय धर्म के विरुद्ध, पर भाई से में किसी भांति विग्रह नहीं कर सकता। उन्होंने सदैव मुभा से पुत्रवत् प्रेम किया है। याद नहीं आता कि कोई अमृदु शब्द उनके मुंह से सुना हो। वह योग्य हैं, विद्वान हैं, कुशल हैं। मेरे हाथ उनपर नहीं उठ सकते। अवसर न मिलने की बात नहीं है। भैया का शत्रु में हो ही नहीं सकता। क्षत्रियो के ऐसे धर्म सिद्धान्त न होते तो जरा जरा सी बात पर खून की नदियां क्योंकर बहतीं और भारत क्यों हाथ से जाता? नहीं कदापि

नहीं, मेरे हाथ उनपर नहीं उठ सकते। साधुगण झूठ नहीं बोलते, पर यह महात्मा जी उनपर भी मिथ्या दोषारोपण कर गये। मुझे विश्वास नहीं आता कि वह मुझ पर इतने निर्दय हो जायेंगे। उनके दया और शील का पारावार नहीं। वह मेरी प्राणहत्या का संकेत नहीं दे सकते। एक नही, हजार राजेश्वारियां हो पर भैया मेरे शत्रु नहीं हो सकते। यह सब मिथ्या है। मेरे हाथ उन पर नहीं उठ सकते।

हाय, अभी एक क्षण में यह घटना सारे नगर में फैल जायगी। लोग समझेगे पांव फिसल गया होगा। राजेश्वरी क्या समझेगी? उसे मुझसे प्रेम है, अवश्य शोक करेगी, रोयेगी और अब से कहीं ज्यादा प्रेम करने लगेगी। और भैया? हाय यही तो मुसीवत है। अब मैं उन्हें मुंह नहीं दिखा सकता। मैं उनका अपराधी हूँ। मैंने धर्मकी हत्या की है। अगर वह मुझे जीता चुनवा दें तो भी मुझे आह भरने का अधिकार नहीं है। मेरे लिये अब यही एक मार्ग रह गया है। मेरे बलिदान से ही अब शांति होगी। पर भैया पर मेरे हाथ न उठेंगे। पानी गहरा है। भगवन्, मैंने बड़े पाप किये है, तुम्हें मुंह देखाने योग्य नहीं हूँ। अपनी अपार दया की छांह में मुखे भी शरण देना। राजेश्वरी, अब तुझे कैसे देखूंगा।

(पील पाये पर खड़ा होकर अथाह जल में कूद पड़ता है)

(हलधर का तलवार और पिस्तौल लिये आना)

हलधर-बड़े मौके से आया। मैंने समझा था देर हो गई। पाखंडी, कुकर्मो कही का रोज गंगा नहाने आता है, पूजा करता है, तिलक लगाता है और कर्म इतने नीच। ऐसे मौके से मिले हो कि एक ही वार में काम तमाम कर दूंगा। और पराई स्त्रियों पर निगाह डालो। (पिल पाये की आड ़में छिपकर सुनता है) पापी भगवान से दया की याचना कर रहा है। यह नहीं जानता है कि एक क्षण में नर्क के द्वार पर खड़ा होगा। राजेश्वरी, अब तुम्हें कैसे देखेगा? अभी प्रेत हुए जाते हो फिर उसे जी भरकर देखना। (पिस्तौल का निशाना लगाता है) अरे! यह तो आपही आप पानी में कूद पड़ा, क्या प्राण देना चाहता है? (पिस्तौल किनारे की ओर फेककर पानी में कूद पड़ता है और कंचन सिंह को गोद में लिये एक क्षण में बाहर आता है।)

(मन में) अभी पानी पेट में बहुत कम गया है। इसे कैसे होश में लाऊं। है तो यह अपना बैरी, पर जब आप ही मरने पर उतारू है तो मैं इस पर क्या हाथ उठाऊं। मुझे तो इस पर दया आती है।

(कंचन सिह को लेटाकर उसकी पीठ में घुटने लगाकर उसके बाहों को हिलाता है)

(चेतन दास का प्रवेश)

चेतन दास-(आश्चर्य से) यह क्या दुर्घटना हो गई। क्या तूने इनको पानी में डुबा दिया?

हलधर-नहीं महाराज, यह तो आप नदी में कूद पड़े। मैं तो बाहर निकाल लाया हूँ।

चेतन-लेकिन तू इन्हें वध करने का इरादा करके आया था। मूर्ख मैंने तुझे पहले ही जता दिया था कि तेरा शत्रु सबल सिंह हैं, कंचन सिंह नहीं, पर तूने मेरी बात का विश्वास न किया। उस धूर्त सबल के बहकावे में आ गया। अब फिर कहता हूँ कि तेरा शत्रु वही है, उसी ने तेरा सर्वनाश किया है, वही राजेश्वरी के साथ विलास करता है।

हलधर-मैंने इन्हें राजेश्वरी का नाम लेते अपने कानों से सुना है।

चेतन-हो सकता है कि राजेश्वरी जैसी सुन्दरी को देख कर इसका चित्त भी चंचल हो गया हो। सबल सिंह ने सन्देह वश इन प्राण-हरण की चेष्टा की हो। बस यही बात है।

हलधर-स्वामी जी क्षमा कीजियेगा, मैं सबल सिंह की बातों में आ गया। अब मुझे मालूम हो गया कि वही मेरा बैरी है। ईश्वर ने चाहा तो वह भी बहुत दिन तक अपने पाप का सुख न भोगने पायेंगे।

चेतन-(मन में) अब कहां जाता है। आज पुलीस वाले भी घर की तलाशी लेंगे। अगर उनसे बच गया तो यह तो तलवार निकाले बैठा ही है। ईश्वर की इच्छा हुई तो अब शीघ्र ही मनोरथ पूरे होंगे। ज्ञानी मेरी होगी और में इस विपुल सम्पत्ति का स्वामी हो जाऊंगा। कोई व्यवसाय, कोई विद्या, मुझे इतनी जल्द इतना सम्पत्तिशाली न बना सकती थी।

(प्रस्थान)

कंचन-(होश में आकर) नहीं तुम्हारा शत्रु में हूँ। जो कुछ किया है मैंने किया है। भैया निर्दोष हैं, तुम्हारा अपराधी में हूँ। मेरे जीवन का अंत हो यही मेरे पापों का दण्ड है। मैं तो स्वयं अपने को इस पाप-जाल से मुक्त करना चाहता था। तुमने क्यों मुझे बचा लिया। (आश्चर्य ले) अरे, यह तो तुम हो हलधर?

हलधर-(मन में) कैसा बेछल कपट का आदमी है। (प्रगट) आप आराम से लेटे रहें, अभी उठिये न।।

कंचन-नहीं अब नहीं लेटा जाता। (मन में) समझ में आ गया। राजेश्वरी इसी की स्त्री है। इसीलिये भैया ने वह सारी माया रची थी। (प्रगट) मुझे उठाकर बैठा दो। वचन दो कि तुम भैया का कोई अहित न करोगे?

हलधर-ठाकुर में यह वचन नहीं दे सकता। कंचन-किसी निर्दोष की जान लोगे? तुम्हारा घातक में हूँ। मैंने तुम्हें चुपके से जेल भिजवाया और राजेश्वरी को कुटनियों द्वारा यहाँ बुलाया।

(तीन डाकू लाठियां लिये आते हैं।)

एक-क्यों गुरू, पड़ा हाथ भरपूर।

दूसरा-वह तो खासा टैयांसा बैठा हुआ है। लाओ में एक हाथ दिखाऊ।

हलधर-खबरदार हाथ न उठाना।

पहला-क्या कुछ हत्थे चढ गया क्या?

हलधर-हां असरफियों की थैली है। मुंह धो रखना।

तीसरा-यह बहुत कड़ा ब्याज लेता है। सब रुपये इसके तौंद में से निकाल लो।

हलधर-जबान संभालकर बात करो।

पहला-अच्छा-इसे ले चलो, दो चार दिन बर्तन मंजवा येंगे। आराम करते-करते मोटा हो गया है।

दूसरा-तुमने इसे छोड़ क्यों दिया?

हलधर-इसने वचन दिया है कि अब सूद न लूंगा।

पहला–क्यों बच्चा, गुरू को सीधा समझकर झांसा दे दिया।

हलधर–बक बक मत करो। इन्हें नाव पर बैठाकर डेरे पर ले चलो। यह बिचारे सूद ब्याज जो कुछ लेते हैं अपने भाई के हुकुम से लेते हैं। आज उसी की खबर लेने का विचार है।

(सब कंचन को सहारा देकर नावपर बैठा देते हैं और
गाते हुए नाव चलाते है।)

नारायण का नाम सदा मन के अंदर लाना चाहिये।
मानुष तन है दुर्लभ जग में इसका फल पाना चहिये।।
दुर्जन संग नरकका मारग उससे दूर जाना चाहिये।
सतसंगत में सदा बैठ के हरि के गुण गाना चाहिये।।
धरम कमाई करके अपने हाथों की खाना चहिये।
दुःखी जीव को देख दया करके कुछ दिलवाना चाहिये।।
परनारी को अपनी माता के समान जाना चाहिये।
झूठ कपट की बात सदा कहने में शरमाना चहिये।।
कथा पुरान सन्त संगत में मन को बहलाना चाहिये।
नारायण का नाम सदा मन के अंदर लाना चाहिये।।

नवम दृश्य

स्थान-गुलाबी का मकान, समय-संध्या, चिराग जल चुके हैं,

गुलाबी संदूक से रुपये निकाल रही है।

गुलाबी भाग जाग जायंगे। स्वामीजी के प्रताप से यह सब रुपये दूने हो जायंगे। पूरे ३००) हैं। लौटूंगी तो हाथ में ६००) की थैली होगी। इतने रुपये तो बरसों में भी न बटोर पाती। साधु महात्माओं में बड़ी शक्ति होती है। स्वामी जीने यह मंत्र दिया है। भृगु के गलेने बांध दूं। फिर देखूं यह चुडैल उसे कैसे अपने बस में किये रहती है। उन्होंने तो कहा है कि वह उसकी बात भी न पूछेगा। यही तो मैं चाहती हूँ। उसका मान-मर्दन हो जाय, घमंड टूट जाय।

(भृगु को बुलाती है।)

क्यों बेटा, आजकल तुम्हारी तबीयत कैसी रहती है। दुबले होते जाते हो।

भृगु-क्या करुं। सारे दिन बही खोले बैठे २ पक जाता हूँ। ठाकुर कंचन सिंह एक बीड़े पान को भी नहीं पूछते। न कहीं घूमने जाता हूँ, न कोई उत्तम वस्तु भोजन को मिलती है। जो लोग लिखने-पढ़ने का काम करते है उन्हें दूध, मक्खन, मलाई, मेंवा मित्रो इच्छानुकूल मिलनी चाहिये। रोटी-दाल चावल तो मजूरों का भोजन है। सांझ सवेरे वायु सेवन करना चाहिये। कभी -२ थियेटर देखकर मन बहलाना चाहिये। पर यहाँ इनमें से कोई भी सुख नहीं। यही होगा कि सूखते २ एक दिन जान से चला जाऊंगा।

गुलाबी–ऐ नौज बेटा कैसी बात मुह से निकालते हो। मेरे जान में तो कुछ फेरफार है। इस चुडैल ने तुम्हें कुछ कर करा दिया है। यह पक्की टोनिहारी है। पूरब की न है। वहां की सब लड़कियां टोनिहारी होती हैं।

भृगु–कौन जाने यही बात हो। कंचन सिंह के कमरे में अकेले बैठता हूँ तो ऐसा डर लगता है जैसे कोई बैठा हो। रात को आने लगता है तो फाटक पर मौलसरी के पेड़ के नीचे किसी को खड़ा देखता हूँ। कलेजा थर–थर कांपने लगता है। किसी तरह चित्त को ढाढ़स देता हुआ चला आता हूँ। लोग कहते है पहले वहां किसी की कवर थी।

गुलाबी–मैं स्वामीजी के पास से यह जन्तर लाई हूँ। इसे गले में बांध लो। शंका मिट जायगी। और कल से अपने लिये पाव भर दूध भी लाया करो। मैंने खूबा अहीर से कहा है। उसके लड़के को पढ़ा दिया करो। वह तुम्हें दूध दे देगा।

भृगु–जन्तर लावो में बांध लू, पर खूबा के लड़के को मैं न पढा सकूगा। लिखने–पढ़ने का काम करते–करते सारे दिन योंही थक जाता हूँ। मैं जबतक कंचन सिंह के यहाँ रहूँगा मेरी तबीयत अच्छी न होगी। मुझे कोई दूकान खुलवा दो।

गुलाबी–बेटा, दूकान के लिये तो पूंजी चाहिये। इस घड़ी तो यह तावीज बांध लो। फिर में और कोई जतन करूंगी। देखो, देवी जी ने खाना बना लिया? आज मालकिन ने रातको यहीं रहने को कहा है।

(भृगु जाता है और चम्पा से पूछकर आता है,
गुलाबी चौके में जाती है।)

गुलाबी–पीढ़ा तक नहीं रखी, लोटे का पानी तक नहीं रखा। अब मैं पानी लेकर आऊं और अपने हाथ से आसन डालूं तब खाना खाऊ। क्यों इतने घमंड के मारे मरी जाती हो महारानी थोड़ा इतरावो, इतना आकाश पर दिया न जलाओ।

(चम्पा थाली लाकर गुलाबी के सामने रख देती है, वह एक कौर उठाती है और क्रोध से थाली चम्पा के सिर पर पटक देती है।)

भृगु–क्या है अम्मां?

गुलाबी–है क्या यह डायन मुझे विष देने पर तुली हुई है। यह खाना है कि जहर है। सारा नमक भर दिया। भगवान न जाने कब इसकी मिट्टी इस घर से उठायेंगे। मर गये इसके बाप, चचा। अब कोई झांकता तक नहीं। जब तक ब्याह न हुआ था द्वार की मिट्टी खोदे डालते थे। इतने दिन इस अभागिनी को रसोई बनाते हो गये, कभी ऐसा न हुआ कि मैंने पेट भर भोजन किया हो। यह मेरे पीछे पड़ी हुई है .....

भृगु–अम्मां, देखो सिर लोहू लुहान हो गया। जरा नमक ज्यादा ही हो गया तो क्या उसकी जान ले लोगी। जलती हुई दाल डाल दी। सारे बदन में छाले पड गये। ऐसा भी कोई क्रोध करता है।

गुलाबी–(मुंह चिढ़ाकर) हां हां देख, मरहम पट्टी कर, दौड़ डाक्टर को बुला ला नहीं कहीं मर न जाय। अभी लौंडा है, त्रिया चरित्र, देखा कर। मैंने उधर पीठ फेरी, इधर ठहाके की हंसी उड़ने लगेगी। तेरे सिर चढ़ाने से तो इसका मिजाज इतना बढ़ गया है। यह तो नहीं पूछता कि दाल में क्यों इतना नमक झोंक दिया, उल्टे और घाव पर मरहम रखने चला है।

(झमककर चली जाती है।)

चम्पा–मुझे मेरे घर पहुँचा दो।

भृगु–सारा सिर लोहू लोहान हो गया। इसके पास रुपये हैं, उसी का इसे घमंड है। किसी तरह रुपये निकल जाते तो यह गाय हो जाती।

चम्पा–तब तक तो यह मेरा कचूमर ही निकाल लेंगी। भृगु–सबर का फल मीठा होता है।

चम्पा–इस घर में अब मेरा निबाह न होगा। इस बुढ़िया को देखकर आंखों में खून उतर आता है।

भृगु–अब की एक गहरी रकम हाथ लगने वाली है। एक ठाकुर ने कानों की बाली हमारे यहाँ गिरो रखी थी। वादे के दिन टल गये। ठाकुर का कहीं पता नहीं। पूरब गया था। न जाने मर गया या क्या। मैंने सोचा है तुम्हारे पास जो गिन्नी रखी है उसमें चार पांच रुपये और मिलाकर बाली छुड़ा लूं। ठाकुर लौटेगा तो देखा जायगा। ५० से कम का माल नहीं है।

चम्पा-सच! भृगु-हां अभी तौले आता हूँ। पूरे दो तोले हैं। चम्पा-तो कब ला दोगे?

भृगु-कल लो। वह तो अपने हाथ का खेल है। आज दाल में नमक क्यों ज्यादा हुआ।

चम्पा-सुबह कहने लगीं खानेमें नमक ही नहीं है। मैंने इसे बेला नमक पीसकर उनकी थाली में ऊपर से डाल दिया कि खाओ खूब जी भर के। वह एक न एक खुचुड़ निकालती रहती हैं तो मैं भी उन्हें जलाया करती हूँ।

भृगु-अच्छा अब मुझे भी भूख लगी है चलो।

चम्पा-(आप ही आप) सिरमें जरा सी चोट लगी तो क्या, कानों की बालियां तो मिल गई। इन दामों तो चाहे कोई मेरे सिर पर दिन भर थालियां, कटोरियाँ पटका करे।

(प्रस्थान)

चौथा अंक

पहला दृश्य

स्थान–मधुबन, थानेदार, इन्सपेक्टर, और कई

सिपाहियों का प्रवेश इन्सपेक्टर–एक हजार की रकम एक चीज होती है। थानेदार–बेशक! इन्स०–और करना कुछ नहीं। दोचार शहादतें बनाकर खानातलाशी कर लेनी है।

थानेदार–गाँव वाले तो सबल सिंह के खिलाफ ही होंगे।

इन्सपेक्टर–आजकल बड़े से बड़े आदमी को जब चाहें फांस लें। कोई कितना ही मुअजिज हो, अफसरों के यहाँ उसकी कितनी ही रसाई हो, इतना कह दीजिये कि हुजूर वह भी सुराक हामी है, बस सारे हुक्काम उसके जानी दुश्मन हो जाते हैं। फिर वह गरीब अपनी कितनी ही सफाई दिया करे, अपनी वफादारी के कितने ही सबूत पेश करता फिरे, कोई उसकी नहीं सुनता। सबल सिंह की इज्जत हुक्काम की नजरों में कम नहीं थी। उनके साथ दावतें खाते थे, घुडदौड .में शरीक होते थे, हर एक जलसे में शरीक किये जाते थे, पर मेरे एक फिकरने हजरत का सारा रंग फीका कर दिया। साहब ने फौरन हुक्म दिया कि जाकर उसकी तलाशी लो और कोई सबूत दस्तयाब हो तो गिरफ्तारी का वारंट ले जाओ।

थानेदार–आपने क्या फिकरा जमाया था?

इन्सपेक्टर–अजी कुछ नहीं, महज इतना कहा था कि आज कल यहाँ सुराज की बड़ी धूम है। ठाकुर सबल सिंह पंचायतें कायम कर रहे है। इतना

सुनना था कि साहब का चेहरा सुर्ख हो गया। बोले-दगाबाज आदमी है। मिलकर वार करना चाहता है, फौरन उसके खिलाफ सबूत पैदा करो। इसके कल मैंने कहा था, हजूर यह बड़ा जिनाकार आदमी है, अपने एक असामी की औरत को निकाल लाया है। इस पर सिर्फ मुसकिराये, तीवरों पर जरा भी मेल नहीं आई। तब मैंने यह चाल चली। यह लो गाँव के मुखिये आगये। जरा रोब जमा हूँ।

(मंगरू, हरदास, फत्तू आदिका प्रवेश सलोनी भी पीछे पीछे आती है और अलग खड़ी हो जाती है)

इन्सपेक्टर-आइये शेख जी, कहिये खैरियत तो है?

फत्तू-(मन में) सबल सिंह के नेक और दयावान होने में संदेह नहीं। कभी हमारे ऊपर सखती नहीं की। हमेंशा रिआयत ही करते रहे, पर आंख का लगना बुरा होता है। पुलिस वाले न जाने उन्हें किस-किस तरह सतायेंगे। कहीं जेहल न भिजवा दें। राजेश्वरी को वह जबरदस्ती थोड़े ही ले गये। वह तो अपने मन से गई। मैंने चेतन दास बाबा को नाहक इस बुरे काम में मदद दी। किसी तरह सबल सिंह को बचाना चाहिये। (प्रगट) सब अल्लाह का करम है।

इन्सपेक्टर-तुम्हारे जमीदार साहब तो खूब रंग लाये। कहां तो वह और कहा यह हरकत।

फत्तू-हम को तो कुछ मालूम नहीं।

इन्सपेक्टर-तुम्हारे बचाने से अव वह नहीं बच सकते। अब तो आ गये शेर के पंजे में। अपना बयान दोजिये। यहाँ गाँव में पंचायत किसने कायम की?

फत्तू-हजूर गाव के लोगो ने मिलकर कायम की, जिसमें छोटी २ वातो के पीछे अदालत की ठोकरें न खानी पड़ें।

इन्स.-सबल सिंह ने यह नहीं कहा कि अदालतो में जाना गुनाह है?

फत्तू-हजूर उन्होंने ऐसी बात तो नहीं कही, हां पंचायत के फायदे बताये थे।

इन्स०-उन्होंने तुम लोगो को बेगार वन्द करने की ताकीद नहीं की? सच बोलना, खुदा तुम्हारे सामने है।

फत्तु-(बंगले झांकते हुए) हजूर उन्होंने यह तो नहीं कहा। हां! यह जरूर कहा कि जो चीज दो उसका मुनासिव दाम लो।

इन्स०-वह एक ही बात हुई। अच्छा उस गाँव में शराब की दूकान थी। वह किसने बन्द कराई?

फत्तू-हजूर ठेकेदार ने आप ही बन्द कर दी। उसकी बिक्री न होती थी।

इन्स-सबल सिंह ने सबसे यह नहीं कहा कि जो उस दूकान पर जाय उसे पंचायत में सजा मिलनी चाहिये?

फतू-(मन में) इसको जरा-जरा सी बातों की खबर है। (प्रगट) हजूर मुझे याद नहीं।

इन्सपेकर-शेखजी, तुम कन्नी काट रहे हो, इसका नतीजा अच्छा नहीं है। दारोगा जी ने तुम्हारा जो बयान लिखा है उस पर चुपके से दस्तखत कर दो वरना जमींदार तो न बचेंगे। तुम अलबत्ता गेहूँ के साथ घुन की तरह पिस जाओगे।

फत्त-हजूर का अखतियार है जो चाहें करें', पर मैं तो वही कहूँगा जो जानता हूँ।

इन्सपेकृर-तुम्हारा क्या नाम है?

मंगरू-(सामने आकर) मंगरू।

इन्सपेकर-जो पूछा जाय उसका साफ २ जवाब देना। इधर उधर किया तो तुम जानोगे। पुलिस का मारा पानी नहीं मांगता। यहाँ गाँव में पंचायत किसने कायम की?

मंगरू-(मन में) मैं तो जो यह चाहेंगे वही कहूँगा। पीछे देखी जायगी। गालियां देने लगे या पिटवाने ही लगे तो इनका क्या बना लूंगा। सबल सिंह तो मुझे बचा न देंगे। (प्रगट) ठाकुर सबल सिंह ने।

इन्सपेकर उन्होंने तुम लोगों से कहा था न कि सरकारी अदालतों में जाना पाप है। जो सरकारी अदालत में जाय उसका हुक्का पानी बन्द कर दो।

मंगरू-(मन में) यह तो नहीं कहा था, खाली अदालतों के खर्च से बचने के लिये पंचायत खोलने की ताकीद की थी। पर ऐसा कह दूं तो अभी यह जामें से बाहर हो जायगा। (प्रगट) हां हजूर कहा था। बात सच्ची कहूँगा। जमींदार आकबत में थोड़े ही साथ देंगे।

इन्स०-सबल सिंह ने यह नहीं कहा था कि किसी हाकिम को बेगार मत दो।

मंगरू-(मन में) उन्होने तो इतना ही कहा था कि मुनासिब दाम लेकर दो। (प्रगट) हां हजूर कहा था। वरमला कहा था। सच्ची बात कहने में क्या डर?

इन्स०-शराब और गांजे की दूकान तोड़वाने की तहरीर उनकी तरफसे हुई थी न?

मंगरू-बरावर हुई थी। जो शराब गांजा पिये उसका हुक्का पानी बन्द कर दिया जाता था।

इन्स०-अच्छा. अपने बयान पर अंगूठे का निशान दो। तुम्हारा क्या नाम है जी? इधर आओ।

हरदास-(सामने) हरदास।

इन्स-सच्चा बयान देना जैसा मंगरूने दिया है, वरना तुम जानोगे।

हरदास-(मन में) सबल सिंह तो अब बचते नहीं, मेरा क्या बिगाड़ सकते हैं। यह जो:कुछ कहलाना चाहते हैं मैं उससे चार बात ज्यादा ही कहूँगा। यह हाकिम है, खुश होकर मुखिया बना दें तो सालमें सौ दो सौ रुपये अनायास ही हाथ लगते रहें। (प्रगट) हजूर जो कुछ जानता हूँ वह रत्ती २ कह दूंगा।

इन्स.-तुम समझदार आदमी मालूम होते हो। अपना नफा-नुकसान समझते हो। यहाँ पंचायत के बारेमें क्या जानते हो।

हरदाल–हजूर, ठाकुर सबल सिंह ने खुलवाई थी। रोज यही कहा करें कि कोई आदमी सरकारी अदालत में न जाय। सरकार के इसटाम क्यों खरीदो। अपने झगड़े आप चुका लो। फिर न तुम्हें पुलिस का डर रहेगा न सरकार का। एक तरह से तुम अदालतों को छोड़ देने से ही सुराज पा जाओगे। यह भी हुकुम दिया था कि जो आदमी अदालत जाय उसका हुक्का पानी बन्द कर देना चाहिये।

इन्स०–बयान ऐसा होना चाहिये। अच्छा सबल सिंह ने बेगार के बारे में तुमसे क्या कहा था?

हरदास–हजूर, वह तो खुल्लम खुल्ला कहते थे कि किसी. को बेगार मत दो चाहे बादशाह ही क्यों न हो। अगर कोई जबरदस्ती करे तो अपना और उसका खून एक कर दो।

इन्सपेक्टर–ठीक। शराब गांजे की दुकान कैसे बन्द हुई?

हरदास–हजूर, बन्द न होती तो क्या करती, कोई वहां खड़ा नहीं होने पाता था। ठाकुर साहब ने हुकुम दे दिया था कि जिसे वहां खड़े, बैठे, या खरीदते पाओ उसके मुंहमें कालिख लगाकर सिर पर सौ जूते लगाओ।

इन्स–बहुत अच्छा। अंगूठे का निशान कर दो। हम तुम. से बहुत खुश हुए।

(सलोनी गाती है)

"सैयां भये कोतवाल, अब डर काहेका"

इन्स०–यह पगली क्या गा रही है। अरी पगली इधर आ।

सलोनी–(सामने आकर)

सैयां भये कोतवाल अब डर काहे का।

इन्स०–दारोगा जी, इसका बयान भी लिख लीजिये।

सलोनी–हां लिख लो। ठाकुर सबल सिंह मेरी बहू को घरले भगा ले गये और पोते को जेहल भेजवा दिया।

इन्स–यह फजूल बातें में नहीं पूछता। बता यहाँ उन्होंने पंचायत खोली है न?

सलोनी–यह फजूल बातें में क्या जानू? मुझे पंचाइत से क्या लेना देना है। जहां चार आदमी रहते हैं वहां पञ्चाइत रहती ही है। सनातन से चली आती है, कोई नई बात है? इन बातों से पुलिस से क्या मतलब? तुम्हें तो देखना चाहिये सरकार के राज में भले आदमियो की आबरू रहती है कि लुटती है। सो तो नहीं पंचाइत और बेगार का रोना ले बैठे। बेगार बन्द करने को सभी कहते हैं। गाँव के लोगों को आप ही अखरता है। सबल सिंह ने कह दिया तो क्या अंधेर हो गया। शराब, ताड़ी, गांजा, भांग पीने को सभी मना करते हैं। पुरान, भागवत साधु संत सभी इसको निषिद्ध कहते हैं। सबल सिंह ने कहा तो क्या नई बात कही। जो तुम्हारा काम है वह करो, ऊट पटांग बातों में क्यों पड़ते हो?

इन्स०–बुढ़िया शैतान की खाला मालूम होती है। थानेदार तो इन गवाहों को अब जाने हूँ?

इन्स–जी नहीं अभी (Rehersal) तो बाकी है। देखो जी तुमने मेरे रूबरू जो बयान दिया है वही तुम्हें बड़े साहब के इजलास पर देना होगा। ऐसा न हो, कोई कुछ कहे, कोई कुछ, मुकदमा भी बिगड़ जाय और तुम लोग भी गलत बयानी के इलजाम में धर लिये जाओ। दारोगा जी शुरू कीजिये। तुम लोग सब साथ–साथ वही बातें कहो जो दारोगा जी की जबान से निकलें।

दारोगा–ठाकुर सबल सिंह कहते थे कि सरकारी अदालतों की जड़ खोद डालो, भूलकर भी वहां न जाओ। सरकार का राज अदालतों पर कायम है। अदालतों को तर्क कर देने से राज की बुनियाद हिल जायगी।

सबके सब यही बातें दुहराते हैं।

दारोगा–अपने मुआमले पञ्चायतों में तै कर लो।?

सबके सब–अपने मुआमले पञ्चायतों में तै कर लो।

दारोगा–उन्होंने हुक्म दिया था कि किसी अफसर को बेगार मत दो।

सबके सब–उन्होंने हुक्म दिया था कि किसी अफसर को बेगार मत दो।

दारोगा–बेगार न मिलेगी तो कोई दौरा करने न आयेगा। तुम लोग जो चाहना करना। यह सुराज की दूसरी सीढ़ी है।

सबके सव–बेगार न मिलेगी तो कोई दौरा करने न आयेगा। यह सुराज की दूसरी सीढ़ी है।

दारोगा–यह और कहो तुम लोग जो जी चाहे करना।

इन्स०–यही जुमला तो जान है। सबके सब तुम लोग जो जी चाहे करना।

दारोगा–उन्होंने हुक्म दिया था कि जो नशे की चीज खरोदे उसका हुक्का पानी बन्द कर दो।

सबके सब–उन्होंने हुक्म दिया था कि जो नशे की चीज खरीदे उसका हुक्का पानी बन्द कर दो।

दारोगा–अगर इतने पर भी न माने तो उसके घर में आग लगा दो।

सबके सब–अगर इतने पर भी न माने तो उसके घर में आग लगा दो।

दारोगा–उसके मुंह में कालिख लगाकर सौ जूते लगाओ।

सबके सब–उसके मुंह में कालिख लगाकर सौ जूते लगाओ।

दारोगा–जो आदमी विलायती कपड़े खरीदे उसे गधे पर सवार कराके गाँव भर में घुमाओ।

सबके सब–जो आदमी विलायती कपड़े खरीदे उसे गधे पर सवार कराके गाँव भर में घुमाओ।

दारोगा–जो पंचायत का हुक्म न माने उसे उल्टे लटका कर पचास बेंत लगाओ।

सबके सब–जो पंचायत का हुक्मन माने उसे उल्टे लटका कर पचास बेंत लगाओ।

दारोगा–(इन्सपेक्टर से) इतना तो काफी होगा।

इन्स–इतना उन्हें जहन्नुम भेजने के लिये काफी है। तुम लोग देखो खबरदार, इसमें एक हर्फ का भी उलट फेर न हो। अच्छा अब चलना चाहिये। (कानिसटिब्लों से) देखो बकरे हों तो दो पकड़ लो।

सिपाही-बहुत अच्छा हजूर, दो नहीं चार।

दारोगा-एक पांच सेर घी भी लेते चलो।

सिपाही-अभी लीजिये सरकार।

(दारोगा और इन्सपेक्टर का प्रस्थान)

(सलोनी गाती है)

सैयां भये कोतवाल अब डर काहे का।
अब तो में पहनूं अतलस का लहंगा
और चबाऊ पान। द्वारे बैठ नजारा मारुं।
सैयां भये कोतवाल अब डर काहे का।।

फतू-काकी गाती ही रहेगी?

सलोनी-जा तुझसे नहीं बोलती। तू भी डर गया।

फत्तू-काकी इन सभोंसे कौन लड़ता। इजलास पर जाकर जो सञ्ची बात है वह कह दूंगा।

मंगरू-पुलिस के सामने जमींदार कोई चीज नहीं।

हरदास-पुलिस के सामने सरकार कोई चीज नहीं।

सलोनी-सच्चाई के सामने जमींदार, सरकार, कोई चीज नहीं।

मंगरू-सच बोलने में निबाह नहीं है।

हरदास-सच्चे की गर्दन सभी जगह मारी जाती है।

सलोनी-अपना धर्म तो नहीं बिगड़ता। तुम सब कायर हो। तुम्हारा मुंह देखना पाप है। मेरे सामने से हट जाओ।

(प्रस्थान)

द्वितीय दृश्य

स्थान-सबल सिंह का कमरा, समय-१० बजे दिन।

सबल(घड़ी की तरफ देखकर) १० बज गये। हलधर ने अपना काम पूरा कर लिया। वह ६ बजे तक गंगा से लौट आते थे। कभी इतनी देर न होती थी। अब राजेश्वरी फिर मेरी हुई। चाहे ओढूं, बिछाऊं या गले का हार बनाऊं। प्रेम के हाथों यह दिन देखने की नौबत आयेगी, इसकी मुझे जरा भी शंका न थी। भाई की हत्या की कल्पना मात्र से ही रोयें खड़े हो जाते हैं। इस कुलका सर्वनाश होने वाला है। कुछ ऐसे ही लक्षण दिखाई देते हैं। कितना उदार, कितना सञ्चा! मुझसे कितना प्रेम, कितनी श्रद्धा थी! पर हो ही क्या सकता था। एक स्थान में दो तलवारें कैसे रह सकती थीं। संसार में प्रेम ही वह वस्तु है जिसके हिस्से नहीं हो सकते। यह अनौचित्य की पराकाष्ठा थी कि मेरा छोटा भाई जिसे मैंने सदैव अपना पुत्र समझा मेरे साथ यह पैशाचिक व्यवहार करे। कोई देवता भी यह अमर्यादा नहीं कर सकता था। यह घोर अपमान! इसका परिणाम और क्या होता? यही आपत्ति धर्म था। इसके लिये पछताना व्यर्थ है। (एक क्षणके बाद) जी नहीं मानता, वही बातें याद आती हैं। मैंने कंचन की हत्या क्यों कराई? मुझे स्वयं अपने प्राण देने चाहिये थे। मैं तो दुनियां का सुख भोग चुका था। स्त्री, पुत्र, सबका सुख पा चुका था। उसे तो अभी दुनिया की हवातक न लगी थी। उपासना और आराधना ही उसका एकमात्र जीवनाधार थी। मैंने बड़ा अत्याचार किया।

(अचल सिंह का प्रवेश)

अचल-बाबूजी, अब तक चचा जी गंगास्नान करके नहीं आये।

सबल-हां देर तो हुई। अब तक तो आ जाते थे।

अचल-किसी को भेजिये जाकर देख आये। सबल-किसी से मिलने चले गये होंगे।

अचल-मुझे तो न जाने क्यों डर लग रहा है। आजकल गंगा जी बढ़ रही हैं।

(सबल सिंह कुछ जवाब नहीं देते)

अचल-वह तैरने दूर निकल जाते थे। सबल-चुप रहते हैं।

अचल-आज जब वह नहाने जाते थे तो न जाने क्यों मुझे देखकर उनकी आंखें भर गई थीं। मुझे प्यार करके कहा था 'ईश्वर तुम्हें चिरंजीवी करें।' इस तरह तो कभी आशीष नहीं देते थे।

(सबल रो पड़ते है और वहां से उठकर बाहर बरामदे में चले जाते है, अचल कंचन सिंह के कमरे की ओर जाता है।)

सबल-(मन में) अब पछताने से क्या फायदा। जो कुछ होना था हो चुका। मालूम हो गया कि काम के आवेग में बुद्धि, विद्या, विवेक सब साथ छोड़ देते हैं। यही भावी थी, यही होनहार था, यही विधाता की इच्छा थी। राजेश्वरी, तुझे ईश्वर ने क्यों इतनी रूप-गुण-शीला बनाया? पहले पहल जब मैंने तुझसे बात की थी, तूने मेरा तिरस्कार क्यों न किया, मुझे कटु शब्द क्यों न सुनाये? मुझे कुत्ते की भांति दुत्कार क्यों न दिया? मैं अपने को बड़ा सत्यवादी समझा करता था। पर पहले ही झोंके में उखड़ गया, जड़ से उखड़ गया। मुलम्में को मैं असली रंग समझ रहा था। पहली ही आंच में मुलम्मा उड़ गया। अपनी जान बचाने के लिये मैंने कितनी घोर धूर्तता. से काम लिया। मेरी लज्जा, मेरा आत्माभिमान, सब की क्षति हो गई! ईश्वर करे हलधर अपना वार न कर सका हो और मैं कंचन को जीता जागता आते देखू। मैं राजेश्वरी से सदैव के लिये नाता तोड़ लूगा। उसका मुंह तक न देखूंगा। दिल पर जो कुछ बीतेगी झेल लूंगा।

(अधीर होकर बरामद में निकल आते है और रास्ते की ओर टकटकी लगाकर देखते है। ज्ञानी का प्रवेश)

ज्ञानी–अभी बाबूजी नहीं आये। ११ बज गये। भोजन ठण्ढा हो रहा है। कुछ कह नहीं गये, कब तक आयेंगे?

सबल–(कमरे में आकर) मुझसे तो कुछ नहीं कहा। ज्ञानी–तो आप चलकर भोजन कर लीजिये।

सबल–उन्हें भी आ जाने दो। जब तक तुम लोग भोजन करो।

ज्ञानी–हरज ही क्या है आप चलकर खा लें। उनका भोजन अलग रखवा दूंगी। दोपहर तो हुआ।

सबल–(मन में) आज तक कभी ऐसा नहीं हुआ कि मैंने घर पर अकेले भोजन किया हो। ऐसे भोजन करने पर धिक्कार है। भाई का वध कराके में भोजन करने जाऊं और स्वादिष्ट पदार्थों का आनन्द उठाऊं। ऐसे भोजन करने पर लानत है। (प्रगट) अकेले मुझसे भोजन न किया जायगा।

ज्ञानी–तो किसी को गंगा जी भेज दो। पता लगाये कि क्या बात है। कहां चले गये। मुझे तो याद नहीं आता कि उन्होंने कभी इतनी देर लगाई हो। जरा जाकर उनके कमरे में देखू मामूली कपड़े पहनकर गये हैं या अचकन पाजामा भी पहना है।

(जाती है और एक क्षणमें लौट आती है।)

ज्ञानी–कपड़े तो साधारण ही पहन कर गये हैं, पर कमरा न जाने क्यों भांय-भांय कर रहा है, वहां खड़े होते एक भय सा लगता था। ऐसी शंका होती है कि वह अपनी मसनद पर बैठे हुए हैं पर दिखाई नहीं देते। न जाने क्यों मेरे तो रोयें खड़े हो गये और रोना आ गया। किसी को भेजकर पता लगवाइये।

(सबल दोनो हार्थोसे मुँह छिपाकर रोने लगता है।)

ज्ञानी–हाय, यह आप क्या करते हैं। इस तरह जी छोटा न कीजिये। वह अबोध बालक थोड़े ही हैं। आते ही होंगे।

सबल–(रोते हुए) आह ज्ञानी! अब वह घर न आयेंगे अब हम उनका मुह फिर न देखेंगे।

ज्ञानी-किसी ने कोई बुरी खबर कही है क्या? (सिसकियां लेती है।)

सबल-(मन में) अब मन में बात नहीं रह सकती। किसी तरह नहीं। वह आप ही बाहर निकली पड़ती है। ज्ञानी से मुझे इतना प्रेम कभी न हुआ था। मेरा मन उसकी ओर खिंचा जाता है। (प्रगट) जो कुछ किया है मैंने ही किया है। में ही विषकी गांठ हूँ। मैंने ईर्षा के वश होकर ....यह अनर्थ किया है। ज्ञानी में पापी हूँ, राक्षस हूँ, मेरे हाथ अपने भाई के खून से रंगे हुए हैं, मेरे सिर पर भाई का खून सवार है। मेरी आत्मा की जगह अब केवल कालिमा की रेखा है! हृदय के स्थान पर केवल पैशाचिक निर्दयता। मैंने तुम्हारे साथ दगा की है। तुम और सारा संसार मुझे एक विचारशील, उदार पुण्यात्मा पुरुष समझते थे, पर मैं महान पापी, नराधम, धूर्त हूँ। मैंने अपने असली स्वरूप को सदैव तुमसे छिपाया। देवता के रूप में मैं राक्षस था। मैं तुम्हारा पति बनने योग्य न था। मैंने एक पतिपरायण स्त्री को कपट चालों से निकाला, उसे लाकर शहर में रखा। कंचन सिंह को भी मैंने वहां दो तीन बार बैठे देखा। बस! उसी क्षण से में ईर्षा की आग में जलने लगा और अन्त में मैंने एक हत्यारे के हाथों .....रोकर भैया को कैसे पाऊ? ज्ञानी, इन तिरस्कार के नेत्रों से न देखो। मैं ईश्वर से कहता हूँ तुम कल मेरा मुंह न देखोगी। मैं अपनी आत्मा को कलुषित करनेके लिये अब और नहीं जीना चाहता। मैं अपने पापों का प्रायश्चित्त एक ही दिन में समाप्त कर दूंगा। मैंने तुम्हारे साथ दगा की, क्षमा करना।

ज्ञानी-(मन में) भगवन्, पुरुष इतने ईर्षालु, इतने विश्वास घाती इतने क्रूर, वज्रहृदय, होते हैं। आह! अगर मैंने स्वामी चेतन दास की बात पर विश्वास किया होता तो यह नौबत न आने पाती। पर मैंने तो उनकी बातों पर ध्यान ही नहीं दिया। यह उसी अश्रद्धा का दण्ड है। (प्रगट) मैं आपको इससे ज्यादा विचारशील समझती थी। किसी दूसरे के मुंह से यह बातें सुनकर मैं कभी विश्वास न करती।

सबल-ज्ञानी, मुझे सच्चे दिल से क्षमा करो। मैं स्वयं इतना दुःखी हूँ कि उस पर एक जौ का बोझ भी मेरी कमर तोड़ देगा। मेरी बुद्धि इस समय भ्रष्ट हो गई है। न जाने क्या कर बैठूं मैं आपे में नहीं हूँ। तरह-तरह के

आवेग मन में उठते हैं। मुझमें उनको दबाने का सामर्थ नहीं है। कंचन के नाम से एक धर्मशाला और ठाकुर द्वारा अवश्य बनवाना। मैं तुमसे यह अनुरोध करता हूँ। यह मेरी अन्तिम प्रार्थना है। विधाता की यह वीभत्स लीला, यह पैशाचिक तांडव जल्द समाप्त होने वाला है। कंचन की यही जीवन-लालसा थी। इन्हीं लालसाओं पर उसने जीवन के सब आनन्दों, सभी पार्थिव सुखों को अर्पण कर दिया था। अपनी लालसाओं को पूरा होते देखकर उसकी आत्मा प्रसन्न होगी और इस कुटिल निर्दय आघात को क्षमा कर देगी।

(अचल सिंह का प्रवेश)

ज्ञानी-(आंखें पोछकर) बेटा, क्या अभी तुमने भी भोजन नहीं किया?

अचल-अभी चचाजी तो आये ही नहीं। आज उनके कमरे में जाते हुए न जाने क्यों भय लगता है। ऐसा मालूम होता है कि वह कहीं छिपे बैठे हैं और दिखाई नहीं देते। उनकी छाया कमरे में छिपी हुई जान पड़ती है।

सबल-(मन में) इसे देखकर चित्त कातर हो रहा है। इसे फूलते-फलते देखना मेरे जीवन की सबसे बड़ी लालसा थी। कैसा चतुर, सुशील, हसमुख लड़का है। चेहरे से प्रतिभा टपकी पड़ती है। मन में क्या-क्या इरादे थे। इसे जर्मनी भेजना चाहता था। संसार यात्रा कराके इसकी शिक्षा को समाप्त करना चाहता था। इसकी शक्तियों का पूरा विकास करना चाहता था पर सारी आशायें धूल में मिल गई। (अचल को गोद में लेकर) बेटा, तुम जाकर भोजन कर लो मैं तुम्हारे चचाजी को देखने जाता हूँ।

अचल-आप लोग आ जायंगे तो साथ ही मैं भी खाऊंगा। अभी भूख नहीं है।

सबल-और जो में शाम तक न आऊं?

अचल-आधी रात तक आपकी राह देखकर तब खा लूंगा मगर आप ऐसा प्रश्न क्यों करते है?

सबल-कुछ नहीं योंही। अच्छा बताओ मैं आज मर जाऊं तो तुम क्या करोगे?

ज्ञानी-कैसा अशगुन मुंह से निकालते हो।

अचल-(सबल सिंह की गर्दन में हाथ डाल कर) आप तो अभी जवान हैं, स्वस्थ हैं, ऐसी बातें क्यो सोचते हैं?।

सबल-कुछ नहीं, तुम्हारी परीक्षा करना चाहता हूँ।

अचल-(सबल की गोद में सिर रखकर) नहीं कोई और ही कारण है। (रोकर) बाबूजी मुझसे छिपाइये न, बतलाइये आप क्यों इतने उदास है, अम्मां क्यों रो रही हैं? मुझे भय लग रहा है। जिधर देखता हूँ उधर ही बेरौनकी सी मालूम होती है, जैसे पिंजरे से चिड़िया उड़ गई हो।

(कई सिपाही और चौकीदार बन्दूकें और लाठियां लिये हाते में

घुस आते हैं, और थानेदार तथा इन्सपेक्टर और सुपरिन्टेन्डेन्ट घोड़ों से उतरकर बरामदे में खड़े हो जाते हैं, ज्ञानी भीतर चली जाती है, अचल और सबल बाहर निकल आते हैं।)

इन्सपेकर-ठाकुर साहब, आपकी खानातलाशी होगी। यह चारपट है।

सवल-शौक से लीजिये।

सुपरिटेंडेंट-हम तुम्हारा रियासत छीन लेगा। हम तुमको रियासत दिया है, तब तुम इतना बड़ा आदमी बना है और मोटर में बैठा घूमता है। तुम हमारा बनाया हुआ है। हम तुमको अपने कामके लिये रियासत दिया है और तुम सरकार से दुशमनी करता है। तुम दोस्त बनकर तलवार मारना चाहता है। दगाबाज है। हमारे साथ पोलो खेलता है, क्लब में बैठता है, दावत खाता है और हमीं से दुशमनी रखता है। यह रियासत तुमको किसने दिया?

सबल-(सरोष होकर) मुगल बादशाहों ने। हमारे खानदान में २५ पुश्तों से यह रियासत चली आती है।

सुपरिटेन्डेण्ट-झूठ बोलता है। मुगल लोग जिसको चाहता था जागीर देता था, जिससे नाराज हो जाता था उससे जागीर छीन लेता था। जागीरदार मौरूसी नहीं होता था। तुम्हारा बुजुर्ग लोग मुगल बादशाहों से ऐसा बदखाही करता जैसा तुम हमारे साथ कर रहा है तो जागीर छिन गया होता। हम तुमको असामियों से लगान वसूल करनेके लिये कमीसन देता है और तुम हमारा

जड़ खोदना चाहता है। गाँव में पञ्चायत बनाता है, 'लोगो को ताड़ी शराब पीने से रोकता है, हमारा रसद बेगार बन्द करता है। हमारा गुलाम होकर हमको आंखें दिखाता है। जिस बर्तन में पानी पीता है उसीमें छेद करता है। सरकार चाहे तो एक घड़ी में तुमको मिट्टी में मिला दे सकता है।

(दोनों हाथो से चुटकी बजाता है)

सबल-आप जो काम करने आये हैं वह काम कीजिये और अपनी राह लीजिये। में आपसे सिविक्स और पालिटिक्स के लेक्चर नहीं सुनना चाहता।

सुपरि०-हम न रहे तो तुम एक दिन भी अपनी रियासत पर काबू नहीं पा सकता।

सबल-मैं आपसे डिसकशन (बहस) नहीं करना चाहता पर यह समझ रखिये कि अगर मान लिया जाय सरकार ने ही हमको बनाया तो उसने अपनी रक्षा और स्वार्थसिद्धि के ही लिये यह पालिसी कायम की। जमींदारों की बदौलत सरकार का राज कायम है। जब-जब सरकार पर कोई सङ्कट पड़ा है जमींदारों ने ही उसकी मदद की है। अगर आपका खियाल है कि जमींदारों को मिटाकर आप राज्य कर सकते हैं तो भूल है। आपकी हस्ती जमींदारों पर निर्भर है।

सुपरि०-हमने अभी किसानों के हमले से तुमको बचाया नहीं तो तुम्हारा निशान भी न रहता।

सबल-मैं आपसे बहस नहीं करना चाहता।।

सुपरि०-हम तुमसे चाहता है कि जब रैयत के दिल में बद खाही पैदा हो तो तुम हमारा मदद करे। सरकार से पहले वही लोग बदखाही करेगा जिसके पास कुछ जायदाद नहीं है, जिसका सरकार से कोई कनेकशन (सम्बन्ध) नहीं है। हम ऐसे आदमियों का तोड़ करने के लिये ऐसे लोगों को मजबूत करना चाहता है जो जायदाद वाला है और जिलका हस्ती सरकार पर है। हम तुमसे रैयत को दबाने का काम लेना चाहता है।

सबल-और लोग आपको इस काम में मदद दे सकते हैं, मैं नहीं दे सकता। में रैयत का मित्र बनकर रहना चाहता हूँ, शत्रु बनकर नहीं। अगर

रैयत को गुलामी में जकड़े और अन्धकार में डाले रखने के लिये जमींदारों की सृष्टि की गई है तो मैं इस अत्याचार का पुरस्कार न लूंगा चाहे वह रियासत ही क्यों न हो। मैं अपने देशबन्धुवों के मानसिक और आत्मिक विकास का इच्छुक हूँ। दूसरों को मूर्ख और अशक्त रखकर अपना ऐश्वर्य नहीं चाहता।

सुपरि०-तुम सरकार से बगावत करता है। सबल-अगर इसे बगावत कहा जाता है तो मैं बागी ही

सुपरि०-हां यही बगावत है। देहातों में पंचायत खोलना लोगों को शराब पीने से रोकना बगावत है, लोगों को अदालतों में जाने से रोकना बगावत है, सरकारी आदमियों का रसद बेगार बन्द करना बगावत है।

सबल-तो फिर में बागी हूँ।

अचल-में भी बागी हूँ।

सुपरि०-गुस्ताख लड़का।

इन्स०-हजूर कमरे में चलें, वहां मैंने बहुत से कागजात जमा कर रखे हैं।

सुपरि०-चलो।

इन्स-देखिये यह पञ्चायतों की फिहरिस्त है और पञ्चों के नाम हैं।

सुप०-बहुत काम की चीज है।

इन्स०-यह पञ्चायतों पर एक मजमून है।

सुप०-बहुत काम की चीज।

इन्स-यह कौमके लीडरों की तस्वीरों का अल्बम है।

सुप०-बहुत काम का चीज है।

इन्स०-यह चन्द किताबें हैं, मेंजिनी के मजामीन, वीर हारडी का हिन्दुस्तान का सफरनामा, भक्त प्रहलाद का वृत्तान्त, टाल्स्टायकी कहानियां।

सुप०-सब बड़े काम का चीज है।

इन्स०-यह मिसरिजिम की किताब है।

सुपर-ओह, यह बड़े काम का चीज है।

इन्स०-यह दवाइयों का बक्स है।

सुप०-देहातियों को बस में करने के लिये! यह भी बहुत काम का चीज है।

इन्स०-यह मेंजिक लालटेन है।

सुप०-बहुत ही काम का चीज है।

इन्स०-यह लेन देनकी बही है।

सुप०-(डवेज प्उचवतजं दज) बड़े काम का चीज। इतना सबूत काफी है। अब चलना चाहिये।

एक कानिस्टेबल-हजूर, बगीचे में एक अखाड़ा भी है।

सुप०-बहुत बड़ा सबूत है।

दूसरा कान्स०- हजूर, अखाड़े के आगे एक गऊशाला भी है। कई गायें भैंसे बंधी हुई हैं।

सुप०-दूध पीता है जिसमें बगावत करने के लिये ताकत हो जाय। बहुत बड़ा सबूत है। वेल सबल सिंह हम तुमको गिरफ्तार करता है।

सबल-आपको अधिकार है।

(चेतन दास का प्रवेश)

इन्स०-आइये स्वामी जी; तशरीफ लाइये।

चेतन-मैं जमानत देता हूँ।

इन्स-आप! यह क्योंकर!

सबल-में जमानत नहीं देना चाहता। मुझे गिरफ्तार कीजिये।

चेतन-नही, मैं जमानत दे रहा हूँ।

सबल-स्वामी जी, आप दया के स्वरूप हैं, पर मुझे क्षमा कोजियेगा, मैं जमानत नहीं देना चाहता।

चेतन-ईश्वर की इच्छा है कि मैं तुम्हारी जमानत करूं।

सुप०-वेल इन्सपेक्टर, आपकी क्या राय है? जमानत लेनी चाहिये या नहीं?

इन्स-हजूर स्वामी जी बड़े मोतबर, सरकार के बड़े खैर ख्वाह हैं। इनकी जमानत मंजूर कर लेने में कोई हर्ज नहीं है।

सुप०-हम पांच हजार से कम न लेगा।

चेतन-मैं स्वीकार करता हूँ।

सबल-स्वामी जी। मेरे सिद्धान्त भंग हो रहे हैं।

चेतन-ईश्वर की यही इच्छा है।

(पुलिस के कर्मचारियों का प्रस्थान ज्ञानी अन्दर से निकलकर चेतन दास के पैरों पर गिर पड़ती है)

चेतन-माई तेरा कल्याण हो।

ज्ञानी-आपने आज मेरा उद्धार कर दिया।

चेतन-सब कुछ ईश्वर करता है।

(प्रस्थान)

तृतीय दृश्य

स्थान-स्वामी चेतन दास की कुटी, समय-सन्ध्या।

चेतन दास-(मन में) यह चाल मुझे खूब सूझी। पुलिस वाले अधिक से अधिक कोई अभियोग चलाते। सबल सिंह ऐसे कांटों से डरने वाला मनुष्य नहीं है। पहले मैंने समझा था उस चाल से यहाँ उनका खूब अपमान होगा। पर यह अनुमान ठीक न निकला। दो घण्टे पहले शहर में सबल की जितनी प्रतिष्ठा थी, अब उनसे सतगुनी है। अधिकारियों की दृष्टि में चाहे यह गिर गया हो पर नगर निवासियों की दृष्टि में अब वह देव-तुल्य है। यह काम हलधर ही पूरा करेगा। मुझे उसके पीछ का रास्ता साफ करना चाहिये।

(ज्ञानी का प्रवेश)

ज्ञानी-महाराज आप उस समय इतनी जल्द चले आये कि मुझे आपसे कुछ कहने का अवसर ही नहीं मिला। आप यदि सहाय न होते तो आज मैं कहीं की न रहती। पुलिस वाले किसी दूसरे व्यक्ति की जमानत न लेते। आपके योग बल ने उन्हें परास्त कर दिया।

चेतन-माई, यह सब ईश्वर की महिमा है। मैं तो केवल उसका तुच्छ सेवक हूँ।

ज्ञानी-आपके सम्मुख इस समय मैं बहुत निर्लज्ज बनकर आई हूँ। में अपराधिनी हूँ, मेरा अपराध क्षमा कीजिये। आप ने मेरे पति देव के विषय में जो बातें कही थीं वह एक-एक अक्षर सच निकलीं। मैंने आप पर अविश्वास किया। मुझसे यह घोर अपराध हुआ। मैं अपने पति को देव-तुल्य

समझती थी। मुझे अनुमान हुआ कि आपको किसी ने भ्रम में डाल दिया है। मैं नहीं जानती थी कि आप अन्तरयामी हैं। मेरा अपराध क्षमा कीजिये।

चेतन–तुझे मालूम नहीं है, आज तेरे पति ने कैसा पैशा चिक काम कर डाला है? मुझे इसके पहले तुझसे कहने का अवसर नहीं प्राप्त हुआ।

ज्ञानी–नहीं महाराज, मुझे मालूम है। उन्होंने स्वयं मुझसे सारा वृत्तान्त कह सुनाया। भगवन्, यदि मैंने पहले ही आपकी चेतावनी पर ध्यान दिया होता तो आज इस हत्या काण्ड की नौबत न आती। यह सब मेरी अश्रद्धा का दुष्परिणाम है। मैंने आप जैसे महात्मा पुरुष का अविश्वास किया, उसी का यह दंड है। अब मेरा उद्धार आपके सिवा और कौन कर सकता है। आपकी दासी हूँ, आपकी चेरी हूँ। मेरे अवगुणो को न देखिये। अपनी विशाल दया से मेरा बेड़ा पार लगाइये।

चेतन–अब मेरे वश की बात नहीं। मैंने तेरे कल्याण के लिये, तेरी मनोकामनाओं को पूरा करने के लिये बडे-बडे अनुष्ठान किये थे। मुझे निश्चय था कि तेरा मनोरथ सिद्ध होगा। पर इस पापाभिनय ने मेरे समस्त अनुष्ठानों को विफल कर दिया। मुझे ऐसा प्रतीत हो रहा है कि यह कुकर्म तेरे कुल का सर्वनाश कर देगा।

ज्ञानी–भगवन मुझे भी यही शंका हो रही है। मुझे भय है कि मेरे पतिदेव स्वयं पश्चाताप के आवेश में अपना प्राणान्त न कर दें। उन्हें इस समय अपनी दुष्कृति पर अत्यन्त ग्लानि हो रही है। आज वह बैठे-बैठे देर तक रोते रहे। इस दुःख और निराशा की दशा में उन्होंने प्राणों का अन्त कर दिया तो कुलका सर्वनाश हो जायगा। इस सर्वनाश से मेरी रक्षा आपके सिवा और कौन कर सकता है। आप जैसा दयालु स्वामी पाकर अब किस की शरण जाऊं? ऐसा कोई यत्न कीजिये कि उनका चित्त शांत हो जाय। मैं अपने देवर का जितना आदर और प्रेम करती थी वह मेरा हृदय ही जानता। मेरे पति भी भाई को पुत्र के समान समझते थे। वैमनस्य का लेश भी न था। पर अब तो जो कुछ होना था हो चुका। उसका शोक जीवन पर्यन्त रहेगा। अब कुल की रक्षा कीजिये। मेरी आपसे यही याचना है।

चेतन दास–पाप का दण्ड ईश्वरीय नियम है। उसे कौन भंग करेगा।

ज्ञानी–योगी जन चाहें तो ईश्वरीय नियमों को भी झुका सकते हैं।

चेतन–इसका तुझे विश्वास है?

ज्ञानी–हां महाराज मुझ पूरा विश्वास है।

चेतन–श्रद्धा है?

ज्ञानी–हां महाराज पूरी श्रद्धा है।

चेतन–भक्त को अपने गुरूके सामने अपना तन, मन, धन, सभी समर्पण करना पड़ता है। यही अर्थ, धर्म, काम और मोक्ष के प्राप्त करने का एकमात्र साधन है। भक्त गुरू की बातों पर, उपदेशों पर, व्यवहारों पर कोई शंका नहीं करता। वह अपने गुरु को ईश्वर–तुल्य समझता है। जैसे कोई रोगी अपने को वैद्य के हाथों में छोड़ देता है, उसी भांति भक्त भी अपने शरीर को अपनी बुद्धि को और आत्मा को गुरू के हाथों में छोड़ देता है। तुम अपना कल्याण चाहती है तो तुझे भक्तों के धर्म का पालन करना पड़ेगा।

ज्ञानी–महाराज में अपना तन–मन–धन सब आपके चरणों पर समर्पण करती हूँ।

चेतन–शिष्य का अपने गुरु के साथ आत्मिक सम्बन्ध होता है। उसके और सभी सम्बन्ध पार्थिव होते हैं। आत्मिक सम्बन्ध के सामने पार्थिव सम्बन्धों का कुछ भी मूल्य नहीं होता। मोक्ष के सामने सांसारिक सुखों का कुछ भी मूल्य नहीं है। मोक्ष पद–प्राप्ति ही मानव जीवन का उद्देश्य है। इस उद्देश्य को पूरा करने के लिये प्राणी को ममत्व का त्याग करना चाहिये। पिता माता, पति, पत्नी, पुत्र, पुत्री, शत्रु, मित्र यह सभी सम्बन्ध पार्थिव हैं। यह सब मोक्ष मार्ग की बाधाएं हैं। इनसे निवृत्त होकर ही मोक्ष पद प्राप्त हो सकता है। केवल गुरू की कृपा दृष्टि ही उस महान पद पर पहुँचा सकती है। तू अभी तक भ्रांनि में पड़ी हुई है। तू अपने पति और पुत्र, धन और सम्पति को ही जीवन सर्वस्व समझ रही है। वही भ्रांति तेरे दुःख ओर शोक का मूल कारण है। जिस दिन तुझे इस भ्रांति से निवृत्ति होगी उसी दिन तुझ मोक्ष मार्ग दिखाई देने लगेगा। तब इन सांसररिक सुखों से तेरा मन आप ही आप हट

जायगा। तुझे इनकी असारता प्रगट होने लगेगी। मेरा पहला उपदेश यह है कि गुरू ही तेरा सर्वस्व है। मैं ही तेरो सब कुछ हूँ।

ज्ञानी-महाराज, आपकी अमृतवाणी से मेरे वित्त को बड़ा शान्ति मिल रही है।

चेतन-मैं तेरा सर्वस्व हूँ। मैं तेरी सम्पत्ति हूँ, तेरी प्रतिष्ठा हूँ, तेरा पति हूँ, तेरा पुत्र हूँ, तेरी माता हूँ, तेरा पिता हूँ. तेरा स्वामी हूँ, तेरा सेवक हूँ, तेरा दान हूँ, तेरा व्रत हूँ। हाँ. मैं तेग स्वामी हूँ और तेरा ईश्वर हूँ। तू राधिका है मैं तेरा कन्हैया हूँ, तू लती है मैं तेरा शिव हूँ, तू पनि है, मैं तेरा पति हूँ, तू प्रकृति है, मैं पुरुष हूँ, तू जीव है, मैं आत्मा हू, तू स्वर है, मैं उसका लालित्य हूँ, तू पुष्प है, मैं उसका सुगन्ध हूँ।

ज्ञानी-भगवन मैं आपके चरणों की रज हूँ। आपकी सुधा वर्षा से मेरी आत्मा तृप्त हो गई।

चेतन- तेरा पति तेरा शत्रु है, जो तुझे अपने कुकृत्यों का भागी बनाकर तेरी आत्मा का सर्वनाश कर रहा है।

ज्ञानी-(मन में) वास्तव में उनके पीछे मेरी आत्मा कलुषित हो रही है। उनके लिये मैं अपनी मुक्ति क्यों बिगाडूं। अब उन्होंने अधर्म पथ पर पग रखा है। मैं उनकी सहगामिनी क्यों बनूं? (प्रगट) स्वामी जी, अब मैं आपकी ही शरण आई हूँ, मुझे उबारिये।

चेतन-प्रिये, हम और तुम एक हैं, कोई चिन्ता मत करो। ईश्वर ने तुम्हें मंझधार में डूबने से बचा लिया। वह देखो सामने ताक पर बोतल है। उसमें महा प्रसाद रखा हुआ है। उसे उतार कर अपने कोमल हाथों से मुझे पिलाओ और प्रसाद स्वरूप स्वयं पान करो। तुम्हारा अन्त:करण आलोकमय हो जायगा। सांसारिकता की कालिमा एक क्षणमें कट जायगी और भक्ति का उज्वल प्रकाश प्रस्फुटित हो जायगा। यह वह सोमरस है जो ऋषिगण पान करके योगबल प्राप्त किया करते थे।

(ज्ञानी बोतल उतारकर चेतन दास के कमण्डल में उंडेलती है,

चेतन दास पी जाते है)

चेतन–यह प्रसाद है, तुम भी पान करो। ज्ञानी–भगवन्, मुझे क्षमा कीजिये।

चेतन–प्रिये, यह तुम्हारी पहली परीक्षा है।

ज्ञानी–कमण्डल मुंह से लगाकर पीती है। तुरंत उसे अपने शरीर में एक विशेष स्फूर्ति का अनुभव होता है।) स्वामिन यह तो कोई अलौकिक वस्तु है।

चेतन–प्रिये, यह ऋषियों का पेय पदार्थ है। इसे पीकर वह चिरकाल तक तरुण बने रहते थे। उनकी शक्तियां कभी क्षीण न होती थी। थोड़ा सा और दो। आज बहुत दिनों के बाद यह शुभ अवसर प्राप्त हुआ है।

(ज्ञानी बोतल उठाकर कमण्डल में उंडेलती है। चेतन दास पी जाते है। ज्ञानी स्वय थोड़ा सा निकालकर पीती है)।

चेतन–(ज्ञानो के हाथो को पकड़ कर) प्रिये, तुम्हारे हाथ कितने कोमल हैं, ऐसा जान पड़ता है मानों फूल की पंखुड़ियां है।

(ज्ञानी झिझककर हाथ खींच लेती है) प्रिये, झिझको नहीं, यह वासना जनित प्रेम नहीं है। यह शुद्ध, पवित्र प्रेम है। यह तुम्हारी दूसरी परीक्षा है।

ज्ञानी–मेरे हृदय में बड़े वेग से धड़कन हो रही है।

चेतन–यह धड़कन नहीं है, विमल प्रेम की तरंगे हैं जो वृक्ष के किनारों से टकरा रही हैं। तुम्हारा शरीर फूल की भांति कोमल है। उस वेग को सहन नहीं कर सकता। इन हाथों के स्पर्श से मुझे वह आनन्द मिल रहा है जिसमें चन्द्रका निर्मल प्रकाश, पुष्पों की मनोहर सुगन्ध, समीर के शीतल मन्द झोंके और जल–प्रवाह का मधुर गान, सभी समाविष्ट हो गये हैं।

ज्ञानी–मुझे चक्कर सा आ रहा है। जान पड़ता है लहरों में बही जाती हूँ।

चेतन–थोडा सा सोमरस और निकालो। संजीवनी है!

(ज्ञानी बोतल से कमण्डल में उडेलती है, चेतन दास पी
जाता है, ज्ञानी भी दो तीन घूंट पीती है)

चेतन–आज जीवन सफल हो गया। ऐसे सुख के एक क्षण पर समग्र जीवन भेंट कर सकता हूँ।

(ज्ञानी के गले में बांहे डालकर आलिङ्गन करना चाहता है, ज्ञानी झिझक कर पीछे हट जाती है)

चेतन-प्रिये, यह भक्ति मार्ग की तीसरी परीक्षा है!

(ज्ञानी अलग खड़ी होकर रोती है)

चेतन-प्रिये......

ज्ञानी-(उच्च स्वर से) कोचवान, गाड़ी लावो।

चेतन-इतनी अधीर क्यों हो रही हो? क्या मोक्ष पद के निकट पहुँच कर फिर उसी मायावी संसार में लिप्त होना चाहती हो? यह तुम्हारे लिये कल्याण कारी न होगा।

ज्ञानी-मुझे मोक्ष पद प्राप्त हो या न हो, यह ज्ञान अवश्य प्राप्त हो गया कि तुम धूर्त, कुटिल, भ्रष्ट, दुष्ट पापी हो। तुम्हारे इस भेष का अपमान नहीं करना चाहती, पर यह समझ रखो कि तुम सरला स्त्रियों को इस भांति दगा देकर, अपनी आत्मा को नर्क की ओर ले जा रहे हो। तुमने मेरे शरीर को अपने कलुषित हाथों से स्पर्श करके सदा के लिये विकृत कर दिया। तुम्हारे मनोविकारों के सम्पर्क से मेरी आत्मा सदा के लिये दूषित हो गई। तुमने मेरे व्रत की हत्या कर डाली। अब मैं अपने ही को अपना मुंह नहीं दिखा सकती। सतीत्व जैसी अमूल्य वस्तु खोकर मुझे ज्ञात हुआ कि मानव चरित्र का कितना पतन हो सकता है। अगर तुम्हारे हृदय में मनुष्यत्व का कुछ भी अंश शेष है तो मैं उसी को सम्बोधित करके विनय करती हूँ कि अब अपनी आत्मा पर दया करो और इस दुष्टाचरण को त्यागकर सद्वृत्तियों का आवाहन करो।

(कुटी से बाहर निकलकर गाड़ी में बैठ जाती है)

कोचवान-किधर ले चलूँ?

ज्ञानी-सीधे घर चलो।

चतुर्थ दृश्य

स्थान-राजेश्वरी का मकान, समय-१० बजे रात।

राजेश्वरी-(मन में) मेरे ही लिये जीवन का निवाह करना क्यों इतना कठिन हो रहा है। संसार में इतने आदमी पड़े हुए हैं। सब अपने अपने धन्धों में लगे हुए हैं। में ही क्यों इस चक्कर में डाली गई हूँ। मेरा क्या दोष है? मैंने कभी अच्छा खाने पहनने या आराम से रहने की इच्छा की। जिसके बदले में मुझे यह दण्ड मिला हो? मैं जबरदस्ती इस कारागार में बन्द की गई हूँ। यह सब बिलास की चीजे जबरदस्ती मेरे गले मंढ़ी गई हैं। एक धनो पुरुष मुझे अपने इशारों पर नचा रहा है। मेरा दोष इतना ही है कि में रूपवती हू और निर्बल हूँ। इसी अपराध की यह सजा मुझे मिल रही है। जिले ईश्वर धन दे, उसे इतना सामर्थ्य भी दे कि धन की रक्षा कर सके। निर्बल प्राणियों को रत्न देना उन पर अन्याय करना है।

हा! कंचन सिंह पर आज न जाने क्या बीती। सबल सिंह ने अवश्य ही उनको मार डाला होगा। मैंने उनपर कभी क्रोध चढ़ते नहीं देखा था। क्रोध में तो मानों उनपर भूत सवार हो जाता है। मरदों को उत्तेजित कर देना कितना सरल है। उनकी नाड़ियों में रक्त की जगह रोष और ईर्षा का प्रवाह होता है। ईर्षा की ही मिट्टी से उनकी सृष्टि हुई है। यह सब विधाता की विषम लीला है।

(गाती है)

दयानिधि तेरी गति लखिन परी।

(सबल सिँह का प्रवेश)

राजेश्वरी-आइये, आपकी ही बाट जोह रही थी। उधर ही मन लगा हुआ था। आपकी बातें याद करके शंका और भयसे चित्त बहुत व्याकुल हो रहा था। पूछते डरती हूँ......

सबल-(मलिन स्वर से) जिस बात की तुम्हें शंका थी वह हो गई।

राजे०-अपने ही हाथों?

सबल नहीं। मैंने क्रोध के आवेग में चाहे मुंह से जो बक डाला हो पर अपने भाई पर मेरे हाथ नहीं उठ सके। पर इससे मैं अपने पाप का समर्थन नहीं करना चाहता। मैंने स्वयं हत्या की और उसका सारा भार मुझ पर है। पुरुष कड़े से कड़ा आघात सह सकता है। बड़ी से बड़ी मुसीबत झेल सकता है, पर यह चोट नहीं सह सकता। यही उसका मर्मस्थान है। एक ताले में दो कुजियां साथ साथ चली जायं, एक म्यान में साथ दो तलवारें रहें, एक कुल्हाड़ी में साथ दो बेंट लगें, पर एक स्त्री के दो चाहने वाले नहीं रह सकते, असम्भव है।

राजे०-एक पुरुष को चाहने वाली तो कई स्त्रियां होती हैं।

सबल यह उनके अपंग होने के कारण है। एक ही भाव दोनो के मन में उठते हैं। पुरुष शक्तिशाली है, वह अपने क्रोध को व्यक्त कर सकता है। स्त्री मन में ऐंठकर रह जाती है।

राजे०-क्या आप समझते थे कि मैं कंचन सिंह को मुंह लगा रही हूँ। उन्हें केवल यहाँ बैठे देखकर आपको इतना उबलना न चाहिये था।

सबल-तुम्हारे मुंह से यह तिरस्कार कुछ शोभा नहीं देता। तुमने अगर सिरे से ही उसे यहाँ न घुसने दिया होता तो आज यह नौबत न आती। तुम अपने को इस इलजाम से मुक्त नहीं कर सकती।

राजे०-एक तो आपने मुझ पर सन्देह करके मेरा अपमान किया, अब आप इस हत्या का भार भी मुझ पर रखना चाहते हैं। मैंने आपके साथ ऐसा कोई व्यवहार नहीं किया था कि आप इतना अविश्वास करते।

सबल-राजेश्वरी, इन बातों से दिल न जलाओ। में दुःखी हूँ, मुझे तसकीम दो, मैं घायल हूँ, मेरे घाव पर मरहम रखो। मेंने वह रत्न हाथ से

खो दिया जिसका जोड़ अब संसार में मुझे न मिलेगा। कंचन आदर्श भाई था। मेरा इशारा उस लिये हुक्म था। मेंने जरा सा इशारा कर दिया होता तो वह भूलकर भी इधर पग न रखता। पर मैं अन्धा हो रहा था, उन्मत्त हो रहा था। मेरे हृदय की जो दशा हो रही है वह तुम देख सकती तो कदाचित तुम्हें मुझ पर दया आती। ईश्वर के लिये मेरे घावों पर नमक न छिड़को। अब तुम्हीं मेरे जीवन का आधार हो। तुम्हारे लिये मैंने इतना बड़ा बलिदान किया है। अब तुम मुझे पहले से कही अधिक प्रिय हो। मैंने पहले सोचा था केवल तुम्हारे दर्शनो से, तुम्हारी मीठी बातों को सुनने से, तुम्हारी तिरछी चितवनों से, मैं तृत हो जाऊंगा। मैं केवल तुम्हारा सहबास चाहता था। पर अब मुझे अनुभव हो रहा है कि मैं गुड़ खाना और गुलगुलो से परहेज करना चाहता था। मैं भरे प्याले को उछाल कर भी चाहता था कि उसका पानी न छलके। नदी में जाकर भी चाहता था कि दामन न भीगे। पर अब में तुमको पूर्णरूप से चाहता हूँ। में तुम्हारा सर्वस्व चाहता हूँ। मेरी विकल आत्मा के लिये सन्तोष का केवल यही एक आधार है। अपने कोमल हाथों को मेरी दहकती हुई छाती पर रखकर शीतल कर दो।

राजे–मुझे अब :आपके समीप' बैठते हुए भय होता है।

आपके मुख पर नम्रता और प्रेम की जगह अब क्रूरता और कपट को झलक है।

सबल–तुम अपने प्रेम से मेरे हृदय को शान्त कर दो। इसी लिये इस समय तुम्हारे पास आया हूँ। मुझे शान्ति दो। में निर्जन पार्क और नीरघ नदी से निराश लौटा आता हूँ। वहां शान्ति नहीं मिली। तुम्हें वह मुंह नही दिखाना चाहता था। हत्यारा बनकर तुम्हारे सन्मुख आते लज्जा आती थी। किसी को मुंह नही दिखाना चाहता। केवल तुम्हारे प्रेम की आशा मुझे तुम्हारी शरण लाई। मुझे आशा थी तुम्हे मुझ पर दया आयेगी पर देखता हूँ तो मेरा दुर्भाग्य यहाँ भी मेरा पीछा नहीं छोड़ना। राजेश्वरी प्रिये, एक बार मेरी तरफ प्रेम की चितवनों से देखो। मैं दुःखी हूँ। मुझसे ज्यादा दुःखी कोई प्राणी संसार में न होगा। एक बार मुझे प्रेम से गले लगा लो, एक बार अपनी कोमल बाहें मेरी गर्दन में डाल दो, एक बार मेरे सिर को अपनी जांघों पर रख लो। प्रिये, मेरी

यह अन्तिम लालसा है। मुझे दुनिया से नामुराद मत जाने दो। मुझे चन्द घन्टों का मेंहमान समझो। ....

राजे-(सजल नयन होकर) ऐसी बातें करके दिल न दुःखाइये।

सबल-अगर इन बातों से तुम्हारा दिल दुःखता है तो न करुंगा। पर राजेश्वरी, मुझे तुमसे इस निर्दयता की आशा न थी। सौंदर्य और दया में विरोध है, इसका मुझे अनुमान न था। मगर इसमें तुम्हारा दोष नहीं है। यह अवस्था ही ऐसी है। हत्यारे पर कौन दया करेगा? जिस प्राणी ने सगे भाई को ईर्षा और दम्भ के वश होकर बध करा दिया वह इसी योग्य है कि चारों ओर उसे धिक्कार मिले। उसे कहीं मुंह दिखाने का ठिकाना न रहे। उसके पुत्र और स्त्री भी उसकी ओर से आंखें फेर लें, उसके मुंह में कालिमा पोत दी जाय और उसे हाथी के पैरों से कुचलवा दिया जाय। उसके पाप का यही दंड है। राजेश्वरी, मनुष्य कितना दीन, कितना परवश प्राणी है। अभी एक सप्ताह पहले मेरा जीवन कितना सुखमय था। अपनी नौका में बैठा हुआ धीमी धीमी लहरों पर बहता, समीर के शीतल, मन्द तरङ्गों का आनन्द उठाता चला जाता था। क्या जानता था कि एक ही क्षण में वह मंद तरंगें इतनी भयंकर हो जायंगी, शीतल झोके इतने प्रबल हो जायंगे कि नाव को उलट देंगे। सुख और दुःख, हर्ष और शोक में उससे कहीं कम अन्तर है जितना हम समझते हैं। आंखों का एक जरा सा इशारा, मुंह का एक जरा सा शब्द, हर्ष को शोक और सुख को दुःख बना सकता है। लेकिन हम यह सब जानते हुए भी सुख पर लौ लगाये रहते हैं। यहाँ तक कि फांसी पर चढ़ने से एक क्षण पहले तक हमें सुख की लालसा घेरे रहती है। ठीक वही दशा मेरी है। जानता हूँ कि चन्द घण्टों का और मेहमान हूँ, निश्चय है कि फिर ये आंखें सूर्य और आकाश को न देखेंगी पर तुम्हारे प्रेम की लालसा हृदय से नहीं निकलती।

राजे०-(मन में) इस समय यह वास्तव में बहुत दुःखी है। इन्हें जितना दण्ड मिलना चाहिए था उससे ज्यादा मिल गया। भाई के शोक में इन्होंने आत्मघात करने की ठानी है। मेरा जीवन तो नष्ट हो ही गया अब इन्हें मौत के मुह में झोंकने की चेष्टा क्यों करू? इनकी दशा देखकर दया आती है।

मेरे मन के घातक भाव लुप्त हो रहे हैं। (प्रगट) आप इतने निराश क्यों हो रहे हैं। संसार में ऐसी बातें आये दिन होती रहती हैं। अब दिल को संभालिये। ईश्वर ने आपको पुत्र दिया है, सती स्त्री दी है। क्या आप उन्हें मंझधार में छोड़ देंगे। मेरे अवलम्ब भी आप ही हैं। मुझे द्वार-द्वार ठोकर खाने के लिये छोड़ दीजियेगा। इस शोक को दिल से निकाल डालिये।

सबल (खुश होकर) तुम भूल जाओगी कि मैं पापी हत्यारा हूँ?

राजे०-आप बार बार इसकी चर्चा क्यों करते हैं। सबल-तुम भूल जाओगी कि इसने अपने भाई को मरवाया।

राजे०-(भयभीत होकर) प्रेम दोषों पर ध्यान नहीं देता। वह गुणो हीं पर मुग्ध होता है। आज में अन्धी हो जाऊं तो क्या आप मुझे त्याग देंगे।

सबल-प्रिये, ईश्वर न करे, पर में तुमसे सच्चे दिल से कहता हूँ कि काल की कोई गति, विधाता की कोई पिशाच लीला, तापों का कोई प्रकोप मेरे हृदय से तुम्हारे प्रेम को नहीं निकाल सकता, हां, नहीं निकाल सकता।

(गाता है)

दफ्न करने ले चले थे जब मेरे घर से मुझे
काश तुम भी झांक लेते रौज़ने दर से मुझे।
सांस पूरी हो चुकी, दुनियां से रुखसत हो चुका
तुम अब आये हो उठाने मेरे बिस्तर से मुझे।
क्यों उठाता है मुझे मेरी तमन्ना को निकाल
तेरे दर तक खींच लाई थी वही घर से मुझे।
हिज्र की शब कुछ यही मूनिस था मेरा, ऐ कज़ा
एक जरा रो लेने दे मिल मिल के बिस्तर से मुझे।
राजे-मेरे दिल में आपका वही प्रेम है।

सबल-तुम मेरी हो जाओगी?

राजे-और अब किसकी हूँ।

सबल-तुम पूर्ण रूप से मेरी हो जाओगी?

राजे-आपके सिवा अब मेरा कौन है?

सबल-तो प्रिये, में अभी मौत को कुछ दिनों के लिये द्वार से टाल दूंगा। अभी न मरूंगा। पर हम अब यहाँ नहीं रह सकते। हमें कहीं बाहर चलना पड़ेगा जहां अपना कोई परिचित प्राणी न हो। चलो आबू चलें, जी चाहे कश्मीर चलो, दो चार महीने रहेंगे, फिर जैसी अवस्था होगी वैसा करेंगे। पर इस नगर में मैं नहीं रह सकता। यहाँ की एक एक पत्ती मेरी दुश्मन है।

राजे०-घर के लोगों को किस पर छोड़ियेगा?

सबल-ईश्वर पर! अब मालूम हो गया कि जो कुछ करता है ईश्वर करता है। मनुष्य के किये कुछ नहीं हो सकता।

राजे-यह समस्या कठिन है। में आपके साथ बाहर नही जा सकती।

सवल-प्रेम तो स्थान के बन्धनों में नहीं रहता।

राजे-इसका यह कारण नहीं है। अभी आपका चित्त अस्थिर है, न जाने क्या रंग पकड़े। वहां परदेश में कौन अपना हितैषी होगा, कौन विपत्ति में अपना सहायक होगा। मैं गवांरिन, परदेश करना क्या जानूं। ऐसा ही है तो आप कुछ दिनों के लिये बाहर चले जायं।

सबल-प्रिये, यहाँ से जाकर फिर आना नहीं चाहता, किसी से बताना भी नहीं चाहता कि मैं कहां जा रहा हूँ। मैं तुम्हारे सिवा और सारे संसार के लिये मर जाना चाहता हूँ।

(गाता है।)

किसी को देके दिल कोई नवा संजे फुगां क्यों हो।
न हो जब दिल ही सीने में तो फिर मुंह में जबां क्यों हो।
वफ़ा कैसी, कहां का इश्क़, जब सिर फोड़ना ठहरा
तो फिर ऐ संग दिल तेरा ही संगे आस्तां क्यों हो।
कफस में मुझसे रूदा दे चमन कहते न डर हमदम,
गिरी है जिस पै कल बिजली वह मेरा आशियां क्यों हो।
यह फितना आदमी की खानः वीरानी को क्या कम है,

हुए तुम दोस्त जिसके उसका दुश्मन आसमां क्यों हो।
कहा तुमने कि क्यों हो गैर के मिलने में रुसवाई,
वजा कहते हो, सच कहते हो, फिर कहियो कि हां क्यों हो।

राजे-(मन में) यहाँ हूँ तो कभी न कभी नसीब जागेंगे ही। मालूम नहीं वह (हलधर) आज कल कहां हैं, कैसे हैं क्या करते हैं, मुझे अपने मन में क्या समझ रहे हैं। कुछ भी हो जब में जाकर सारी राम कहानी सुनाऊंगी तो उन्हें मेरे निरपराध होने का विश्वास हो जायगा। इनके साथ जाना अपना सर्वनाश कर लेना है। मैं इनकी रक्षा करना चाहती हूँ, पर अपना सत खोकर नहीं, इनको बचाना चाहती हूँ पर अपने को डुबाकर नहीं। अगर मैं इस काम में सफल न हो सकू तो मेरा दोष नहीं है। (प्रगट) मैं आपके घर को उजाड़ने का अपराध अपने सिर नहीं लेना चाहती।

सबल-प्रिये, मेरा घर मेरे रहने से ही उजड़ेगा, मेरे अंतर्धान होने से वह बच जायगा। इसमें मुझ जरा भी सन्देह नहीं है।

राजे-फिर अब मैं आपसे डरती हूँ, आप शक्की आदमी हैं। न जाने किस वक्त आपको मुझ पर शक हो जाय। जब आपने जरा सी शकपर............

सबल-(शोकातुर होकर) राजेश्वरी, उसकी चर्चा न करो। उसका प्रायश्चित्त कुछ हो सकता है तो वह यही है कि अब शक और भ्रम को अपने पास फटकने भी न दूं। इस बलिदान से मैंने समस्त शंकाओं को जीत लिया है। अब फिर भ्रम में पडूं तो मैं मनुष्य नहीं पशु हूँगा।

राजे-आप मेरे सतीत्व की रक्षा करेंगे? आपने मुझे वचन दिया था कि में केवल तुम्हारा सहवास चाहता हूँ।

सबल-प्रिये, प्रेम को बिना पाये संतोष नहीं होता। जब तक मैं गृहस्थी के बन्धनों में जकड़ा था, जब तक भाई, पुत्र, बहिन का मेरे प्रेम के एक अंश पर अधिकार था तब तक में तुम्हें न पूरा प्रेम दे सकता था और न तुमसे सर्वस्व मांगने का साहस कर सकता था। पर अब में संसार में अकेला हूँ, मेरा सर्वस्व तुम्हारे अर्पण है। प्रेम अपना पूरा मूल्य चाहता है, आधे पर संतुष्ट नहीं हो सकता।

राजे०-में अपने सत को नहीं खो सकती।।

सबल-प्रिये प्रेम के आगे सत, व्रत, नियम, धर्म सब उस तिन के के समान हैं जो हवा से उड़ जाते हैं। प्रेम पवन नहीं, आँधी है। उसके सामने मान मर्यादा, शर्म हया की कोई हस्ती नहीं।

राजे-यह प्रेम परमात्मा की देन है। उसे आप धन और रोब से नहीं पा सकते।

सबल-राजेश्वरी, इन बातों से मेरा हृदय चूर चूर हुआ जाता है। मैं ईश्वर को साक्षी देकर कहता हूँ कि मुझे तुमसे जितना अटल प्रेम है उसे मैं शब्दों में प्रगट नहीं कर सकता। मेरा सत्यानाश हो जाय अगर धन और सम्पत्ति का ध्यान भी मुझे आया हो। मैं यह मानता हूँ कि मैंने तुम्हे पाने के लिये बेजा दबाव से काम लिया पर इसका कारण यही था कि मेरे पास और कोई साधन न था। मैं विरह की आग में जल रहा था, मेरा हृदय फुंका जाता था, ऐसी अवस्था मैं यदि में धर्म अधर्म का विचार न करके किसी व्यक्ति के भरे हुए पानी के डोल की ओर लपका तो तुम्हें उसको क्षम्य समझना चाहिये।

राजे०-वह डोल किसी भक्त ने अपने इष्टदेव को चढ़ाने के लिये एक हाथ से भरा था। जिसे आप प्रेम कहते हैं वह काम लिप्सा थी। आपने अपनी लालसा को शान्त करने के लिये एक बसे बसाये घर को उजाड़ दिया, उसके प्राणियों को तितर बितर कर दिया। यह सब अनर्थ आपने अधिकार के बल पर किया। पर याद रखिये ईश्वर भी आपको इस पाप का दण्ड भोगने से नहीं बचा सकता। आपने मुझसे उस बात की आशा रखी जो कुलटायें ही कर सकती हैं। मेरी यह इज्जत आपने की। आंख की पुतली निकल जाय तो उसमें सुरमा क्या शोभा देगा? पौधे की जड़ काटकर फिर आप उसे दूध और शहद से सीचें तो क्या फायदा। स्त्री का सत हरकर आप उसे विलास और भोग में डुबा ही दें तो क्या होता है। मैं अगर यह घोर अपमान चुपचाप सह लेती तो मेरी आत्मा का पतन हो जाता। मैं यहाँ उस अपमान का बदला लेने आई। हां, आप चौंके नहीं, मैं मन में यही संकल्प करके आई थी।

(ज्ञानीका प्रवेश)

ज्ञानी देवी, तुमको धन्य है। तेरे पैरों पर शीश नवाती हूँ।

सबल-ज्ञानी! तुम यहाँ!

ज्ञानी-क्षमा कीजिये। मैं किसी और विचार से नहीं आई। आपको घर पर न देखकर मेरा चित्त व्याकुल हो गया।

सबल-यहाँ का पता कैसे मालूम हुआ?

ज्ञानी-कोचवान की खुशामद करने से।

सबल-राजेश्वरी, तुमने मेरी आंखें खोल दीं। मैं भ्रम में पड़ा हुआ था। तुम्हारा संकल्प पूरा होगा। तुम सती हो। तुम्हारी प्रतिज्ञा पूरी होगी। मैं पापी हूँ, मुझे क्षमा करना ......(नीचे की ओर जाता है)।

ज्ञानी-मैं भी चलती हूँ। राजेश्वरी, तुम्हारे दर्शन पाकर कृतार्थ हो गई। (धीरे से) बहिन, किसी तरह इनकी जान बचाओ। तुम्हीं इनकी रक्षा कर सकती हो (राजेश्वरी के पैरों पर गिर पड़ती है)

राजे-रानीजी, ईश्वर ने चाहा तो सब कुशल होगा। ज्ञानी-तुम्हारे आशीर्वाद का भरोसा है।

(प्रस्थान)

पंचम दृश्य

स्थान-गंगा के करार पर एक बड़ा पुराना मकान, समय-१२ बजे रात, हलधर और उनके साथी डाकू बैठे हुए हैं।

हलधर-अब समय आ गया, मुझे चलना चाहिये।

एक डाकू रंगी-हम लोग भी तैयार हो जाये न? शिकारी आदमी है, कहीं पिस्तौल चला बैठे तो।

हलधर-देखी जायगी। मैं जाऊंगा अकेले।

(कंचन का प्रवेश)

हलधर-अरे, आप अभी तक सोये नहीं?

कंचन-तुम लोग भैया को मारने पर तैयार हो, मुझे नींद कैसे आये।

हलधर-मुझे आपकी बातें सुन कर अचरज होती है। आप ऐसे पापी आदमी की रक्षा करना चाहते हैं जो अपने भाई. की जान लेने पर तुल जाय।

कंचन-तुम नहीं जानते, वह मेरे भाई नहीं, मेरे पिता के तुल्य हैं। उन्होंने भी सदैव मुझे अपना पुत्र समझा है। उन्होंने मेरे प्रति जो कुछ किया उचित किया। उसके सिवा मेरे विश्वास घात का और कोई दण्ड न था। उन्होंने वही किया जो मैं आप करने जाता था। अपराध सब मेरा है। तुमने मुझ पर दया की है। इतनी दया और करो। इसके बदले में तुम जो कुछ कहो करने को तैयार हूँ। मैं अपनी सारी कमाई जो २० हजार से कम नहीं है तुम्हें भेंट कर दूंगा। मैंने यह रुपये एक धर्मशाला और देवालय बनवाने के लिये संचित कर रखे थे। पर भैया के प्राणों का मूल्य धर्मशाला और देवालय ले कहीं अधिक है।

हलधर–ठाकुर साहब ऐसा कभी न होगा। मैंने धन के लोभ से यह भेष नहीं लिया है। मैं अपने अपमान का बदला लेना चाहता हूँ। मेरा मर्याद इतना सस्ता नहीं है।

कंचन–मेरे यहाँ जितनी दस्तावेजें हैं वह सब तुम्हें देखूंगा।

हलधर–आप व्यर्थ ही मुझे लोभ दिखा रहे हैं। मेरी इज्जत बिगड़ गई। मेरे कुल में दाग लग गया। बापदादों के मुंह में कालिख लग गया। इज्जत का बदला जान है, धन नहीं। जब तक सबल सिंह की लाश को अपनी आंखों से तड़पते न देखूंगा मेरे हृदय की ज्वाला न शान्त होगी।

कंचन–तो फिर सवेरे तक मुझे भी जीता न पावोगे।

(प्रस्थान)

हलधर–भाई पर जान देते हैं

रंगी–तुम भी तो हक नाहक की जिद कर रहे हो। २० हजार नगद मिल रहा है। दस्तावेज भी इतने की ही होगी। इतना धन तो ऐसा ही भाग जागे तो हाथ लग सकता है। आधा तुम ले लो। आधा हम लोगों को दे दो। २० हजार में तो ऐसी ऐसी बीस औरतें मिल जायंगी।

हलधर–कैसी बेगैरतों की सी बात करते हो। स्त्री चाहे सुन्दर हो, चाहे कुरूप, कुल मरजाद की देवी है। मरजाद रुपयों. पर नहीं बिकती।

रंगी–ऐसा ही है तो उसी को क्यों नहीं मार डालते। न रहे बांस न बजे बांसुरी।

हलधर–उसे क्यों मारूं। स्त्री पर हाथ उठाने में क्या जवां मर दी है।

रंगी–तो क्या उसे फिर रखोगे?

हलधर–मुझे क्या तुमने ऐसा बेगैरत समझ लिया है। घर में रखने की बात ही क्या, अब उसका मुंह भी नहीं देख सकता। वह कुलटा है, हरजाई है। मैंने पता लगा लिया है। वह अपने आप घर से निकल खड़ी हुई। मैंने कब का उसे दिल से निकाल दिया। अब उसकी याद भी नहीं करता। उसकी याद आते ही शरीर में ज्वाला उठने लगती है। अगर उसे मारकर कलेजा. ठण्डा हो सकता तो इतने दिनों चिंता और क्रोध की आग में जलता ही क्यों।

रंगी–में तो रुपयों का इतना बड़ा ढेर कभी हाथ ले न जाने देता। मान–मर्याद सब ढकोसला है। दुनियां में ऐसी बातें आये दिन होती रहती हैं। लोग औरत को घर से निकाल देते हैं। बस।

हलधर–क्या कायरों की सी बातें करते हो। रामचन्द्र ने सीताजी के लिये लंका का राज बिधन्स कर दिया। द्रोपदी की मानहानि करने के लिये पांडवोंने कौरवों का निर्बन्स कर दिया। जिस आदमी के दिल में इतना अपमान होने पर भी क्रोध न आये, वह मरने मारने पर तैयार न हो जाय, उसका खून न खौलने लगे, वह मर्द नहीं हिजड़ा है। हमारी इतनी दुर्गत क्यों हो रही है? जिसे देखो वही हमें चार गालियां सुनाता है, ठोकर मारता है। क्या अहलकार, क्या जमींदार सभी कुत्तों से नीच समझते हैं। इसका कारन यही है कि हम बेहया हो गये हैं। अपनी चमड़ी को प्यार करने लगे हैं। हम में भी गैरत होती, अपने मान अपमान का विचार होता तो मजाल थी कि कोई हमें तिरछी आंखों से देख सकता। दूसरे देशों में सुनते हैं गालियों पर लोग मरने–मारने को तैयार हो जाते है। वहां कोई किसी को गाली नहीं दे सकता। किसी देवता का अपमान कर दो तो जान न बचे। यहाँ तक कि कोई किसी को लासखुन नहीं कह सकता नहीं तो खून की नदी बहने लगे। यहाँ क्या है, लात खाते हैं, जूते खाते हैं, घिनौनी गालियां सुनते हैं, धर्म का नाश अपनी आंखों से देखते हैं, पर कानों पर जूं नहीं रेंगती, खून जरा भी गर्म नहीं होता। चमड़ी के पीछे सब तरह की दुर्गत सहते हैं। जान इतनी प्यारी हो गई है। में ऐसे जीने से मौत को हजार दर्जे अच्छा समझता हूँ। बस यही समझ लो कि जो आदमी प्रान को जितना हो प्यारा समझता है वह उतना ही नीच है। जो औरत हमारे घर में रहती थी, हमसे हंसती थी, हमसे बोलती थी, हमारे खाट पर सोती थी वह अब ......(क्रोध से उन्मत्त होकर) तुम लोग मेरे लौटने तक यहीं रहो। कंचन सिंह को देखते रहना।

(चला जाता है)

षष्टम दृश्य

स्थान-सबल सिंह का कमरा समय-१ बजे रात

सबल-(ज्ञानी से) अब जाकर सो रहो। रात कम है।

ज्ञानी-आप लेटें, मैं चली जाऊंगी। अभी नींद नहीं आती।

सबल-तुम अपने दिल में मुझे बहुत नीच समझ रही होगी?

ज्ञानी-मैं आपको अपना इष्ट देव समझती हूँ। सबल-क्या इतना पतित हो जाने पर भी?

ज्ञानी-मेंली वस्तुओं के मिलने से गंगा का माहात्म्य कम नहीं होता।

सबल-में इस योग्य भी नहीं हूँ कि तुम्हें स्पर्श कर सकूं। पर मेरे हृदय में इस समय तुम से गले मिलने की प्रबल उत्कण्ठा है। याद ही नहीं आता कि कभी मेरा मन इतना अधीर हुआ हो। जी चाहता है तुम्हें प्रिये कहूँ, आलिंगन करूं, पर हिम्मत नहीं पड़ती। अपनी ही आंखों में इतना गिर गया हूँ।

(ज्ञानी रोती हुई जाने लगती है,सबल रास्ते में खड़ा हो जाता है)

प्रिये, इतनी निर्दयता न करो। मेरा हृदय टुकड़े २ हुआ जाता है। (रास्ते से हटकर) जाओ। मुझे तुम्हें रोकने का कोई अधिकार नहीं है। मैं पतित हूँ, पापी हूँ, दुष्टाचारी है। न जाने क्यों पिछले दिनों की याद आ गई, जब मेरे और तुम्हारे बीच में यह विच्छेद न था, जब हम तुम प्रेम-सरोवर के तट पर बिहार करते थे, उसकी तरंगों के साथ झूमते थे। वह कैसे आनन्द के दिन थे। अब वह दिन फिर न आयेंगे। जाओ, न रोकूंगा, पर मुझे बिलकुल

नजरों से न गिरा दिया हो तो एक बार प्रेम की चितवन से मेरी तरफ देख लो। मेरा संतप्त हृदय उस प्रेम की फुहार से तृप्त हो जायगा। इतना भी नहीं कर सकती? न सही। मैं तो तुमसे कुछ कहने के योग्य ही नहीं हूँ। तुम्हारे सम्मुख खड़े होते, तुम्हें यह काला मुंह दिखाते, मुझे लज्जा आनी चाहिये थी। पर मेरी आत्मा का पतन हो गया है। हां, तुम्हें मेरी एक बात अवश्य माननी पड़ेगी, उसे मैं जबरदस्ती मनवाऊंगा, जब तक न मानोगी जाने न दूंगा। मुझे एक बार अपने चरणों पर सिर झुकाने दो।

(ज्ञानी रोती हुई अन्दरो द्वार की तरफ बढ़ती है)

सबल–क्या में अब इस योग्य भी नहीं रहा? हां, में अब घृणित प्राणी हूँ, जिसकी आत्मा का अपहरण हो चुका है। पूजी जाने वाली प्रतिमा टूटकर पत्थर का टुकड़ा हो जाती है, उसे किसी खण्डर में फेंक दिया जाता है। मैं वही टूटी हुई प्रतिमा हूँ और इसी योग्य हूँ कि ठुकरा दिया जाऊं। तुमसे कुछ कहने का, तुम्हारी दया याचना करने के योग्य मेरा मुंह ही नहीं रहा। जाओ। हम तुम बहुत दिनों तक साथ रहे। अगर मेरे किसी व्यवहार से, किसी शब्द से, किसी आक्षेप से तुम्हें दुःख हुआ हो तो क्षमा करना। मुझसा अभागा संसार में न होगा जो तुम जैसी देवी पाकर उसकी कद्र न कर सका।

(ज्ञानी हाथ जोड़कर सजल नेत्रों से ताकती है, कंठ से शब्द नहीं निकलता) (सबल तुरंत मेज पर से पिस्तौल उठावार बाहर निकल जाता है)

ज्ञानी–(मन में) हताश होकर चले गये। में तस्कीन दे सकती, उन्हें प्रेम के बन्धन से रोक सकती तो शायद न जाते। मैं किस मुंह से कहूँ कि यह अभागिनी पतिता तुम्हारे चरणों का स्पर्श करने योग्य नहीं है। वह समझते हैं मैं उनका तिरस्कार कर रही हूँ, उनसे घृणा कर रही हूँ। उनके इरादे में अगर कुछ कमजोरी थी तो वह मैंने पूरी कर दी। इस यज्ञ की पूर्णाहुति मुझे करनी पड़ी। हा विधाता, तेरी लीला अपरम्पार है। जिस पुरुष पर इस समय मुझे अपना प्राण अर्पण करना चाहिये था। मैं आज उसकी घातिका हो रही है। हा अर्थ लोलुपता। तूने मेरा सर्वनाश कर दिया। मैंने सन्तान–लालसा के पीछे कुल को कलंक लगा दिया, कुल को धूल में मिला दिया। पूर्वजन्म में न जाने मैंने कौनसा पाप किया था। चेतन दास, तुमने मेरी सोने की लंका दहन

कर दी। मैंने तुम्हें देवता समझकर तुम्हारी आराधना की थी। तुम राक्षस निकले। जिस रूखार को मैंने बाग समझा था वह बीहड़ बन निकला। मैंने कमल का फूल तोड़ने के लिये पैर बढ़ाये थे, दलदल में फंस गई, जहां से अब निकलना दुस्तर है। पतिदेव ने चलते समय मेंज पर से कुछ उठाया था। न जाने कौन सी चीज थी। काली घटा छाई हुई है। हाथ को हाथ नहीं सूझता। वह कहां गये। भगवन्, कहां जाऊं? किससे पूछं, क्या करूं? कैसे उनकी प्राण रक्षा करू? हो न हो राजेश्वरी के पास गये। वहीं इस लीला का अन्त होगा। उसके प्रेम में वह विह्वल हो रहे हैं। अभी उनकी आशा वहां लगी हुई है। मृग तृष्णा है। वह नीच जातिकी स्त्री है पर सती है। अकेले इस अंधेरी रात में वहां कैसे पहुँचूंगी। कुछ भी हो यहाँ नहीं रहा जाता। बग्घी पर गई थी। रास्ता कुछ-कुछ याद है। ईश्वर के भरोसे पर चलती हूँ। या तो वहां पहुँच ही जाऊंगी या इसी टोह में प्राण दे दूंगी। एक बार मुझे उनके दर्शन हो जाते तो जीवन सफल हो जाता। मैं उनके चरणों पर प्राण त्याग देती। अब यही अन्तिम लालसा है। दयानिधि, मेरी यह अभिलाषा पूरी करो। हा, जननी धरती, तुम क्यों मुझे अपनी गोद में नहीं ले लेतीं? दीपक का ज्वाला-शिखर क्यों मेरे शरीर को भस्म नहीं कर डालता! यह भयंकर अन्धकार क्यों किसी जल जन्तु की भांति मुझे अपने उदर में शरण नहीं देता।

(प्रस्थान)

सप्तम दृश्य

स्थान-सबल सिंह का मकान, समय-२ बजे रात, सबल सिंह अपने बाग में हौज के किनारे बैटे हुए है।

सबल-(मन में) इस जिन्दगी पर धिक्कार है। चारों तरफ अंधेरा है, कहीं प्रकाश की झलक तक नहीं। सारे मंसूबे, सारे इरादे खाक में मिल गये। अपने जीवन को आदर्श बनाना चाहता था, अपने कुल को मर्यादा के शिखर पर पहुँचाना चाहता था, देश और राष्ट्र की सेवा करना चाहता था, समग्र देश में अपनी कीर्ति फैलाना चाहता था। देश को उन्नति के परमस्थान पर देखना चाहता था। उन बड़े २ इरादों का कैसा करुणा जनक अन्त हो रहा है। फले फूले वृक्ष की जड़ में कितनी बेदरदी से आरा चलाया जा रहा है। कामलोलुप होकर मैंने अपनी जिन्दगी तबाह कर दी। मेरी दशा उस मांझी की सी है जो नाव को बोझने के बाद शराब पी ले और नशे में नाव को भंवर में डाल दे। भाई की हत्या करके भी अभीष्ट न पूरा हुआ। जिसके लिये इस पाप कुण्ड में कूदा वह भी अब मुझसे घृणा करती है। कितनी घोर निर्दयता है। हाय! मैं क्या जानता था कि राजेश्वरी मन में मेरे अनिष्ट का दृढ़ संकल्प कर के यहाँ आई है। मैं क्या जानता था कि वह मेरे साथ त्रिया चरित्र खेल रही है। हाँ, एक अमूल्य अनुभव प्राप्त हुआ। स्त्री अपने सतीत्व की रक्षा करने के लिये, अपने अपमान का बदला लेने के लिये, कितना भयंकर रूप धारण कर सकती है। गऊ कितनी सीधी होती है पर किसी को अपने बछड़े के पास आते देखकर कितनी सतर्क हो जाती है। सती स्त्रियां भी अपने व्रत पर आघात होते देख कर जान पर खेल जाती हैं। कैसे प्रेम में सनी हुई बातें

करती थी। जान पड़ता था प्रेम के हाथों बिक गई हो। ऐसी सुन्दरी, ऐसी सरला, ऐसी मृदु प्रकृति, ऐसी विनय शीला, ऐसी कोमल हृदया रमणियां भी छल–कौशल में इतनी निपुण हो सकती हैं!

उसकी निठुरता में सह सकता था। किन्तु ज्ञानी की घृणा नहीं सही जाती, उस की उपेक्षा सूचक दृष्टि के सम्मुख खड़ा नहीं हो सकता। जिस स्त्री का अब तक आराध्य देव था, जिसकी मुझ पर अखण्ड भक्ति थी, जिसका सर्वस्त्र मुझ पर अर्पण था, वही स्त्री अब मुझे इतना नीच और पतित समझ रही है। ऐसे जीने पर धिक्कार है।

एक बार प्यारे अचल को भी देख लूं। बेटा, तुम्हारे प्रति मेरे दिल में बड़े–बड़े अरमान थे। मैं तुम्हारा चरित्र आदर्श बनाना चाहता था पर कोई भरमान न निकला। अब न जाने तुम्हारे ऊपर क्या पड़ेगी। ईश्वर तुम्हारी रक्षा करें!

लोग कहते हैं प्राण बड़ी प्रिय वस्तु है। उसे देते हुए बड़ा कष्ट होता है। मुझे तो जरा भी शंका, जरा भी भय नहीं है। मुझे तो प्राण देना खेल सा मालूम हो रहा है। वास्तव में जीवन ही खेल है, विधाता का क्रीड़ाक्षेत्र! (पिस्तौल निकालकर) हां दोनों गोलियां हैं, काम हो जायगा। मेरे मरने की सूचना जब राजेश्वरी को मिलेगी तो एक क्षण के लिये उसे शोक तो होगा ही, चाहे फिर हर्ष हो। आंखों में आंसू भर आयेंगे। अभी भी पापी, अत्याचारी, विषयी समझ रही है, सब ऐब ही ऐब दिखाई दे रहे हैं। मरने पर कुछ तो गुणों की याद आयेगी। मेरी कोई बात तो उसके कलेजे में चुटकियां लेगी। इतना तो जरूर ही कहेगी कि उसे मुझसे सच्चा प्रेम था। शहर में मेरी सार्बजनिक सेवाओ की प्रशंसा होगी। लेकिन कहीं यह रहस्य खुल गया तो मेरी सारी कीर्ति पर पानी फिर जायगा। यह ऐब सारे गुणों को छिपा लेगा, जैसे सफेद चादर पर काला धब्बा, या सर्वाङ्ग सुन्दर चित्र पर एक छींटा। बेचारी ज्ञानी तो यह समाचार पाते ही मूर्छित होकर गिर पड़ेगी, फिर शायद कभी न सचेत हो। यह उसके लिये वज्राघात होगा। चाहे वह मुझ से कितनी ही घृणा करे, मुझे कितना ही दुरात्मा समझे पर उसे मुझ से प्रेम है, अटल प्रेम है, वह मेरा अकल्याण नहीं देख सकती। जब से मैंने उसे

अपना वृत्तान्त सुनाया है वह कितनी चिन्तित, कितनी सशंक हो गई है। प्रेम के सिवा और कोई शक्ति न थी जो उसे राजेश्वरी के घर खींच ले जाती।

(हलधर चारदीवारी कूदकर बाग में आता है और धीरे
धीरे इधर उधर ताकता हुआ सबल के कमरे की
तरफ जाता है)

हलधर-(मन में) यहाँ किसी की आवाज आ रही है, (भाला संभाल कर) यहाँ कौन बैठा हुआ है। अरे! यह तो सबल सिंह ही है। साफ उसी की आवाज है। इस वक्त यहाँ बैठा क्या कर रहा है। अच्छा है यहीं काम तमाम कर दूंगा। कमरे में न जाना पड़ेगा। इसी हौज में फेंक दूंगा। सुनू क्या कह रहा है।

सबल-बस, अब बहुत सोच चुका। मन इस तरह बहाना ढूंढ़ रहा है। ईश्वर तुम दयाके सागर हो, क्षमा की मूर्ति हो। मुझे क्षमा करना, अपनी दीनवत्सलता से मुझे वञ्चित न करना। कहां निशाना लगाऊं सिर में लगाने से तुरंत अचेत हो जाऊंगा। कुछ न मालूम होगा प्राण कैसे निकलते हैं। सुनता हूँ प्राण निकलने में कष्ट नहीं होता। बस छाती पर निशाना मारूं।

(पिस्तौल का मुंह छाती की तरफ फेरता है। सहसा हलधर भाला फेंक कर झपटता है और सबल सिंह के हाथ से पिस्तौल छीन लेता है)

सबल-(अचम्में से) कौन?

हलधर-मैं हूँ हलधर।

सबल-तुम्हारा काम तो में ही किये देता था। तुम हत्या से बच जाते। उठा लो पिस्तौल।

हलधर-आपके ऊपर मुझे दया आती है।

सबल-में पापी हूँ। कपटी हूँ। मेरे ही हाथों तुम्हारा घर सत्यानाश हुआ। मैंने तुम्हारा अपमान किया, तुम्हारी इजत लूटी, अपने सगे भाई का वध कराया। में दयाके योग्य नही हूँ।

हलधर-कंचन सिंह को मैंने नहीं मारा।

सबल-(उछल कर) सच कहते हो?

हलधर-वह आप ही गंगा में कूदने जा रहे थे। मुझे उन पर भी दया आ गई। मैंने समझा था आप मेरा सर्वनाश करके भोग विलास में मस्त हैं। तब मैं आपके खून का प्यासा हो गया था। पर अब देखता हूँ तो आप अपने किये पर लज्जित हैं, पछता रहे हैं, इतने दुःखी हैं कि प्राण तक देने को तैयार है। ऐसा आदमी दया के योग्य है। उस पर क्या हाथ उठाऊ।

सबल-(हलधर के पैरों पर गिरकर) तुमने कंचन की जान बचा ली। इसके लिये मैं मरते दम तक तुम्हारा यश मानूगा। मैं न जानता था कि तुम्हारा हृदय इतना कोमल और उदार है। तुम पुण्यात्मा हो, देवता हो। मुझे ले चलो। कंचन को देख लूं। हलधर, मेरे पास अगर कुबेर का धन होता तो तुम्हारी भेंट कर देता। तुमने मेरे कुल को सर्वनाश से बचा लिया।

हलधर-मैं सवेरे उन्हें साथ लाऊंगा।

सबल-नहीं, मैं इसी वक्त तुम्हारे साथ चलूँगा। अब सब नहीं है।

हलधर-चलिये।

(दोनों फाटक खोलकर चले जाते है)

पांचवां अंक

प्रथम दृश्य

स्थान-डाकुओं का मकान, समय-२।। बजे रात, हलधर डाकुओं के मकान के सामने बैठा हुआ है।

हलधर-(मन में) दोनों भाई कैसे टूटकर गले मिले हैं। में न जानता था कि बड़े आदमियों में भाई-भाई में भी इतना प्रेम होता है। दोनों के आंसू ही न थमते थे। बड़ी कुशल हुई कि मैं मौके से पहुँच गया। नहीं तो वंश का अन्त हो जाता। मुझे तो दोनों भाइयो से ऐसा प्रेम हो गया है मानों मेरे अपने भाई हैं। मगर आज तो मेंने उन्हें बचा लिया। कौन कह सकता है कि वह फिर एक दूसरे के दुश्मन न हो जायेंगे। रोग की जड़ तो मन में जमी हुई है। उसको काटे बिना रोगी की जान कैसे बचेगी। राजेश्वरी के रहते हुए इनके मन की मेंल न मिटेगी। दो चार दिन में इनमें फिर अनबन हो जायगी। इस अभागिनी ने मेरे कुल में दाग लगाया। अब इस:कुलका सत्यानाश कर रही है। उसे मौत भी नहीं आ जाती। जब तक जियेगी मुझे कलंकित करती रहेगी। बिरादरी में कहीं मुंह दिखाने लायक नहीं रहा। सब लोग मुझे बिरादरी से निकाल देंगे। हुक्का पानी बन्द कर देंगे। हेठी और बदनामी होगी वह घाते में। यह तो यहाँ महल में रानी बनी बैठी अपने कुकर्म का आनन्द उठाया करे और मैं इसके कारण बदनामी उठाऊं। अब तक उसको मारने का जी न चाहता था। औरत पर हाथ उठाना नीचता का काम समझता था। पर अब वह नीचता करनी पड़ेगी। उसके किये बिना सब खेल बिगड़ जायगा।

(चेतन दास का प्रवेश)

चेतन दास–यहाँ कौन बैठा हुआ है?

हलधर–में हूँ हलधर।

चेतन–खूब मिले। बताओ सबल सिंह का क्या हाल हुआ? वध कर डाला?

हलधर–नहीं, उन्हें मरने से बचा लिया।

चेतन–(खुश होकर) बहुत अच्छा किया। मुझे यह सुनकर बड़ी खुशी हुई। सबल सिंह कहां हैं!

हलधर–मेरे घर

चेतन–ज्ञानी जानती है कि वह जिन्दा है?

हलधर–नहीं, उसे अब तक इसकी खबर नहीं मिली।

चेतन–तो उसे जल्द खबर दो नहीं तो उससे भेंट न होगी। वह घर में नहीं है। न जाने कहां गई? उसे यह खबर मिल जायगी तो कदाचित् उसकी जान बच जाय। में उसी की टोह में जा रहा हूँ। इस अंधेरी रात में कहां खोजूं?

(प्रस्थान)

हलधर–(मन में) यह डायन न जाने कितनी जानें लेकर संतुष्ट होगी। ज्ञानी देवी हैं। उसने सबल सिंह को कमरे में न देखा होगा। समझी होगी वह गंगा में डूब मरे। कौन जाने इसी इरादे से वह भी घर से निकल खड़ी हुई हो। चलकर अपने आदमियों को उसका पता लगाने के लिये दौड़ा हूँ। उसकी जान मुफत में चली जायगी। क्या दिल्लगी है कि रानी तो मारी मारी फिरे और कुलटा महल में सुख की नींद सोये।

(अचल दूसरी ओर से हवाई बन्दूक लिये आता है)

हलधर–कौन?

अचल–अचल सिंह कुंवर सबल सिंह का पुत्र।

हलधर–अच्छा, तुम खूब आ गये। पर अंधेरी रात में तुम्हें डर नहीं लगा?

अचल-डर किस बात का? मुझे डर नहीं लगता। बाबू. जीने मुझे बताया है कि डरना पाप है।

हलधर-जाते कहां हो?

अचल-कहीं नहीं।

हलधर तो इतनी रात गये घरसे क्यों निकले?

अचल-तुम कौन हो?

हलधर-मेरा नाम हलधर है।

अचल-अच्छा, तुम्हींने माताजी की जान बचाई थी।

हलधर-जान तो भगवान ने बचाई, मेंने तो केवल डाकुओं को भगा दिया था। तुम इतनी रात गये अकेले कहां जा रहे हो?

अचल-किसी से कहोगे तो नहीं?

हलधर-नहीं, किसी से न कहूँगा।

अचल-तुम बहादुर आदमी हो। मुझे तुम्हारे ऊपर विश्वास है। तुमसे कहने में शर्म नहीं है। यहाँ कोई वेश्या है। उसने चाचाजी को और बाबूजी को विष देकर मार डाला है। अम्मांजी ने शोक से प्राण त्याग दिये। वह स्त्री थीं क्या कर सकती थी। अब में उसी वेश्या के घर जा रहा हूँ। इसी वक्त बन्दूक से उसका सिर उड़ा दूंगा। (बन्दूक तानकर दिखाता है)

हलधर-तुमसे किसने कहा?

अचल-मिश्राइन ने। चाचाजी कल से घर पर नहीं है। बाबूजी भी १० बजे रात से नहीं हैं। न घर में अम्मां का पता है। मिश्राइन सब हाल जानती हैं।

हलधर-तुमने वेश्या का घर देखा है?

अचल-नहीं, घर तो नहीं देखा है।

हलधर-तो उसे मारोगे कैसे?

अचल-किसी से पूछ लूंगा।

हलधर-तुम्हारे चाचाजी और बाबूजी तो मेरे घर में हैं।

अचल–झूठ कहते हो। दिखा दोगे?

हलधर–कुछ इनाम दो तो दिखा दूं।

अचल–चलो, क्या दिखाओगे। वह लोग अब स्वर्ग में होंगे। हां, राजेश्वरी का घर दिखा दो तो जो कहो वह दूं।

हलधर–अच्छा मेरे साथ आओ मगर बन्दूक ले लूंगा।

(दोनों घर में जाते हैं, सबल और कंचन चकित होकर अचल को देखते है, अचल दौड़कर बाप की गरदन से चिमट जाता है)

हलधर–(मन में) अब यहाँ नहीं रह सकता। फिर तीनों रोने लगे। बाहर चलूँ कैसा होनहार बालक है। (बाहर आकर मन में) यह बच्चा तक उसे वेश्या कहता है। वेश्या है ही। सारी दुनिया यही कहती होगी। अब तो और भी गुल खिलेगा। अगर दोनों भाइयों ने उसे त्याग दिया तो पेट के लिये उसे अपनी लाज बेचनी पड़ेगी। ऐसी हयदार नहीं है कि जहर खाकर मर जाय। जिसे में देवी समझता था वह ऐसी कुल कलङ्किनी निकली! तूने मेरे साथ ऐसा छल किया! अब दुनिया को कौन मुंह दिखाऊ। सबकी एक ही दवा है। न बांस रहे न बांसुरी बजे। तेरे जीने से सबकी हानि है। किसीका लाभ नहीं। तेरे मरने से सबका लाभ है, किसी की हानि नहीं। उससे कुछ पूछना व्यर्थ है। रोयेगी, गिड़गिड़ायेगी, पैरों पड़ेगी। जिसने लाज बेच दी वह अपनी जान बचाने के लिये सभी तरह की चालें चल सकती है। कहेगी मुझे सबल सिंह जबरदस्ती निकाल लाये, मैं तो आती न थी। न जाने क्या क्या बहाने करेगी। उससे सवाल जवाब करने की जरूरत नहीं। चलते ही काम तमाम कर दूंगा ....”

(हथियार संभालकर चल खड़ा होता है)

द्वितीय-दृश्य

स्थान-शहर की एक गली, समय-३ बजे रात, इन्स्पेक्टर और थानेदार की चेतन दास से मुठभेड़।

इन्स्पेक्टर-महाराज, खूब मिले। मैं तो आपके ही दौलत खाने की तरफ जा रहा था। लाइये दूध के धुले हुए पूरे एक हजार, कमी की गुञ्जाइश नहीं, वेशी की हद नहीं।

थानेदार-आपने जमानत न कर ली होती तो उधर भी हजार पांच सौ पर हाथ साफ करता।

चेतन दास-इस वक्त में दूसरी फिक्र में हूँ। फिर कभी आना।

इन्स्पेकर-जनाब, हम आपके गुलाम नहीं हैं जो बार बार सलाम करने को हाजिर हों। आपने आज का वादा किया था। वादा पूरा कीजिये। कील व काल की जरूरत नहीं।

चेतन-कह दिया में इस समय दूसरी चिन्ता में हूँ। फिर इस संबन्ध में बातें होंगी।

इन्स-आपका क्या एतबार, इसी वक्त को गाड़ी से हरद्वार की राह लें। पुलीस के मुआमले नकद होते हैं।

एक सिपाही-लाओ नगद नारायन निकालो। पुलिस से ई फेरफार न चल पई है। तुमरे ऐसे साधुन को इहां रोज चराइत है।

इन्स्पेक्टर-आप है किस गुमान में। यह चालें अपने भोले-भाले चेले चापड़ों के लिये रहने दीजिये जिन्हें आप नजात देते हैं। हमारी नजात के लिये

आपके रुपये काफी हैं। उससे हम फरिश्तों को भी राह पर लगा लेंगे। दारोगा जी, वह शेर आपको याद है।

दारोगा जी–हां, ऐ जर तू खुदा नई, वलेकिन बखुदा हाशा रब्बी व फाजिउल हाजातो।

इन्स्पेक्टर–मतलब यह है कि रुपया खुदा नहीं है लेकिन खुदा के दो सबसे बड़े औसाफ उसमें मौजूद हैं। परवरिश करना और इन्सान की जरूरतों को रफ़ा करना।

चेतन दास–कल किसी वक्त आइयेगा।

इन्स्पेक्टर–(रास्ते में खड़े होकर) कल आने वाले पर लानत है। एक भले आदनी की इज्जत खाक में मिलवाकर अब आप यों झांसा देना चाहते हैं। कहीं साहब बहादुर ताड़ जाते तो नौकरी के लाले पड़ जाते।

चेतन दास–रास्ते से हटो (आगे बढ़ना चाहता है)

इन्स्पेक्टर–(हाथ पकड़कर) इधर आइये, इस सीना जोरी से काम न चलेगा।

(चेतन दास हाथ झटक कर छुड़ा लेता है और इन्स्पेक्टर को जोर से धक्का मारकर गिरा देता है)

दारोगा–गिरफ्तार कर लो। रहजन है।

चेतन–अगर कोई मेरे निकट आया तो गर्दन उड़ा दंगा। (दारोगा पिस्तौल उठाता है, लेकिन पिस्तौल नहीं चलती, चेतन दास उसके हाथ से पिस्तौल छीनकर उसकी छाती पर निशाना लगाता है) दारोगा–स्वामी जी खुदाके वास्ते रहम कीजिये। ताजीस्त आपका गुलाम रहूँगा।

चेतन दास–मुझे तुझ जैसे दुष्टों की गुलामी की जरूरत नहीं। (दोनों सिपाही भाग जाते हैं। थाने दार चेतन दास के पैरों पर गिर पड़ता है) बोल कितना रुपये लेगा।

थानेदार–महाराज, मेरी जां बख्श दीजिये। जिन्दा रहूँगा तो आपके इकबाल से बहुत रुपये मिलेंगे।

चेतन दास-अभी गरीबों को सताने की इच्छा बनी हुई है। तुझे मार क्यों न डालूं। कमसे कम एक अत्याचारी का भार तो पृथ्वी पर कम हो जाय।

थानेदार- नहीं महाराज, खुदा के लिये रहम कीजिये। बाल बच्चे दाने बगैर मर जायंगे। अब कभी किसी को न सताऊंगा। अगर एक कौड़ी भी रिश्वत लूं तो मेरे अस्ल में फर्क समझियेगा। कभी हराम के माल के करीब न जाऊंगा।।

चेतन-अच्छा तुम इस इन्स्पेक्टर के सिर पर पचास जूते गिनकर लगावो तो छोड़ दू।

थाने-महाराज, वह मेरे अफसर हैं। में उनकी शान में 'ऐसी बेअदबी क्यों कर कर सकता हूँ। रिपोर्ट कर दें तो बर्खास्त हो जाऊं।

चेतन-तो फिर आंखें बन्द करलो और खुदा को याद करो, घोड़ा गिरता है।

थाने०-हजूर जरा ठहर जायं, हुक्म की तामील करता हूँ। कितने जूते लगाऊं?

चेतन-५० से कम न ज्यादा।

थाने-इतने जूते पड़ेंगे तो चांद खुल जायगी। नाल लगी

चेतन-कोई परवा नहीं। उतार लो जूते।

(थानेदार जूते पैर से निकाल कर इन्स्पेक्टर के सिर पर लगाता है, इन्स्पेक्टर चौंक कर उठ बैठता है, दूसरा जूता फिर पड़ता है)

इन्स्पेक्टर-शैतान कहीं का, मलऊन।

थाने०-मैं क्या करू? बैठ जाइये ५० लगा लूं। इतनी इनायत कीजिये! जान तो बचे।

(इन्स्पेक्टर उठकर थानेदार से हाथापाई करने लगता है, दोनों एक दूसरे को गालियां देते हैं, दांत काटते हैं)

चेतन दास-जो जीतेगा उसे इनाम दूंगा। मेरी कुटी पर आना। खूब लड़ो, देखें कौन बाजी ले जाता है।

(प्रस्थान)

इन्स०-तुम्हारी इतनी मजाल! बर्खास्त न करा दिया तो कहना।

थाने०-क्या करता, सीने पर पिस्तौल का निशान लगाये तो खड़ा था।

इन्स०-यहाँ कोई सिपाही तो नहीं है?

थाने०-वह दोनों तो पहले ही भाग गये।

इन्स०-अच्छा, खैरियत चाहो तो चुपके से बैठ जाओ और मुझे गिनकर सौ जूते लगाने दो, वरना कहे देता है कि सुबह को तुम थाने में न रहोगे। पगड़ी उतार लो।

थाने-मेंने तो आपकी पगड़ी नहीं उतारी थी।

इन्स०-उस बदमाश साधु को यह सूझी ही नहीं।

थाने-आप तो दूसरे ही हाथपर उठ खड़े हुए थे?

इन्स०-खबरदार, जो यह कलमा फिर मह से निकला। दोके दस तो तुम्हें जरूर लगाऊंगा। बाकी फो एक रुपये के हिसाब से माफ कर सकता हूँ।

(दोनों सिपाही आ जाते हैं, दारोगा सिरपर साफा रख लेता है, इन्स्पेक्टर क्रोधपूर्ण नेत्रो से उसे देखता है और सब गशतपर निकल जाते है।

द्वितीय-दृश्य

स्थान-राजेश्वरी का कमरा, समय-३ बजे रात, फानूस जल रही है, राजेश्वरी पानदान खोले फर्श पर बैठी है।

राजेश्वरी-(मन में) मेरे मन की सारी अभिलाषायें पूरी हो गई। जो प्रण करके घर से निकली थी वह पूरा हो गया। जीवन सफल हो गया। अब जीवन में कौनसा सुख रखा है। विधाता की लीला विचित्र है। संसार के और प्राणियों का जीवन धर्म से सफल होता है। अहिंसा ही सबकी मोक्षदाता है। मेरा जीवन अधर्म से सफल हुआ, हिंसा से ही मेरा मोक्ष हो रहा है। अब कौन मुंह लेकर मधुबन जाऊ', मैं कितनी ही पतिव्रता बनूं, किसे विश्वास आयेगा? मेंने यहाँ कैसे अपना धर्म निबाहा, इसे कौन मानेगा।

हाय! किसकी होकर रहूँगी। हलधर का क्या ठिकाना। न जाने कितनी जाने ली होंगी, कितनों का घर लूटा होगा, कितनों के खून से हाथ रंगे होंगे, क्या-क्या कुकर्म किये होंगे। वह अगर मुझे पतिता और कुलटा समझते हैं तो में भी उन्हें नीच और अधम समझती हूँ। वह मेरी सूरत न देखना चाहते हों तो में उनकी परछाई भी अपने ऊपर नहीं पड़ने देना चाहती। अब उनसे मेरा कोई सम्बन्ध नहीं। मैं अनाथ हूँ, अभागिनी हूँ, संसार में कोई मेरा नहीं है।

(कोई किवाड़ खटखटाता है, लालटेन लेकर नीचे जाती है, और किवाड़ खोलती है, ज्ञानी का प्रवेश)

ज्ञानी-बहिन क्षमा करना, तुम्हें असमय कष्ट दिया। मेरे स्वामी जी यहाँ हैं या नहीं। मुझे एक बार उनके दर्शन कर लेने दो।

राजे-रानी जी, सत्य कहती हूँ वह यहाँ नहीं आये।

ज्ञानी-यहाँ नहीं आये!

राजे०-न! जबसे गये हैं फिर नहीं आये।

ज्ञानी-घर पर भी नहीं हैं। अब किधर जाऊ। भगवन्, उनकी रक्षा करना। बहिन, अब मुझे उनके दर्शन न होंगे। उन्होंने कोई भयङ्कर काम कर डाला। शंका से मेरा हृदय कांप रहा है। तुमसे उन्हें प्रेम था। शायद वह एक बार फिर आयें। उनसे कह देना ज्ञानी तुम्हारे पदरज को शीश पर चढ़ाने के लिये आई थी। निराश होकर चली गई। उनसे कह देना वह अभागिनी, भ्रष्टा, तुम्हारे प्रेम के योग्य नहीं रही।

(हीरे की कनी खा लेती है)

राजे-रानी जी आप देवी हैं, वह पतित हो गये हों पर आपका चरित्र उज्ज्वल रत है। आप क्यों क्षोभ करती हैं।

ज्ञानी-बहिन, कभी यह घमण्ड था, पर अब नहीं है।

(उसका मुख पीला होने लगता है और पैर लड़खड़ाते है)

राजे-रानी जी कैसा जी है?

ज्ञानी-कलेजे में आग सी लगी हुई है। थोड़ासा ठंढा पानी दो। मगर नहीं, रहने दो। जवान सूखी जाती है। कंठ में कांटे पड़ गये हैं। आत्मगौरव से बढ़कर कोई चीज नहीं। उसे खोकर जिये तो क्या जिये।

राजे-आपने कुछ खा तो नहीं लिया?

ज्ञानी-तुम आज ही यहाँ से चली जाव। अपने पति के चरणों पर गिरकर अपना अपराध क्षमा करा लो। वह वीरात्मा हैं। एक बार मुझे डाकुओं ले बचाया था। तुम्हारे ऊपर दया करेंगे। ईश्वर इस समय उनसे मेरी भेंट करवा देते तो मैं उनसे शपथ खाकर कहती, इस देवी के साथ तुमने बड़ा अन्याय किया है। वह सेती पवित्र है जैसे फूल की पंखड़ियों पर पड़ी हुई ओस की बूंदें या प्रभात काल को निर्मल किरणे। मैं सिद्ध करती कि इसकी आत्मा पवित्र है.........

(पीड़ा से विकल होकर बैठ जाती है)

राजेश्वरी-(मन में) इन्होंने अवश्य कुछ खा लिया। आंखें पथराई जाती हैं, पसीना निकल रहा है। निराशा और लज्जा ने अन्त में इनकी जान ही लेकर छोड़ी; मैं इनकी प्राण घातिका हूँ। मेरे ही कारण इस देवी की जान जा रही है। इसे मर्यादा पालन कहते हैं। एक में हूँ कि कष्ट और अपमान भोगने के लिये बैठी हूँ। नहीं, देवी, मुझे भी साथ लेती चलो। तुम्हारे साथ मेरी भी लाज रह जायगी। तुम्हें ईश्वर ने क्या नहीं दिया। दूध, पूत, मान महातम सभी कुछ तो है। पर केवल पति के पतित हो जाने के कारण तुम अपने प्राण त्याग रही हो। तो में जिसका आंसू पोंछने वाला भी कोई नहीं कौनसा सुख भोगने के लिये बैठी रहूँ।

ज्ञानी-(सचेत होकर) पानी, पानी।

राजे०-(कटोरे में पानी देती हुई) पी लीजिये।

ज्ञानी-(राजेश्वरी को ध्यान से देखकर) नहीं रहने दो। पति देव के दर्शन कैसे पाऊँ। मेरे मरने का हाल सुनकर उन्हें बहुत दुःख होगा। राजेश्वरी, उन्हें मुझसे बहुत प्रेम है। इधर वह मुझसे इतने लज्जित थे कि मेरी तरफ सीधी आंख से ताक भी न सकते थे। (फिर अचेत हो जाती है)

राजे०-(मन में) भगवन्, अब यह शोक देखा नहीं जाता। कोई और स्त्री होती तो मेरे खून की प्यासी हो जाती। इस देवी के हृदय में कितनी दया है। मुझे इतनी नीची समझती है कि मेरे हाथ का पानी भी नहीं पीती, पर व्यवहार में कितनी भलमन्साहत है। में ऐसी दया को मूरत की घातिका हूँ। मेरा क्या अन्त होगा!

ज्ञानी-हाय, पुत्र लालसा! तूने मेरा सर्वनाश कर दिया। राजेश्वरी, साधुओं का भेस देखकर धोखे में न आ जाना। (आंखें बन्द कर लेती है)

राजे०-कभी किसी साधु ने इसे लूटकर रास्ता लिया होगा। वही सुध आ रही है। तुम तो चली, मेरे लिये कौन रास्ता है। वह डाकू ही हो गये हैं। अब तक सबल सिंह के भय से इधर न आते थे। अब वह मुझे कब जीता छोड़ेगे। न जाने क्या क्या दुर्गति करें। में जीना भी तो नहीं चाहती। मन, अब संसार की माया मोह छोड़ो। संसार में तुम्हारे लिये अब जगह नहीं है। हा!

यही करना था तो पहले ही क्यों न किया। तीन प्राणियों की जान लेकर तब यह सूझी। कदाचित् तब मुझे मौत से इतना डर न लगता। अब तो जमराज का ध्यान आते ही रोयें खड़े हो जाते हैं। पर यहाँ की दुर्दशा से वहां की दुर्दशा तो अच्छी। कोई हंसने वाला तो न होगा।

(रस्सी का फन्दा बनाकर छत से लटका देती है)

बस, एक झटके में काम तमाम हो जायगा। इतनी सी जान के लिये आदमी कैसे-कैसे जतन करता है। (गले में फन्दा डालती है) दिल कांपता है। जरासा फन्दा खीच लूं और बस। दम घुटने लगेगा। तड़प तड़प कर जान निकलेगी। (भय से कांप उठती है) मुझे इतना डर क्यों लगता है। मैं अपने को इतनी कायर न समझती थी। सास के एक ताने पर, पति की एक कड़ी बात पर, स्त्रियां प्राण दे देती हैं। लड़कियां अपने। . . चिन्ता से माता पिता को बचाने के लिये प्राण दे देती हैं। पहले स्त्रियां पतिके साथ सती हो जाती थीं। डर क्या है? जो भगवान यहाँ हैं वही भगवान वहां हैं। मेंने कोई पाप नहीं किया है। एक आदमी मेरा धर्म बिगाड़ना चाहता था। में और किसी तरह उससे न बच सकती थी। मेंने कौशल से अपने धर्म की रक्षा की। यह पाप नहीं किया। में भोग विलास के लोभ से यहाँ नहीं आई। संसार चाहे मेरी कितनी ही निन्दा करे, ईश्वर सब जानते हैं। उनसे डरने का कोई काम नहीं।

(फन्दा खींच लेती है)

(तलवार लिये हुए हलधर का प्रवेश)

हलधर-(आश्चर्य से) अरे! यहाँ तो इसने फांसी लगा रखी है (तलवार से तुरंत रस्सी काट देता है और राजेश्वरी को संभाल कर फर्श पर लिटा देता है)

राजेश्वरी-(सचेत होकर) वही तलवार मेरी गर्दन पर क्यों नहीं चला देते?

हलधर-जो आप ही मर रही है उसे क्या मारूं।

राजे०-अभी इतनी दया है?

हलधर-वह तुम्हारी लाज की तरह बाजार में बेचने की चीज नहीं है।

ज्ञानी-कौन कहता है कि इसने अपनी लाज बेच दी। यह आज भी उतनी ही पवित्र है जितनी अपने घर थी। उसने अपनी लाज बेचने के लिये इस मार्ग पर पग नहीं रखा, अपनी लाज की रक्षा के लिये इसने मेरे कुल का सर्व नाश कर दिया। इसी लिये इसने यह कपट भेष धारण किया। एक सम्पन्न पुरुष से बचने का इसके सिवा और कौन सा उपाय था। तुम उस पर लांछन लगाकर बड़ा अन्याय कर रहे हो। उसने तुम्हारे कुल को कलंकित नहीं किया बल्कि उसे उज्ज्वल कर दिया। ऐसी बिरला ही कोई स्त्री ऐसी अवस्था में अपने व्रत पर अटल रह सकती थी। वह चाहती तो आजीवन सुख भोग करती, पर इसने धर्म को स्वाद-लिप्सा की भेंट नहीं चढ़ाया.... ..आह! अब नहीं बोला जाता। बहुत सी बातें मन में थीं......सिर में चक्कर आ रहा है ...स्वामी के दर्शन न कर सकी.........

(बेहोश हो जाती है)

हलधर-ज्ञानी हैं क्या?

राजे-सबल का दर्शन पाने की आशा से यहाँ आई थीं, किन्तु बिचारी की लालसा मन में रही जाती है। न जाने उनकी क्या गत हुई?

हलधर में अभी उन्हें लाता हूँ।

राजे०-क्या अभी वह......

हलधर-हां, उन्होंने प्राण देना चाहा था, पिस्तौल का निशाना छाती पर लगा लिया था, पर मैं पहुँच गया और उनके हाथ से पिस्तौल छीन ली। दोनों भाई वहीं हैं। तुम इनके मुंह पर पानी के छींटे देती रहना। गुलाब जल तो रखा ही होगा, उसे इनके मुंहमें टपकाना, मैं अभी आता हूँ।

(जल्दी से चला जाता है)

राजे-(मन में) मैं समझती थी इनका स्वरूप बदल गया होगा। दया नाम को भी न रही होगी। नित्य डाका मारते होंगे, आचरन भ्रष्ट हो गया होगा। पर इनकी आंखों में तो दया की जोत झलकती हुई दिखाई देती है। न जाने कैसे दोनों भाइयों की जान बचा ली। कोई दूसरा होता तो उनकी घात में लगा रहता और अवसर पाते ही प्राण ले लेता। पर इन्होंने उन्हें मौत के

मुंह में से निकाल लिया। क्या ईश्वर की लीला है कि एक हाथ से विष पिलाते हैं और दूसरे हाथ से अमृत। मुझी को कौन बचाता। सोचता कि मर रही है मरने दो। शायद यह मुझे मारने के ही लिये यहाँ तलवार लेकर आये होगे। मुझे इस दशा में देखकर दया आ गई। पर इनकी दया पर मेरा जी झुंझला रहा है। मेरी यह बदनामी, यह जग हंसाई बिलकुल निष्फल हो गई। इसमें जरूर ईश्वर का हाथ है। सबल सिंह के परोपकार ने उन्हें बचाय। कंचन सिंह की भक्ति ने उनकी रक्षा की। पर इस देवी की जान व्यर्थ जा रही है। इसका दोष मेरी गरदन पर है। इस एक देवी पर कई सबल सिंह भेंट किये जा सकते हैं। (ज्ञानी को ध्यान से देखकर) आंखें पथरा गई, सांस उखड़ गई, पति के दर्शन न कर सकेंगी, मन की कामना मन में ही रह गई। (गुलाब के छींटे देकर) छन भर और.........

ज्ञानी-(आंखें खोलकर) क्या वह आ गये? कहां हैं, जरा मुझे उनके पैर दिखा दो।

राजे०-(सजल नयन होकर) आते ही होंगे, अब देर नही है। गुलाब जल पिलाऊ?

ज्ञानी-(निराशा से) न आयेंगे, कह देना तुम्हारे चरणों की याद...... मूर्छित हो जाती है।

(चेतन दास का प्रवेश)

राजे-यह समय भिक्षा मांगने का नहीं है। आप यहाँ कैसे चले आये?

चेतन-इस समय न आता तो जीवन पर्यन्त पछताता। क्षमा दान मांगने आया हूँ।

राजे-किससे?

चेतन-जो इस समय प्राण त्याग रही है।

ज्ञानी-(आंखें खोलकर) क्या वह आ गये? कोई अचल को मेरी गोद में क्यों नहीं रख देता।

चेतन-देवी, सब के सब आ रहे हैं। तुम जरा यह जड़ी मुंह में रख लो। भगवान चाहेंगे तो सब कल्याण होगा।

ज्ञानी-कल्याण अब मेरे मरने में ही है।

चेतन-मेरे अपराध क्षमा करो।

(ज्ञानी के पैरो पर गिर पड़ता है)

ज्ञानी-यह भेष त्याग दो। भगवान तुम पर दया करे।

(उनके मुंह से खून निकलता है और प्राण निकल जाते हैं, अन्तिम शब्द उनके मुंह से यही निकलता है 'अचल तू अमर हो')

राजे०-अन्त हो गया (रोती है) मन की अभिलाषा मन में ले गई। पति और पुत्र से भेंट न हो सकी।

चेतन- देवी थी। (सबल सिंह, कंचन सिंह, अचल, हलधर सब आते हैं)

राजे-स्वामी जी, कुछ अपनी सिद्धि दिखाइये। एक पल भर के लिये सचेत हो जाती तो उनकी आत्मा शांत हो जाती।

चेतन-अब ब्रह्मा भी आयें तो कुछ नहीं कर सकते।

(अचल रोता हुआ मां के शव से लिपट जाता है, सबल को ज्ञानी की तरफ देखने की भी हिम्मत नहीं पड़ती) राजे-आप लोग एक पल भर पहले आ जाते तो इनकी मनोकामना पूरी हो जाती। आपकी ही रट लगाये हुए थीं। अन्तिम शब्द जो उनके मुंहले निकला वह अचल सिंह का नाम था।

सबल- यह मेरी दुष्टता का दंड है। हलधर, अगर तुमने मेरी प्राणरक्षा न की होती तो मुझे यह शोक न सहना पड़ता। ईश्वर बड़े न्यायी हैं। मेरे कर्मों का इससे उचित दण्ड हो ही नहीं सकता था। मुझे तुम्हारे घर का सर्वनाश करना चाहता था। विधाता ने मेरे घर का सर्वनाश कर दिया। आज मेरी आंखें खुल गई। मुझे विदित हो रहा है कि ऐश्वर्य और सम्पत्ति जिस पर मानव-समाज मिटा हुआ है, जिसकी आराधना और भक्ति में हम अपनी आत्माओं को भी भेंट कर देते हैं वास्तव में एक प्रचण्ड ज्वाला है जो मनुष्य के हृदय को जलाकर भस्म कर देती है। यह समस्त पृथ्वी किन प्राणियों के पापभार से दबी हुई है? वह कौन से लोग हैं जो दुर्व्यसनों के पीछे नाना प्रकार के पापाचार कर रहे हैं? वेश्याओं की अट्टालिकायें किन लोगों के दम

से रौनक पर हैं? किन के घरों की महिलायें रो रोकर अपना जीवनक्षेप कर रही हैं? किन की बन्दूकों से जंगल के जानवरों की जान संकट में पड़ी रहती है? किन लोगों की महत्वाकांक्षाओं को पूरा करने के लिये आये दिन समर भूमि रक्तमयी होती रहती है? किन के सुख भोग के लिये गरीबों को आये दिन बेगारें भरनी पड़ती हैं? यह वही लोग हैं जिनके पास ऐश्वर्य है, सम्पत्ति है, प्रभुता है, बल है। उन्ही के भार से पृथ्वी दबी हुई है, उन्हीं के नखों से संसार पीड़ित हो रहा है। सम्पत्ति ही पाप का मूल है, इसी से कुवासनायें जागृत होती हैं, इसी से दुर्व्यसनों की सृष्टि होती है। गरीब आदमी अगर पाप करता है तो क्षुधा की तृप्ति के लिये। धनी पुरुष पाप करता है अपनी कुवृत्तियों, और कुवासनाओं की पूर्ति के लिये। मैं इसी व्याधि का मारा हुआ हूँ। विधाता ने मुझे निर्धन बनाया होता, में भी अपनी जीविका के लिये पसीना बहाता होता, अपने बाल बच्चों के उदर पालन के लिये मजूरी करता होता तो मुझे यह दिन न देखना पड़ता, यों रक्त के आंसू न रोने पड़ते। धनीजन पुण्य भी करते हैं, दान भी करते हैं, दु:खी आदमियों पर दया भी करते हैं। देश में बड़ी बड़ी धर्मशालायें, सैकड़ों पाठशालायें, चिकित्सालय, तालाब, कूए उनकी कीर्ति के स्तम्भ रूप खड़े हैं, उनके दान से सदाव्रत चलते हैं, अनाथों और विधवाओं का पालन होता है, साधुओं और अतिथियों का सत्कार होता है, कितने ही विशाल मन्दिर सजे हुए हैं, विद्या की उन्नति हो रही है लेकिन उनकी अपकीर्तियों के सामने उनकी सुकीर्तियां अंधेरी रात में जुगनू की चमक के समान हैं, जो अंधकार को और भी गहन बना देती हैं। पाप की कालिमा दान और दया से नहीं धुलती। नहीं मेरा तो यह अनुभव है कि धनी जन कभी पवित्र भावों से प्रेरित हो ही नहीं सकते। उनकी दानशीलता, उनकी भक्ति, उनकी उदारता, उनकी दीनवत्सलता वास्तव में उनके स्वार्थ को सिद्ध करने का साधन मात्र है। इसी टट्टी की आड .में वह शिकार खेलते हैं। हाय! तुम लोग मन में सोचते होंगे यह रोने और विलाप करने का समय है, धन और सम्पदा की निन्दा करने का नहीं। मगर मैं क्या करूँ आंसुओं की अपेक्षा इन जले हुए शब्दों से, इन फफोलों के फोड़ने से, मेरे चित्त को अधिक शांति मिल रही है। मेरे शोक, हृदयदाह, और

आत्मग्लानिका प्रवाह केवल लोचनों द्वारा नहीं हो सकता, उसके लिये ज्यादा चौड़े, ज्यादा स्थूल मार्ग की जरूरत है। हाय। इस देवी में अनेक गुण थे। मुझे याद नहीं आता कि, इसने कभी एक अप्रिय शब्द भी मुझसे कहा हो, वह मेरे प्रेम में मग्न थी। आमोद और विलास से उसे लेश मात्र भी प्रेम न था। वह संन्यासियों का जीवन व्यतीत करती थी। मेरे प्रति उसके हृदय में कितनी श्रद्धा थी, कितनी शुभकामना। जब तक जीयी मेरे लिये जीयी और जब मुझे सत्पथ से हटते देखा तो यह शोक उसके लिये असह्य हो गया। हाय! में जानता कि वह ऐसा घातक संकल्प कर लेगी तो अपने आत्म पतन का वृत्तान्त उससे न कहता। पर उसकी सहृदयता और सहानुभूति के रसास्वादन से में अपने को रोक न सका। उसकी वह क्षमा, वह आत्मकृपा कभी न भूलेगी जो इस वृत्तान्त को सुनकर उसके उदास मुख पर झलकने लगी। रोष या क्रोध का लेश मात्र भी चिह्न न था। वह दयामूर्ति सदा के लिये मेरे हृदय गृह को उजाड़ कर अदृश्य हो गई। नहीं, मेंने उसे पटक कर चूर चूर कर दिया। (रोता है) हा! उसकी याद अब मेरे दिल से कभी न निकलेगी।

चतुर्थ दृश्य

स्थान-गुलाबी का मकान, समय-१० बजे रात।

गुलाबी-अब किस के बल पर कूदूं। पास जो जमा पूजी थी वह निकल गई। तीन चार दिन के अन्दर क्या से क्या हो गया। बना बनाया घर उजड़ गया। जो राजा थे वह रङ्क हो गये। जिस देवी की बदौलत इतनी उम्र सुख से कटी वह संसार से उठ गयीं। अब वहां पेट की रोटियों के सिंवा और क्या रखा है। न उधर ही कुछ रहा, न इधर ही कुछ रहा। दोनों लोक से गई। उस कलमुंहे साधु का कहीं पता नहीं। न जाने कहां लोप हो गया। रंगा हुआ सियार था। मैं भी उसके छल में आ गई। अब किस के बल पर कूदू। बेटा बहू यों ही बात न पूछते थे, अब तो एक बूंद पानी को तरसूंगी। अब किस दावे से कहूँगी, मेरे नहाने के लिये पानी रख दे, मेरी साड़ी छांट दे, मेरा बदन दाब दे। किस दावे पर धौंस जमाऊंगी। सब रुपये के मीत हैं। दोनों जानते थे अम्मां के पास धन है। इसीलिये डरते थे, मानते थे, जिस कल चाहती थी उठाती थी, जिस कल चाहती थी बैठाती थी। उस धूर्त साधु को पाऊँ तो सैकड़ों गालियां सुनाऊँ, मुंह नोच लूं। अब तो मेरी दशा उस बिल्ली की सी है जिसके पंजे कट गये हों, उस बिच्छू की सी जिसका डंक टूट गया हो, उस रानी की सी जिसे राजा ने आंखों से गिरा दिया हो।

चम्पा-अम्मां चलो, रसोई तैयार है।

गुलाबी-चलो बेटी, चलती हूँ। आज मुझे ठाकुर साहब के घर से आने में देर हो गई। तुम्हें बैठने का कष्ट हुआ।

चम्पा-(मन में) अम्मां आज इतने प्यार से क्यों बातें कर रही हैं; सीधी बात मुंह से निकलती ही न थी। (प्रगट) कुछ कष्ट नहीं हुआ, अम्मां, कौन अभी तो बजे हैं।

गुलाबी-भृगुनाथ ने भोजन कर लिया है न?

चम्पा-(मन में) कल तक तो अम्मां पहले ही खा लेती थीं। बेटे को पूछती तक न थीं, आज क्यों इतनी खातिर कर रही हैं (प्रगट) तुम चलकर खालो, हम लोगों को तो सारी रात पड़ी है।

(गुलाबी रसोई में जाकर अपने हाथों से पानी निकालती है।)

चम्पा-तुम बैठो अम्मां, मैं पानी रखे देती हूँ।

गुलाबी नहीं बेटी, मटका भरा है, तुम्हारी आस्तीन भीग जायगी।

चम्पा-(पंखा झलने लगती है) नमक तो ज्यादा नहीं हो गया?

गुलाबी-पंखा रख दो बेटी, आज गरमी नहीं है। दाल में जरा नमक ज्यादा हो गया है, लाओ थोड़ा सा पानी मिलाकर खा लूं।

चम्पा-मैं बहुत अन्दाज से छोड़ती हूँ मगर कभी कभी कम बेस हो ही जाता है।

गुलाबी-बेटी, नमक का अन्दाज बुढ़ापे तक ठीक नहीं होता कभी कभी धोखा हो ही जाता है।

(भृगु आता है)

आवो बेटा, खाना खा लो, देर हो रही है। क्या हुआ कञ्चन सिंह के यहाँ जवाब मिल गया?

भृगु-(मन में) आज अम्मां की बातों में कुछ प्यार भरा हुआ जान पड़ता है। (प्रगट) नहीं अम्मां, सच पूछो तो आज ही मेरी नौकरी लगी है। ठाकुर द्वारा बनवाने के लिये मसाला जुटाना मेरा काम तय हुआ है।

गुलाबी-बेटा, यह धरम का काम है, हाथ पांव संभाल कर रहना।

भृगु-दस्तूरी तो छोड़ता नहीं, और कहीं हाथ मारने की गुञ्जाइश नहीं। ठाकुर जी सीधे से दे दें तो उंगली क्यों टेढ़ी करनी पड़े।

(भोजन करने बैठता है)

चम्पा-(भृगु से) कुछ और लेना हो तो लेलो, मैं जाती हूँ अम्मां का बिछावन बिछाने।

गुलाबी-रहने दो बेटी, मैं आप बिछा लूगी।

भृगु-(चम्पा से) यह आज दाल में नमक क्यों झोंक दिया। नित्य यही काम करती हो फिर भी तमीज नहीं आती।

चम्पा-ज्यादा हो गया, हाथ ही तो है। भृगु-शर्म नहीं आती ऊपर से हेकड़ी करती हो।

गुलाबी-जाने दो बेटा, अन्दाज न मिला होगा। मैं तो रसोई बनाते-बनाते बुड्ढी हो गई लेकिन कभी कभी निमक घट बढ़ जाता ही है।

भृगु-(मन में) अम्मां आज क्यों इतनी मुलायम हो गई हैं। शायद ठाकुरों का पतन देख के इनकी आंखें खुल गई हैं। यह अगर इसी तरह प्यार से बातें करें तो हम लोग तो इनके चरण धो धोकर पियें। (प्रगट) मैं तो किसी तरह खा लूंगा पर तुम तो न खा सकोगी।

गुलाबो-खा लिया बटा, एक दिन जरा नमक ज्यादा ही सही। देखो बेटो, खा पीकर आराम से सो रहना, मेरा बदन दाबने मत आना। रात अधिक गई है।

चम्पा-(मन में) आज तो ऐसा जी चाहता है कि इनके चरण धोकर पीऊं। इसी तरह रोज रहें तो फिर यह घर स्वर्ग हो जाय। (प्रगट) जरा बदन दवा देनेसे कौन बड़ी रात निकल जायगी।

गुलाबी-(मन में) आज कितने प्रेम से बहू मेरी सेवा कर रही है, नहीं तो जरा-जरा सी बात पर नाक भौं सिकोड़ा करती थी। (प्रगट) जी चाहे तो थोड़ी देर के लिये आजाना, तुम्हें प्रेम सागर सुनाऊंगी।

(चेतन दास का प्रवेश)

गुलाबी-(आश्चर्य्य से) महाराज आप कहां चले गये थे? मैं दिन में कई बार आपकी कुटी पर गई।

चेतन दास–आज में एक कार्य वश बाहर चला गया था। अब एक महान् तीर्थ पर जाने का विचार है। अपना धन ले लो गिन लेना, कुछ न कुछ अधिक ही होगा। मैं वह मन्त्र भूल गया जिससे धन दूना हो जाता था।

गुलाबी–(चेतन दास के पैरो पर गिरकर) महाराज, बैठ जाइये, आपने यहाँ तक आनेका कष्ट किया है, कुछ भोजन कर लीजिये। कृतार्थ हो जाऊंगी।

चेतन नहीं माताजी, मुझे विलम्ब होगा। मुझे आज्ञा दो और मेरी यह बात ध्यान से सुनो। आगे किसी साधु महात्मा को अपना धन दूना करने के लिए मत देना नहीं तो धोखा खाभोगी।

(चम्पा और भृगु आकर चेतन दास के चरण छूते हैं)

माता, तेरे पुत्र और बधू बहुत सुशील दीखते हैं। परमात्मा इनकी रक्षा करें। तू भूल जा कि मेरे पास धन है। धन के बल से नही, प्रेम के बल से अपने घर में शासन कर।

(चेतन दास का प्रस्थान)

पंचम दृश्य

स्थान-स्वामी चेतन दास की कुटी, समय-रात, चेतन दास गङ्गा तट पर बैठे है।

चेतन दास-(आप ही आप) मैं हत्यारा हूँ, पापी हूँ, धूर्त हूँ। मेंने सरल प्राणियों को ठगने के लिए यह भेष बनाया है। मेंने इसीलिये योग की क्रियायें सीखीं, इसीलिये हिप्नाटिज्म सीखा। मेरा लोग कितना सम्मान, कितनी प्रतिष्ठा करते हैं। पुरुष मुझ से धन मांगते हैं, स्त्रियां मुझसे सन्तान मांगती हैं। में ईश्वर नही कि सबकी मुरादें पूरी कर सकूं तिस पर भी लोग मेरा पिण्ड नहीं छोड़ते।

मेंने कितने घर तबाह किये, कितनी सती स्त्रियों को जाल में फंसाया, कितने निश्छल पुरुषों को चकमा दिया। यह सब स्वांग केवल सुख भोग के लिये, मुझ पर धिक्कार है!

पहले मेरा जीवन कितना पवित्र था। मेरे आदर्श कितने ऊंचे थे। मैं संसार से विरक्त हो गया। पर स्वार्थी ससार ने मुझे खींच लिया। मेरी इतनी मान-प्रतिष्ठा थी कि मैं पाखण्डी हो गया, नर से पिशाच हो गया। हां, में पिशाच हो गया।

हा! मेरे कुकर्म मुझे चारों ओर से घेरे हुए हैं। उनके स्वरूप कितने भयंकर हैं। वह मुझे निगल जायंगे। भगवन, मुझे बचाओ।

वह सब अपने मुंह खोले मेरी ओर लपके चले आते हैं।

(आंखें बन्द कर लेते हैं)

ज्ञानी! ईश्वर के लिये मुझे छोड दो। कितना विकराल स्वरूप है। तेरे मुख से ज्वाला निकल रही है। तेरी आंखों से आग की लपटें आ रही हैं। मैं जल जाऊंगा, झुलस जाऊंगा। भस्म हो जाऊंगा। तू कैसी सुन्दरी थी। कैसी कोमलांगी थी। तेरा यह रौद्र रूप नहीं, तू वह सती नहीं, वह कमल कीसी आंखें, वह पुष्प कैसे कपोल कहाँ हैं। नहीं, यह मेरे अधर्मो का, मेरे दुष्कर्मों का मूर्तिमान स्वरूप है, मेरे दुष्कर्मो ने यह पैशाचिक रूप धारण किया है। यह मेरे ही पापों की ज्वाला है। क्या मैं अपने ही पापों की आग में जलूंगा? अपने ही बनाये हुए नर्क में पड़ेगा?

(आंखे बन्द कर के हाथों से हटाने की चेष्टा करके)

नहीं, मैं ईश्वर की शपथ खाता हूँ, अब कभी ऐसे कर्म न करूंगा। मुझे प्राण दान दे। आह, कोई विनय नहीं सुनता। ईश्वर मेरी क्या गति होगी। में इस पिशाचिनी के मुख का ग्रास बना जा रहा हूँ। यह दयाशून्य, हृदय शून्य राक्षसी मुझे निगल जायगी। भगवन्! कहां जाऊं, कहां भागू। अरे रे......जला (दौड़ कर नदी में कूद पड़ता है, और एक बार फिर ऊपर आकर नीचे डूब जाता है।

षष्टम दृश्य

स्थान-मधुबन, समय-सावन का महीना, पूजा उत्सव, ब्रह्मभोज, राजेश्वरी और सलोनी गाँव की अन्य स्त्रियों के साथ गहने कपड़े पहने पूजा करने जा रही है।

गीतः जय जगदीश्वरी मात सरस्वती,

सरनागत प्रतिपालनहारी।

चन्द जोतसा बदन बिराजे,

सीस मुकुट माला गलधारी-जयः

बीना बाम अङ्गमें सोहै,

सामगीत धुन मधुर पियारी-जय

श्वेत बसन कमलासन सुन्दर,

संग सखी अरु हंस सवारी-जय०

सलोनी-(देवी की पूजा कर के राजेश्वरी से) आ तेरे गले में माला डाल दूं, तेरे माथे पर भी टीका लगा हूँ। तू भी हमारी देवी है। मैं जीती रही तो इस गाँव में तेरा मन्दिर बनवाकर छोड़ूगी।

एक वृद्धा-साच्छात् देवी है। इसके कारन हमारे भाग जाग गये, नहीं तो बेगार भरने, और रो रोकर दिन काटने के सिवा और क्या था।

सलोनी-(राजेश्वरी ले) क्यों बेटी, तूने वह विद्या कहां पढ़ी थी। धन्न है तेरे माई बाप को जिनके कोख से तूने जन्म लिया। मैं तुझे नित्य कोसती

थी, कुल कलंकिनी कहती थी। क्या जानती थी कि तू वहां सब के भाग संवार रही है।

राजेश्वरी–काकी मेंने तो कुछ नहीं किया। जो कुछ हुआ ईश्वर की दया से हुआ। ठाकुर सबल सिंह देवता हैं। मैं तो उनसे अपने अपमान का बदला लेने गई थी। मन में ठान लिया था कि उनके कुल का सर्वनाश करके छोड़ूंगी। अगर तुम्हारे भतीजे ने उनकी जान न बचा ली होती तो आज कोई कुल में पानी देने. वाला भी न रहता।

सलोनी–ईश्वर की लीला अपार है।

राजेश्वरी–ज्ञानी देवी ने अपने प्राण देकर हम सभों को उबार लिया। इस शोक ने ठाकुर साहब को विरक्त कर दिया। कोई दूसरा समझता बला से मर गई, दूसरा ब्याह कर लेंगे, संसार में कौन लड़कियों की कमी है। लेकिन उनके मन में दया और धर्म को जोत चमक रही थी। ग्लानि उत्पन्न हुई कि मेंने इस कुमार्ग पर पैर न रखा होता तो यह देवी क्यों लज्जा और शोक से आत्महत्या करती। उनके मन ने कहा, तुम्हीं हत्यारे हो, तुम्हींने इस की गरदन पर छुरी चलाई है। इसी ग्लानि की दशा में उनको विदित हुआ कि इन सारी विपत्तियों का मूल कारन मेरी संपत्ति है। यह न होती तो मेरा मन इतना चंचल न होता। ऐसी सम्पत्ति ही को क्यों न त्याग दूं जिससे ऐसे ऐसे अनर्थ होते हैं। मैं तो बखानूंगी उस दुधमुंहे अचल सिंह को जो ठाकुर साहब के मुह से बात निकलते ही सब कोठी, महल, बाग बगीचा त्यागने पर तैयार हो गया। उनके छोटे भाई कञ्चन सिंह पहले ही से भग्वत–भजन में मगन रहते थे। उनकी अभिलाषा एक ठाकुर द्वारा और एक धर्मशाला बनवाने की थी। राजभवन खाली हो गया। उसी की धर्मशाला बनायेंगे। घरमें सब मिला कर कोई पचास साठ हजार नगद रुपये थे। हवा गाड़ी, फिटिन, घोड़े, लकड़ी के सामान, झाड़ फन्नूस, पलंग, मुसहरी, कालीन, दरी, इन सब चीजों के बेचने से पचीस हजार मिल गये, दस हजार के ज्ञानी देवी के गहने थे। वह भी बेच दिये गये। इस तरह सब जोड़कर एक लाख रुपये ठाकुर द्वारा के लिये जमा हो गये। ठाकुर द्वारे के पास ही ज्ञानो देवी के नाम का एक पक्का तालाब बनेगा। जब कोई लोभ ही न रह गया तो जमींदारी

रखकर क्या करते। सब जमीन असामियों के नाम दर्ज कराके तीरथ यात्रा करने चले गये।

सलोनी-और अचल सिंह कहां गया। में तो उसे देख लेती तो छाती से लगा लेती। लड़का नहीं है भगवान का अवतार है।

एक स्त्री-उसके चरन धोकर पीना चाहिये।

राजे-गुरु कुल में पढ़ते चला गया। कोई नौकर भी साथ नहीं लिया। अब अकेले कंचन सिंह रह गये हैं। वह ठाकुर द्वारा बनवा रहे हैं।

सलोनी-अच्छा अब चलो, अभी १० मन की पूरियां बेलनी हैं।

(सब स्त्रियां गाती हुई लौटती है, लक्ष्मी की स्तुति करती हुई जाती हैं)
फत्तू-चलो, चलो, कड़ाह की तैयारी करो। रात हुई जाती है। हलधर देखो, देर न हो, मैं जाता हूँ मौलूद सरीफ का इन्त जाम करने। फरस और सामियाना आ गया।

हलधर-तुम उधर थे इधर थानेदार आये थे ठाकुर सबल सिंह की खोज में। कहते थे उनके नाम वारंट है। मैंने कह दिया उन्हें जाकर अब स्वर्गधाम में तलास करो। मगर यह तो आने का बहाना था। असल में आये थे नजर लेने। मेंने कहा, नजर तो देते नहीं, हां हजारों रुपये खैरात हो रहे हैं तुम्हारा जी चाहे तुम भी ले लो। मेंने तो समझा था कि यह सुनकर अपनासा मुंह लेके चला जायगा लेकिन इस महकमें वालों को हया नहीं होती, तुरन्त हाथ फैला दिये। आखिर मेंने २५) हाथ पर रख दिये।

फतू-कुछ बोला तो नहीं?

हलधर-बोलता क्या, चुपके से चला गया।

फत्तू-गाने वाले आ गये?

हलधर हां, चौपाल में बैठे हैं, बुलाता हूँ।

मंगरु-(गाँव की ओर से आकर) हलधर भैया, सब की सलाह है कि तुम्हारा बिमान सजाकर निकाला जाय, वहां से लौटने पर गाना बजाना हो।

हरदास-तुम्हारी बदौलत सब कुछ हुआ है, तुम्हारा कुछ तो महाराम होना चाहिये।

हलधर–मेंने कुछ नहीं किया। सब भगवान की इच्छा है। जरा गाने वालों को बुला लो।।

(हरदास जाता है) मंगरू–भैया, अब तो जमींदार को मालगुजारी न देनो पड़ेगी?

हलधर–अब तो हम आप ही जमींदार हैं, माल गुजारी सरकार को देंगे।

मंगरू–तुमने कागद पत्तर देख लिये हैं। रजिस्टरी हो गई है न?

हलधर–मेरे सामने ही हो गई थी।

(हलधर किसी काम से चला जाता है, हरदास गाने वालों को बुला लाता है, वह सब साज मिलाने लगते है)

मंगरू–(हरदास से) इसमें हलधर का कौन एहसान है। इनका बस होता तो सब अपने ही नाम चढ़वा लेते।

हरदास–एहसान किसी का नहीं है। ईश्वर की जो इच्छा होती है वही होता है। लेकिन यह तो समझ रहे हैं कि में ही सबका ठाकुर हूँ। जमीन पर पांव ही नहीं रखते। चन्दे के रुपये ले लिये लेकिन हमसे कोई सलाह तक नहीं लेते। फत्तू और यह दोनों जो जी चाहता है करते हैं।

मंगरू–दोनों खासी रकम बना लेंगे। दो हजार चन्दा उतरा है। खरच वाजिबी ही वाजिबी हो रहा है।

(गाना होता है)

जगदीश सकल जगत का तू ही अधार है
भूमि, नीर, अगिन, पवन, सूरज, चन्द, शैल, गगन,
तेरा किया चौदह भुवन का पसार है। जगदीश–
सुर नर पशु जीव जन्तु, जल थल चर हैं अनंत,
तेरी रचना का नहीं अन्त पार है। जगदीश–
करुनानिधि, विश्वभरण, शरणागत तापहरण,
सत चित सुख रूप सदा निरविकार है। जगदीश–

निरगुन सब गुन निधान निगमागम करत गान,
सेवक नमन करत बार बार है। जगदीश–

॥ समाप्त ॥